おトホトと臘涙み野の中の伽藍は荷馬車の車輪油を失ひ﨟々と崩されて逢ひ現在とあま未來

私が歴史的現在なる物を云へば嘲る嘲る宅と山とか

牧はぐれました
只の夕暮はこれから無言ますから
立前進します
静脈園笠宮の中へです

土かく

接続する

The Generative Connections with Chuya

中也

疋田 雅昭

笠間書院

『接続する中也』目次

〈接続〉する中也・〈切断〉される中原――序章にかえて―― 1

第一部　社会から詩人へ――言文一致政策と詩人たち 9

第一章　中也詩における語り手とは――「春日狂想」を視座にして―― 11
近代詩における敬体 17
中也の〈です・ます〉体 19
文体と語り手 23
評釈「春日狂想」 28

第二章　言文一致の忘れ物――敬体の言文一致文体をめぐって 33
敬体としての談話体――黎明期の言文一致―― 34
〈与えられた物語〉――教科書における言文一致―― 36

〈求められた物語〉――「お伽噺」における言文一致―― 41
排除され自立する敬体――『幼年雑誌』における動向を中心に―― 45
パロールを規定するエクリチュール――会話の規範としての敬体―― 52

第三章 新吉と中也のダダイズム――文体意識をめぐって 58
日本詩壇のダダ受容 58
中也とダダイズム 66
新吉のダダと中也のダダ 68
教育システムと中也の〈です・ます〉体 74
中也の文体観 77

第二部 「接続」する中也、「切断」される中也 87

第四章 再考、中也の詩的出発点論争――「詩的履歴書」をめぐって 89
「詩的履歴書」にまつわる問題系 89
「詩的履歴書」を詩人の履歴書としてみる 94
〈述志〉の詩の系譜 97

第五章　中也詩の〈述志〉の系譜――「春の日の夕暮」から『山羊の歌』へ　102
評釈「春の日の夕暮」　103
中也の詩論における〈述志〉　112
『山羊の歌』における〈述志〉の系譜　117
第六章　失われた可能性――「朝の歌」をめぐって　137
中也の現象学的思考　140
評釈「朝の歌」――「軍楽」をめぐって――　149
「朝の歌」における対他感覚　156
中也詩の〈述志〉の構造　160
小林秀雄の批評眼　164
第三部　詩人から社会へ――インターテクスチュアリティの可能性をめぐって　167
第七章「言葉なき歌」との対話のために　170
現象学的思考の同時代性――西田幾多郎・出隆・ベルグソン――　170

日本近代詩史と〈音楽性〉 182
詩の〈音楽性〉について――現象学的リズム論を中心に―― 187
中也の形式観を支えるもの 200
泡鳴から中也へ――『表象派の文学運動』の同時代性―― 202
再び「言葉なき歌」へ 215

第八章　作家論的磁場を越えて 219
未刊詩篇を論じること 219
再び「夕」のイメージをめぐって 227

詩と社会を結ぶ隘路《あいろ》――終章にかえて―― 234

後記――少しだけ私の『在りし日』と重ねて―― 242

要語索引（左開き） 1

接続する中也

図版協力（敬称略）
提供
中原中也記念館
財団法人日本近代文学館
中原克子
中垣芽美

〈接続〉する中也・〈切断〉される中原——序章にかえて——

愛するものが死んだ時には、
自殺しなけあなりません。

愛するものが死んだ時には、
それより他に、方法がない。

中学時代にこの絶唱「春日狂想」に出逢った衝撃は、今も忘れられない。愛するものの喪失に際して、死以外に何の代替もあり得ないという、中也の倫理的宣言は、多感な時期の少年の感性をとらえて離さなかった。むろん到底理解していたとは言い難いながらも、その後、岩波文庫版『中原中也詩集』をボロボロになるたびに買い直したことは、十回は下らなかったと思う。

だが、不思議なことにこの「愛するもの」が実は誰をさすのかなどと考えたことはなかった。そんなことがわかるとは思わなかったし、むしろ読み手が自由に決めてよいものなのだと素朴に信じていた。だから、大学に入り、詩人と詩篇をつなげて考えることを学んだ時は、むしろ、その手続きや実証的な論証の積み重ねに「学問」を感じたほどである。

中也の愛児・文也の死の悲しみを詩の通底音として聞き取ろうとするこうした読書行為の在り方を「作家論」的態度と呼ぶことを、もちろん今では知っている。だが、不勉強な大学生であった自分にとって、それは唯一の方法であったため、自己の方法を相対化する術をもたなかった。作品＝詩篇を作家＝詩人と〈切断〉する可能性を知ったのは、大学院入学後のことであった。

詩篇を愛好することは、研究に興味を持つこととは別のことなので、あるいは意外に思われるかもしれないが、一見自然な思考に見える詩篇から詩人への〈接続〉は、現在の研究のモードでは批判の対象となることも多い。だが、当時の私にとって、それを知ることは衝撃的な経験であった。

記憶にはなくとも、我々の「文学」の概念の多くの部分は学校で養われた。小説や詩とは、人生の中で様々な出逢いの機会があるかもしれないが、それらに付随する「文学」という権威性は学校で教わるものだからだ。「国語」の時間に繰り返された「文学」教材を通して作者の気持ちを問う設問は、否応なしに一つの「正解」を創り出してしまう。もし詩篇や小説から作家の気持ちを自由に読み取ってよいのならば、それは学生を評価するための設問にはならない。同様に、多様に読めてしまう作文を書けば、それは悪文であると指導される。その積み重ねは、正しく読むことは、書き手（作家）の意図に辿り着くことであり、正しく書くことは、意図を誤解なく伝えることであるという態度を自明のものとしてしまう。恥ずかしながら、国語教育におけるこうした暴力性に気が付いたのは、教壇に立ち「文学」を教えながら、大学院で「文学」を学ぶという経験からだった。

さらに、私の作家信仰の根拠には、推敲を繰り返された書き言葉《エクリチュール》には、作家＝詩人の想いがそれなりに込められているという信念があった。しかし、詩篇に対する詩人の想いを追求するために、詩人の原稿や草稿ノートへと向かおうとする日々は、逆にそれまで感じていた詩篇の豊穣さを奪ってゆく気がしてならなかった。それは、十年来抱き続けて来た中也の世界が、「間違い」の名のもとに、否定されてゆくような経験であったと言ってもよい。

　私が、学生時代によく聞いたMr.Children（ミスター・チルドレン）や浜崎あゆみなどは、現在も一線で活躍しているようだ。こういうアーチストたちは、大衆にとって、まさに現代の詩人と言ってもよいのだろう。そんな彼らが一様に聞かれる質問のトップは、詩が実体験に基づくものであるか、ということらしい。聴衆の欲望をよく心得ている彼らは、決して空想や創作として書いているとは答えない。聴衆は、詩の感動の「根拠」には現実《リアル》な経験があってほしいと願っているからだ。同様に、世間を騒がせる犯罪事件の犯人に対してマスコミは、必ずと言ってよいほどその家族や育ちを明らかにしようとする。現実のものとは認め得ない事件であるほど、犯人の生の過程の中に「正常」な人生を狂わせた現実《リアル》な「根拠」を見出したいからだ。

　こうした態度には、単純に考えて二つの背景があるだろう。一つは、公にされに見えるもの（詩篇や歌詞）よりも、隠され見えないもの（草稿や作家の個人的体験など）に、より「真実」があると思ってしまう我々の思考上の陥穽《かんせい》であり、もう一つは、様々な解釈や根拠が想定されてしまうことへの恐怖感である。解釈のカオス状態は、人々を不安に陥《おとしい》れる。

　だから、そうした態度を一種のイデオロギーとみて、解釈を作家の伝記事項に還元することを避け、様々な解釈の存在を許容する読み方が生まれることは必然的な結果であった。そうした態度に立つ時、我々は詩篇を「テクスト」と呼ぶ。テクストとは織物を意味する。様々な同時代の言説たちの横糸と、これまでの膨大な言説の歴史である縦糸との、網目の集合体としてテクストは存在する。

　こうした見地に立てば、あるテクストを構成する縦糸や横糸は無限にある。全ての糸を見出せない以上、見出すべき糸は読み手の選択の結果であることになる。そこである一定の思想を持ってテクストを批評してゆくことになる。この批評的立場を我々はPC（政治的正当性《ポリティカルコレクトネス》）と呼ぶ。

こうして論者がそれぞれのPCに則って文学テクストを批評するという論調が流行することとなった。フェミニズム、オリエンタリズム、ニューヒストリズム……今や学会や学術誌は、論者の様々な政治的立場の競演である。もちろん、テクストにある政治性をもって対峙することの必然性は、右記の様な過程を鑑みれば、十分に理解出来る。だが、その結果、詩篇をじっくり読むことや、詩人と作品を往復して考えることは、古い考えとして退けられることとなってしまった。私が大学院で受けた「衝撃的な経験」も、今思えば、こうした背景があったのだとわかる。

しかし、文学への興味は、そうした作家や作品に対する素朴な関心から始まることも多いから、多くの若い研究者にとってPCの選択は最新のモードへ通じる通過儀礼のようなものとなり、作家論の否定は己が最新の研究状況にあることを示す踏絵のようなものとなってしまう。

さらに、あるPCに依った立場からテクストに対峙したければ、作家の意図が否定されることは当然のこととして、その読みに説得力を持たせるために、テクストの自由な運動に歯止めをかけなくてはならない。しかし、それはテクスト論が当初持っていた自由な「接続」の可能性を奪ってゆくことと引き替えになる。何かの目的のためにテクストに向き合えば必ずそうなる。だが、それではテクスト論も、作家論と同様に、詩篇の豊穣さを奪ってゆくことにしかならないのではないか。今となっては、そんなようにも思う。

結局、私は一周してしまっただけなのかもしれない。しかし、気がついたこともある。恐らく、いつも私の心にあったのは、中也の人生の「本当」を知りたいことでもなく、詩篇の「本当」の解釈を知りたいわけでもなかった。私が知りたかったのは、中也の詩篇の持つ豊穣なテクストとしての〈接続〉の可能性だったのだ。詩が豊かに読めるのであれば、作家論的言説が〈接続〉することもあるだろうし、様々なPCに依った言説が

〈接続〉することも構わない。だが、それらが「本当」を主張するための「根拠」として君臨してしまった途端に、テクストとしての詩篇は死を迎えるのである。絶え間ない〈接続〉により絶えず相対化され続けること。テクストとは、〈接続〉し続けることでしか存在し得ない、そんな一つの現象なのである。

テクスト論以後の言説が、作家論の否定という文脈で始まっているため、特に自由な〈接続〉が許されていないのが、作家をめぐる言説である。だが、テクストを構成する糸に作家を含めない態度は、逆接的に「真実」や「正解」をそこに補完してしまう気がしてならない。本当に〈切断〉すべきなのは詩人や作者ではない。家=血縁や育ちに関する伝記的事項や草稿・日記などの記述を、解釈の絶対的根拠にしようとする立場である。「中原」の実人生にまつわる言説の権威性を〈切断〉し、残った「中也」を文壇=詩壇を超えた様々な領域のテクストと〈接続〉すること。これそこが、本書の目論見である。

特に中也は、その実人生を知る世代によって、ある意味「伝説」化されていったと言ってよい。彼らは一様に中也のことを「中原」と呼ぶ。〈切断〉される「中原」とは、そんな中原に関する言説の権威性の謂いである。

同時に、詩篇をあるPCに依った言説に〈接続〉することも厭わなかった。中也詩の批評性を見出そうとする努力は、今の時代の文学研究の重要な意義であるという立場を私も共有している。ただ、それをが作家論的言説への〈接続〉と排他的な行為になるとは考えないだけである。本論の第一部「社会から詩人へ」は、言語政策史などの社会的な分析と詩人の分析をいかに〈接続〉し得るかという試みである。まず、言文一致運動を文学史的な視野から解放する必要性について論じ、その歴史性の認識を体現した詩人として、中也の詩を分析してみた。

中也の表現法の特徴に敬体と常体の意識的な使い分けを見出し、それを言文一致以後の画一化された日本語への抵抗線として論じることが論の眼目である。さらに、その詩業を中原の最初期の詩篇に〈接続〉することにより、ほぼ同じ抵抗線をアヴァンギャルド詩の文脈の中に取り入れた詩人としても考えてみた。中也のダダイズムをこの様にとらえることは、同時に日本のダダイズムの持つある画一性を考えることに繋《つな》がるわけである。

中也の詩集や詩篇を様々な〈接続〉の可能性を保持したままいかに読むのか。その可能性を模索したのが第二部「〈接続〉する中也、〈切断〉される中原」である。ここでは、中原中也研究上における諸問題（いわゆる中原的問題とでも言おうか）を積極的に論じることを避けなかった。膠着《こうちゃく》した作家論的根拠を相対化するのは、実資料に基づいた実証的根拠しかないと考えたからである。そして何よりも、詩篇の「解釈」の可能性を模索することを正面からやってのけた。これは、現在の詩研究の状況から見てもアナクロな行為なのかもしれない。周囲の状況の分析に終始し、能《あた》う限りテクストそのものの分析を避けようとする傾向は、散文よりむしろ詩研究の方が顕著である。

だが、絶唱と称される詩篇たちがどの様に解釈される可能性を持つか、というのは恐らく中也に興味を持つ読者の最も知りたいところなのではないだろうか。この観点なくしては、詩の読者とのいかなる対話もあり得ないと私は思うのだ。この一点においてのみ、研究のモードなど共有し得ない多くの読者との〈接続〉が可能になるに違いない。詩篇について語ることは、詩篇の周囲についてのみ語ることではない。またある解釈に詩篇を閉じこめることでもない。少なくとも私にとって詩篇を解釈するとは、そういうことである。

様々な解釈の可能性を模索してゆく一方で、それを総括する主体を措定することも否定しなかった。ただしそれは、各詩編から帰納法的に導かれた主体であって、解釈を実体的な主体から演繹するためではない。詩語の解釈をめぐる問題も同様に、他の詩篇との相互関係により導くことにこだわった。詩集をよむということは、詩篇から措定される詩人と、措定された詩人が規定する詩篇との終わりのない往復運動の軌跡である。詩人を唯一解に設定しないことは、詩人自体を様々なテクストに〈接続〉することを意味する。つまり、詩人の詩想を最終地点とはせず、それらを詩人の同時代の教養や教育上での言説と〈接続〉してゆくことなのである。第三部「詩人から社会へ」は、詩の解釈を、詩人の詩論に〈接続〉し、さらに中也の詩論に共通する詩想の枠組みを抽出し、それを同時代の哲学のモードへと〈接続〉する試みである。また、同時に中也の詩にしばしば指摘される音楽性の問題を「音」の問題から〈切断〉したり、未刊詩篇を中也の伝記的事項から〈切断〉し、新たな〈接続〉へと導く可能性を模索してみた。

こうした様々な〈接続〉や〈切断〉は、本書全体としてみれば、様々な矛盾やダブルスタンダードを指摘されることの要因となるかもしれない。その批判は一つ一つを真摯《しんし》に受け止めてゆくつもりである。だが、いささか逆接めいた言い方をすれば、そうした批判そのものが、本書と誰かが〈接続〉〈切断〉した証拠であり、拙書の著者にとってみれば、紛れもない幸せである。詩人の〈切断〉と〈接続〉の繰り返しが、詩を読み続けることならば、人との〈接続〉と〈切断〉の繰り返しこそが、私にとって生き続けることに他ならないからだ。こうした「生」の態度を私は中也から教わった。

ではみなさん、
喜び過ぎず悲しみ過ぎず、
テムポ正しく、握手をしませう。
つまり、我等に欠けてるものは、
実直なんぞと、心得まして。

ハイ、ではみなさん、ハイ、御一緒に——

テムポ正しく、握手をしませう。

「狂想」する主体の発する言葉なら、我々は容易に〈切断〉することが出来る。だが「狂想」していることを自ら認識している主体の言葉はどうなのか。我々は、そんな主体と「握手」することが出来るのか。考えてみれば、「握手」とは、〈接続〉の象徴的行為である……。

いささか、先走りすぎたかもしれない。まずは、この絶唱「春日狂想」に〈接続〉してみるところから始めてみようと思う。

第一部

社会から詩人へ——言文一致政策と詩人たち

言文一致と、近代文学は、深い関係がある。近代文学とは、国民国家成立の要といってよい義務教育による、「国民」の「日本語」の理解を前提にしているからだ。いくら狭い島国日本といえども、三千キロ以上も離れた人間同士の書き言葉が理解され合うには、多くの「国民」の「国語」の理解、そして大量印刷を可能にする技術の発達と、それを全国に輸送するインフラの整備が不可欠である。その意味で、近代文学とは、近代国家を成立させる様々な諸条件とも切り離すことは出来ない。この「国語」＝標準語（共通語）の理解を前提に書かれた言文一致の近代小説が「日本近代」の息子であるならば、その成熟を横目でみながらやや遅れて成立することとなった、口語自由詩とは、まさに「日本近代」の直系の孫といってよい。

多くの歴史が物語るように、二代目以上に、孫が初代の資質を豊かに受け継ぐケースは多い。口語自由詩が最も強く受け継いだ「近代」性とは一体何か。その意味で言文一致の歴史を振り返ることは、口語自由詩以後の近現代詩にとって重要な視点なのである。

ここでいう言文一致の確立とは、いわゆる「文学」の領域だけの問題ではない。にもかかわらず、言文一致の研究は、文学の領域を中心に行われてきた。まずは、そこから確認し始めなくてはならない。

第一部は、こうした「文学」の外部から中也への「接続」である。それは中也誕生以前の物語である。むろん、中也の詩も、まぎれもなく「近代」の孫である。だが、それは「近代」というシステムに亀裂を加えようとする「鬼子」誕生の前史なのである。まず、その「鬼子」ぶりをみてみることから始めよう。

第一章　中也詩における語り手とは——「春日狂想」を視座にして——

1

愛するものが死んだ時には、
自殺しなけあなりません。

愛するものが死んだ時には、
それより他に、方法がない。

けれどもそれでも、業《ごう》（?）が深くて、
なほもながらふこととなつたら、

奉仕の気持に、なることなんです。
奉仕の気持に、なることなんです。

愛するものは、死んだのですから、
たしかにそれは、死んだのですから、

もはやどうにも、ならぬのですから、
そのもののために、そのもののために、

奉仕の気持に、ならなけあならない。
奉仕の気持に、ならなけあならない。

2

奉仕の気持になりはなつたが、
さて格別の、ことも出来ない。
そこで以前《せん》より、本なら熟読。
そこで以前《せん》より、人には丁寧。

テムポ正しき散歩をなして
麦稈真田《ばくかんさなだ》を敬虔《（けいけん）》に編み——

まるでこれでは、玩具《おもちゃ》の兵隊、
まるでこれでは、毎日、日曜。

神社の日向を、ゆるゆる歩み、
知人に遇《あ》へば、につこり致し、

飴売爺々《あめうりじじい》と、仲よしになり、
鳩に豆なぞ、パラパラ撒いて、

まぶしくなつたら、日蔭に這入《はい》り、
そこで地面や草木を見直す。

苔はまことに、ひんやりいたし、
いはうやうなき、今日の麗日。

参詣人等もぞろぞろ歩き、
わたしは、なんにも腹が立たない。

《まことに人生、一瞬の夢、
ゴム風船の、美しさかな。》

空に昇つて、光つて、消えて――
やあ、今日は、御機嫌いかが。

久しぶりだね、その後どうです。
そこらの何処《どこ》かで、お茶でも飲みましよ。

勇んで茶店に這入りはすれど、
ところで話は、とかくないもの。

煙草なんぞを、くさくさ吹かし、
名状しがたい覚悟をなして、――

戸外《そと》はまことに賑かなこと！
――ではまたそのうち、奥さんによろしく、
外国《あっち》に行つたら、たよりを下さい。

あんまりお酒は、飲まんがいいよ。
馬車も通れば、電車も通る。
まことに人生、花嫁御寮。

まぶしく、美《は》しく、はた俯《うつむ》いて、
話をさせたら、でもうんざりか？

それでも心をポーッとさせる、
まことに、人生、花嫁御寮。

3

ではみなさん、
喜び過ぎず悲しみ過ぎず、
テムポ正しく、握手をしませう。

つまり、我等に欠けてるものは、
実直なんぞと、心得まして。

ハイ、ではみなさん、ハイ、御一緒に——
テムポ正しく、握手をしませう。

本書を含めて、中原中也の論文の中に「詩人」という語を使用したものは多い。無論、この「詩人」という語の使用は、中也研究のみに現れる語ではないし、いわゆる「内包された作者」（W・C・ブース）の例のように、一概に実体的な作家を措定したものばかりでもない。とはいえ、詩中の表現主体を的確に表現し得る語も他にはない。そのことは了解しつつも、ややもすると無限定に実体的な作家像を導入してしまいそうな誘惑に駆られるこの、「詩人」という語の濫用……。

だが、こう述べると、詩なのだから「詩人」であって何の不思議があろうと思われるかもしれない。さらには、この語の使用こそが、中也という実体的な作者への接近に対しての警句的意味合いを含んだ受容理論的なふるまいであるという反論も聞こえてきそうである。しかし、「詩人」という語が、たとえ実体的な作者像への接近を排斥しようとしたものであったとしても、そこに何らかの詩の語り手のイメージを想定していることは間違いない。逆に言えば、我々は中也の詩を、その向こう側の強烈な語り手の存在を感じずには読めない。

その是非は別としても、「語り」という観点は、文学研究の方法の流行としてはもはや目新しいものではない。にもかかわらず、ここであえて中也の語り方（うたい方）に注目してみるのは、そこに極めて特徴的な中也の問題点が浮かび上がるからに他ならない。

近代詩における敬体

口語自由詩の誕生を川路柳虹「塵溜《はきだめ》」（初出は『詩人』明治四〇（一九〇七）年九月）にみることは、人見東明（円吉）の大著による反論（『口語詩の史的研究』昭和五〇（一九七五）年三月・桜楓社）も考慮すべきであろうが、ある程度は通説といってよいだろう。いずれにせよ、小説においてはこの時期既に、言文一致をほぼ完成させていたことはいうまでもなく、言文一致の研究において、遅れて来た詩について言及されることが少ないのは、いわば自明のことなのかもしれない。山本正秀以降の言文一致の研究が、絓秀実の『日本近代文学の〈誕生〉』（平成七（一九九五）年四月・太田出版）が現れるまで、ほとんど詩について論じられたものでないことが、何よりもそのことを物語っている。

ところで、この近代小説における言文一致の議論は、いわゆる二段活用の一段化などの問題よりも、むしろ山本正秀の膨大な史料の渉猟が跡づけるように、常に「文末」の問題に集中してきた。ここでの文末辞の問題とは、いうまでもなく〈き〉〈けり〉〈たり〉〈なり〉などの使用から、〈です〉〈だ〉〈である〉体への変遷という形で顕在化し、山田美妙の〈です〉体の流行から尾崎紅葉の〈である〉体の完成へと流れてゆく大きな物語《マスターナラティブ》として語られてゆく。しかし、次章で詳しく論じることになるが、この大きな物語《マスターナラティブ》は、裏に返せば、〈だ〉〈である〉体といった常体口語による、〈です〉体の敬体口語の排除の物語とも捉えることが出来る。

山本正秀は、〈です〉の辞法について、「敬語感を伴っての主観性が強くて近代小説の客観描写には不適当なこと」をあげ、それが「主観的饒舌を助長」し、「小説文体としては不適格」になったと指摘している。この視線は、『浮雲』第二篇以降における〈た〉体への統括に「語りの中性化」への模索をみる柄谷行人や、〈である〉体の成立を重要視するという従来の見方をさらに詳細な形で跡付ける磯貝英夫なども同様である。

いずれにせよ、自然主義以後、近代小説において、文語はおろか敬体口語が使用されることもほとんどなくなった。詩の口語化は、こうした散文の変遷《へんせん》に対していわば後発的に行われたのである。それは、単に川路の詩が自然主義的な文脈の中から発生したということのみならず、後続する多くの詩も、ほとんど常体口語によってなされていることにも影を落としている。むろん、北原白秋や西條八十など、童謡・童話作家でもあった詩人たちは、多くの児童向けの詩を敬体口語で書いた。しかし、それはあくまでも児童向けであり、それは大正期には既に確立していた幼年向きの語り＝敬体口語／通常の語り＝常体口語という規範に則った表現法にすぎない。

こうした目で大正の詩壇を眺めてみると、口語詩の中で、〈です・ます〉体という敬体口語を多用する詩集は、児童を意識したものでない限り、非常に少ないことに気がつく。しかし、およそ大正一三（一九二四）年頃から始まる中也の詩作には、その最初期のダダ詩において既に、〈です・ます〉体が多用されている（詳しくは第三章で論じる）。さらに、その後の〈です・ます〉体の変遷を追ってみれば、「春の日の夕暮」「サーカス」「生ひ立ちの歌」「羊の歌」「一つのメルヘン」「春日狂想」といった多くの絶唱にたどり着く。つまり、その時期は最初期のダダ詩から、文也喪失後の晩年のものまで、詩人としてのほぼ全生涯にわたっている。こうした中也の語り方の問題は、中也の内側だけで考えているうちには、意外と気がつかれることがない。では、中也にとって〈です・ます〉体とは、いかなる語り方なのであろうか。

中也の〈です・ます〉体

中也の詩に「神」の語が多くみられることは、既に多くの論者に指摘されている。祖父母の影響や幼年時代を除き、中也の実生活が比較的仏教的信仰に則していたのにもかかわらず、詩における「神」は不思議なほどキリスト教的である。この「神」の表象は、詩論においては、否定神学的に語られ、詩においては「神」を求める自己の姿やその独白が描かれることとなる。

面白がらせと怠惰のために、こんなになつたのでございます。
今では何にも分りません。

「聖浄白眼」（Ⅱ142頁・ローマ数字は『新編　中原中也全集』の巻数を示す。詳細は凡例。以下同様。）という
この詩では「神に」「自分に」「歴史に」「人群《じんぐん》に」という章立てのなかで、「神に」だけが異質の文体となっている。こうした神への語りかけにおいて、中也の文体は突然他と対立した文体となる。「冷酷の歌」（Ⅱ166頁）でも、「ああ、神よ」と始まる「1」章においての敬体は、「2」「3」章では常体に戻り、最後の「4」章において「神様、これが私の只今でございます。」と元の敬体に戻るという構造になっている。さらに「悲しい歌」（Ⅱ441頁）でも最初の常体は、「2」章において「あゝ　神様お助け下さい！」と突然敬体に変化し、その後再び常体に戻っている。『山羊の歌』所収の「寒い夜の自我像」（Ⅰ67頁）は、草稿にある「2」章と「3」章がカットされ最初の章のみが詩集に掲載されている。「恋人よ」で始まる「2」章は、所収部分と変わらぬ

常体であるのに、「神よ」で始まる「3」章においては「生活を言葉に換へてしまひます」と敬体に変化している。他に「聞こえぬ悲鳴」（Ⅰ379頁）なども同様の構造である。

〈です・ます〉体とは、いうまでもなく聞き手に対する敬意であるが、「神」への呼びかけが多い中也詩においては、それらが突然の文体の変化として現出する。それは、一詩中での変化のみの問題ではなく、詩集においては前後の詩との流れの断絶としても機能する。さらに、ここで前述した柄谷の「語りの中性化」という観点を敷衍して考えれば、常体から敬体の突然の変化は、それまで透明であった主体の突然の現前化とも捉えられるわけだ。

当然のことだが、この現前化は、単に〈です・ます〉体を使用すれば成し遂げられるわけではない。この語りが明確であるのは、文語・常体など他の文体との対比によって実現されているからだ。この対比こそが中也の語りの戦略であるのだが、中也の伝記的イメージの強烈さにより、この文体の異質性は、驕慢な「詩人像」と丁寧な「語り」の異質性という問題にすり替わってしまいがちなことに注意せねばならない。

こうした「詩人」の現前化は、章や聯という単位どころではなく、ある行で突然表出することもある。

――竟《つい》に私は耕やさうとは思はない！
ぢいつと茫然《ぼんやり》黄昏《たそがれ》の中に立つて、
なんだか父親の映像が気になりだすと一歩二歩歩みだすばかりです

「黄昏」（Ⅰ24頁）は、全体としては常体の詩である。だが、最後の自己表出において「歩みだすばかりです」と突然敬体を使用している。同じ『山羊の歌』収録の「憔悴」（Ⅰ126頁）でも最後の「Ⅵ」において「気持の底ではゴミゴミゴミゴミ懐疑の小屑《をくず》が一杯です。」と同様の語りの変化を示している。こうした語り方の変容から、突然の自己表出を感じるのは、決して穿った解釈ではない。それは、これら該当部の直前において、前者では「私」、後者では「僕」という一人称が現れるからだ。未刊詩篇でも、

今では私は
生命の動力学にしかすぎない――
自恃《じじ》をもつて私は、むづかる特権を感じます。（傍線は論者、以下同様）

という「処女詩集序」（Ⅱ138頁）。さらには「部屋に籠《こも》れば僕なぞは／愚痴つぽくなるばかりです。」（「寒い！」（Ⅰ328頁））、「私は此の目でよく見たのです、」（「女給達」（Ⅰ334頁））、「僕はしやがんで、（中略）／思ひ出したみたいにまた口笛を吹いたりします。」（「（秋が来た）」（Ⅱ510頁））、「僕は灯影《ほかげ》に坐つてゐます」（「断片」（Ⅱ533頁））、「――僕は夕陽を拝みましたよ！」（「倦怠」（Ⅰ348頁））、「あゝ私の心にも雨の日と、お天気の日と、／その両方があるのです」（「（海は、お天気の日には）」（Ⅱ450頁））、「私はかにかくにがつかりとした。／その挙句が此度の神経衰弱、／何とも面目ないことでございます。」（「泣くな心」（Ⅱ549頁））などと突然の〈です・ます〉体への転調は、やはり「私」「僕」という一人称とともに現れている。

むろん、これらの詩の多くは、前述したような「神」に対置した自己告白という図式からも逸脱している。中也に〈述志〉の系譜（詳細は第二部で論じる）をみたのは中村稔であるが、これらの告白の系譜を〈述志〉ならぬ〈述私〉の系譜と呼び得るならば、中也の突然の〈述私〉の瞬間は、「僕」「私」という一人称とともに、語り方の変容を伴い、その自己表出を実現しているのである。

近年の他者論の文脈などによるまでもなく、自己規定には、当然前提として他者規定の問題が浮上してくる。性別、国籍、社会的地位……、いかなる自己規定も、そのカテゴリーに属さないものがなければ、自己が何であるかを証明してはくれない。単独の自己規定など妄想にすぎないのだ。

こうした観点から、近代文学の自己規定に伴う絶対的他者性を「女」の表象に見出したのは絓秀実だが、中也の場合も例外でなく、その最初期のダダ詩から恋愛詩と呼べそうなものは多い。

嘗《かつ》てみえたことはありませんでしたか？
——それは初恋です

「初恋」（Ⅱ29頁）

思ひのほかでありました
恋だけは——恋だけは

「想像力の悲歌」（Ⅱ31頁）

その後も「あなた」「おまえ」などの二人称を伴って様々な恋愛詩が書かれるが、そこでも多くの敬体が使用されている。特に初期の中也の敬体詩の多くは、これに相当するだろう。

ただ恋愛詩における敬体使用に関しては、『道程』（大正一三（一九二四）年）に収録される幾つかの詩篇などにも同様な敬体口語詩がみられるので、中也の特質ではないばかりか、高村光太郎の方がはるかに先駆的であったと言わねばならない。

文体と語り手

「終聯で結論のようなものを呈示するのは中原の常套の詩法、というよりは思考の習慣ともいうべきもの」とは大岡昇平の言葉（『中原中也』昭和五四（一九七九）年五月・角川書店）である。ここで、大岡は「古代土器の印象」（Ⅱ32頁）について「それまでの詩句の示す明瞭な物語との対照において、不意に全体の意味を現すという構造になつている」と述べる。

泣くも笑ふも此の時ぞ
此の時ぞ
泣くも笑ふも

この詩の場合、今まで述べてきた形式と逆の構造になっている。この詩の語り方は「沙漠のたゞ中で／私は土人に訊ねました」という敬体口語の過去形である。それが二聯に至り「此の時」を語る時、それは突然、硬質な文語的語りに変化する。

「ノート１９２４」（表紙に「１９２４」と書いてある最初期の草稿ノート）に含まれるこの詩は、敬体口語／常体口語という差異を、中也が詩作の初期段階からかなり意識的に利用していたことを示している。同ノートの中の詩である「春の夕暮」（Ⅰ６頁　後に「春の日の夕暮」と改題）の、

トタンがセンベイ食べて
春の日の夕暮は穏かです

という一聯での敬体口語による語りは、「吁《ああ》！　案山子《かかし》はないか――あるまい」と、疑問と否定が繰り返される二聯、そして三聯における「嘲《あざけ》る嘲る　空と山とが」という倒置を経て、再び「瓦が一枚　はぐれました」という敬体に戻る。ここに揺さぶられて、そして安定する「子守歌のリズム」を確認したのは佐々木幹郎（『中原中也』昭和六三（一九八八）年四月・筑摩書房）だが、この転調と円環の揺動を支えているのも、実はこの語りの変化である。

幾時代かがありまして
茶色い戦争ありました

同様の例として絶唱「サーカス」（I 10頁）なども、敬体口語が詩の再帰的円環構造を支えている。サーカス小屋の内部を描写する四聯から七聯が常体口語で語られるのに対し、大きな歴史の一点としてこの瞬間をみつめる前半部と、再びサーカス小屋の外部へと視線を移す最終聯は、どちらも「ます」の敬体口語で語られる構造になっている。

一方の転調の方については「羊の歌」（I 120頁）などに顕著である。この詩の場合「I」章においては「ことを！」という脚韻的効果で「神」への「祈り」を繰り返し、「II」章において「思惑よ、汝　古く暗き気体よ、／わが裡《うち》より去れよかし！」という硬質な文語体に転調している。そして、続く「III」章において

九才の子供がありました
女の子供でありました

という口語敬体に変化している。この語りは、最終聯の「Ⅲ」において再び文語体の語りに戻る構造になっている。前二詩の場合と異なり、この詩の場合、自己表出の問題とは異質の効果をねらっている。この「Ⅲ」にはボードレールの「仇敵」がエピグラフとして引用されている。

我が生は恐ろしい嵐のやうであつた、
其処此処《そこここ》に時々陽の光も落ちたとはいへ。

この章の解釈と無関係であるという方がむしろ不自然であろうと思わせるこのエピグラフ。前後の章の「恐ろしい嵐のやう」な「生」の間に挟まれたこの章は、まさに「時々」「落ち」ることもあった「陽の光」のイメージであったことは間違いない。（事実この章中でも「陽がいつぱいでした」と語られている。）このイメージを語る手段として〈です・ます〉という敬体口語が使用されているわけだ。

若松賤子の「小公子」「小公女」など、言文一致運動の中、多くの少女小説で〈です・ます〉体の語りが実践されてきた。そうした語りが雑誌においてほぼ確定するのは雑誌『少女世界』（明治三九（一九〇六）年）あたりであり、一方、年少向きの語りとして〈です・ます〉体が全面展開されるのは、雑誌『幼年世界』（明治三三（一九〇〇）年）からである（これも詳しくは次章で論じる）。

よって中也が詩作を開始した大正末期には、「幼年向き」「少女向き」といった「です・ます」体のイメージは既に確定しており、事実、大正の童話革新運動の中心誌であった『赤い鳥』（大正七（一九一八）年）は、童話作品は無論のこと、その他の記事もそのほとんどが〈です・ます〉体の口語敬体である。

教科書に初めて口語敬体が導入されたのは、明治二〇年の『尋常小学校読本』である。以来、小学教科書においては、敬体口語／文語という文体観が継承され、明治三八年の国定教科書の常体口語の大幅導入に先だって十八年間、敬体口語↓文語という教育がなされていった。この国定教科書において初めて大幅に導入された常体口語は、以来少しずつ文語を凌駕してゆくこととなる。こうした常体口語／文語という対立のもとで、敬体口語は階梯の言語という位置を固定されたまま現在に至っている。中也は明治四二（一九〇九）年の国定教科書の第二世代にあたる。

以後の国定教科書の歴史は、常体口語による文語の排除の歴史である。従来、小学校に比べ比較的文語教材が多かった中学でも、大正九（一九二〇）年の三省堂の『中学国語教科書』になるとほぼ常体口語文のみとなる。最後まで文語文を捨てなかった「国史」も、昭和二（一九二七）年版を最後に全文常体口語に改められている。全集の考証によると「羊の歌」は昭和六（一九三一）年頃と考えられているらしいが、この詩の文語／敬体口語という対立は、明らかにこれまで述べてきた〈です・ます〉のイメージを背景に成立している。過去に存在した静謐《せいひつ》な時間。子供の時間。それも「女の子供」のイメージとして語られるこの章は、まさに〈です・ます〉のイメージで語られるのに相応《ふさわ》しい物語になっているわけだ。

こうした敬体と常体の対立による転調は、未刊詩篇にもみられる。例えば、「別離」（II433頁）などは、全体として〈です・ます〉の敬体口語で統一されているが、五章構成の中で一・二・四の各章に常体の聯が突然挿入され、中心の三章では、聯の中心で常体から敬体に切り替わっている。

「誘蛾燈詠歌」（II458頁）では「2」章で突然敬体に転調し十一行目から元に戻っている。「3」、「4」章では〈わい〉〈ぢやい〉〈やす〉〈やない〉〈そやないか〉〈どすえ〉など様々な方言をアトランダムに織り交ぜた文末辞になっており、最後の「5」章で再び敬体に変化する。この章には「メルヘン」という副題が付されており、同様の語りを使用している詩篇「一つのメルヘン」（Ⅰ249頁）との関連も想起されよう。

ところで、敬体口語の使用は、文末が画一的になる為、どうしても冗長さを免れない欠点がある。山田美妙や巌谷小波もそのことに随分苦慮《くりょ》した。〈です〉体が、結局のところ、言文一致の主役たり得なかった理由は、無論、それと無関係ではないだろう。しかし、中也にはその画一性を逆に利用しているような詩篇もある。

　ポツカリ月が出ましたら、
　船を浮べて出掛けませう。
　波はヒタヒタ打つでせう、
　風も少しはあるでせう。
　　　　　　　　　　　「湖上」（Ⅰ184頁）

詩篇「湖上」を音読すればすぐに、〈せう〉の繰り返しが、この詩に脚韻的効果を与えていることに気がつくはずだ。むろん、この詩の〈音楽性〉には、七音や五音を中心に組み立てられたことも関与している。同様に〈でせう〉という脚韻効果を利用した未刊詩篇に「幻想」（Ⅱ312頁）がある。

次の引用は「冬の夜」（Ⅰ187頁）という詩篇の一節である。

　みなさん今夜は静かです

薬鑵《やかん》の音がしてゐます

この詩の場合、始まりの章は、各聯の最後に〈です〉が配置され、「2」章においては、〈です〉↓〈やうな〉↓〈です〉という形で脚韻を作っている。他に「一つのメルヘン」（I249頁）の各聯の最後の脚韻部分である〈ゐるのでありました。〉↓〈ゐるのでした。〉↓〈ゐるのでした。〉↓〈ゐるのでありました……〉という流れ、「幻影」（I251頁）の各聯最後の〈でした〉の繰り返しなどにも同様の脚韻意識がみられる。

評釈「春日狂想」

他者意識。自己表出。円環。音楽性。神。倫理的宣言。振幅。転調。〈です・ます〉体に注目することによって、いわゆる中也の詩の特徴とされるほとんどの論点が出揃うことになる。みてきたように、詩における敬体口語の使用は、中也の時代の詩壇に戻してみても、相対化しうる問題ではない。北原白秋、西條八十、宮澤賢治などと異なり、中也には童話・童謡は多くみられるわけではないからだ。敬体はむしろ、そこから中也の異質性が窺《うかが》い得る特徴であって、それを中也の詩の中で考えてみれば、中也研究の集中する問題領域、いわゆる中也的問題にたどり着くわけである。

中也を「日本のアウトサイダー」の一人と評したのは河上徹太郎（『日本のアウトサイダー』昭和三六（一九六一）年一〇月・中央公論社）だが、当時の詩壇のなかでも、中也はいわゆる「主流」ではなかった。むろん、それを敬体の使用に還元出来るわけではないが、詩史的な観点からみても、中也以前に、幼年を意識しない敬体を多用する詩人は少ない。もし、ここからさらに、恋愛詩の語りかけの系譜とでも呼び得る詩篇をのぞけば、中也のような敬体口語が全詩業にわたって多用されるケースは希有なのではないだろうか。

愛するものが死んだ時には、
自殺しなけあなりません。

有名な絶唱「春日狂想」（Ⅰ278頁）である。現在でも好きな中也詩アンケート等で常に上位に入るこの詩は、いままで述べて来たような中也詩の敬体口語の特徴を多く有している。

ではみなさん、
喜び過ぎず悲しみ過ぎず、
テムポ正しく、握手をしませう。

全体で三章構成になっているこの詩は、「1」章と「3」章で敬体口語が使用され、文体上で円環構造をなしている。「3」章に至ると「1」章からの敬体が「みなさん」と呼びかける語り手からの対他敬語であったことがわかる。この人称は、詩篇「冬の夜」（Ⅰ187頁）「十二月《しはす》の幻想」（Ⅱ493頁）などでも使用されており、両者とも「みなさん今夜は静かです」「皆さん、これは何かの前兆です、皆さん！」とどちらも敬体口語で語りかけている。

この詩が我々の心を捉えて離さないのは、「愛するものが死んだ時には」という不可避的な悲劇による倫理的宣言が、「我等」という自己規定を伴った敬体口語により直接的に語りかけられているからに他ならない。

こうした倫理的宣言は、中也の伝記的事項の知識の有無にかかわらず、読者を問題の当事者たらしめる感覚を喚起させている。

「それより他に、方法がない」とされる「自殺」。そして、それに代わる唯一の選択として提唱される「奉仕の気持」も「もはやどうにも、ならぬ」が故のこと。「みなさん」と呼びかけられる「我等」は、非常に厳しい倫理的要求を突きつけられる。

ところが、「2」章では、挿入される会話部分を除き、地の文は〈です・ます〉の敬体でなく、常体での語りに転調している。この章は、七音七音を一行とする二行一聯で構成されたように見えるため、ついそうしたリズムで読んでしまいそうになるが、実際には七音を中心にしながらも微妙にそこから逸脱してゆく行を含んでいる。

「今日」（きょう）という拗音や「奉仕」（ほうし）「丁寧」（ていねい）「日曜」（にちよう）のような母音は、音読時の解釈によって、無理に定型に即して読むことも可能であるが、「につこり致し」「まぶしくなつたら」などの促音の場合は、前者は「つ」を一字分と数えなければ七音に足りず、後者は「なつ」で一字としないと字余りになる。「2」章をある一定のリズムで朗読する場合、実はこうした部分に臨機応変な解釈を加えねばならない。我々は、音読するだけで、既にテクストにある種の解釈を下しているのである。

さらに「草木《くさき》を見直《みなお》す」「話《はなし》をさせたら」などはどう読んでも定型を外れてしまうだろうし、「わたしは、なんにも」などは、わざわざ「なにも」としない所に逸脱の意図すら感じる。しかし、一方では「そこで以前《せん》より」というように「せん」と読ませるルビなどには七音定型への意図を感じさせるのだ。

こうした逸脱を無視し単純なリズムに身を委《ゆだ》ねれば、「奉仕の気持」になった「テムポ正しき」日常が表象されるのだが、一方でそのリズムの軋《きし》みからは、そうした日常から逸脱する視線も現れる。

まるでこれでは、玩具《おもちゃ》の兵隊、
まるでこれでは、毎日、日曜。
（中略）
まぶしく、美《は》しく、はた俯《うつむ》いて、
話をさせたら、でもうんざりか？

ここには、自己を「奉仕の気持」に押さえきれないもう一つの視線がある。こうした逸脱を内部に含む「2」章を受けた「3」章における「テムポ正しく、握手をしませう」とは、もはや字義とおりには受け取れない。我々は「2」章において決して「テムポ正しく」はいられなかったからだ。にもかかわらず、この呼びかけは、「1」章において「もはやどうにも、ならぬ」ことから来る唯一の選択であるとされる。「1」章「3」章における敬体による円環構造は、こうしたダブルバインドとして機能している。つまり「3」章をアイロニーとして受け取れば、「1」章の倫理的宣言の真摯《しんし》さは嘘となる。かと言って、「2」章は決して「3」章における「テムポ正しき」日常を保証してはいないのだ。

これを「詩人」の問題として捉えれば、中村稔（『言葉なき歌』昭和四八（一九七三）年一月・角川書店）のいうとおり「人生との和解」も「握手」も「不可能」であった中也の姿に違いない。伝記的な中也像を知る読者にとっては、その「むなしさ」こそが、この作品の魅力であろう。

むろん一方で、この詩も「花嫁御寮」や「ゴム風船」と過去の時代の刻印を帯びていることも忘れてはならない。蕗谷虹児による「花嫁人形」の初出は『令女界』（大正一三（一九二四）年二月）だが、詩画集『花嫁人形』の刊行は昭和一〇（一九三五）年、この詩の二年前である。一方、宮尾ゴム工業所により、今のようなやわらかなゴム風船の生産が開始されたのも昭和一〇年。しかし、二年後には原料のラテックスが、経済統制によって配給制になる。詩中にある「花嫁御寮」と「ゴム風船」とは、両者とも「人生」や「美」しさに関連づけられているが、それは、もの悲しいメロディに《なぜ泣くのだろう》という憂いを秘めた「美」しさ、一方では物資統制という時の政策によって確実に失われてゆく「美」しさであった。

詩画集『花嫁人形』
昭和10年刊の最も普及したもの

しかし、詩語の喚起する時代感覚や中也の個人的伝記を越えて、それでもこの絶唱が多くの人々を魅了し続けるのならば、それは我々に語りかける倫理的要末とこの語り、そして「奉仕の気持」の実行も拒否も出来ないというダブルバインドにあるのではないだろうか。むろん、それをも「狂想」と呼んだ主体を想定すれば、話は再び「詩人」の問題になるのだが……。

第二章　言文一致の忘れ物——敬体の言文一致文体をめぐって

ここで、中也の敬体使用についてさらに論じてゆく前に、その前史を確認してみようと思う。一見、迂遠にみえる本章が理解されることは、中原の文体戦略が逆照射される論理的支柱となるはずだと考えるからである。さらに、従来の文学中心主義的な言文一致研究が、思わぬ形で我々の詩観に結びついていることに思い至るはずである。

「言文一致の鬼」とまで称された山本正秀の膨大な資料の渉猟を基礎とする言文一致の研究は、磯貝英夫（『文学論と文体論』昭和五五（一九八〇）年一一月・明治書院）を経て、、柄谷行人（「『日本近代文学の起源』再考Ⅱ」『批評空間』第二期　平成三（一九九一）年七月）や絓秀実（『日本近代文学の〈誕生〉』平成七（一九九五）年四月・太田出版）そして、B・アンダーソンの『想像の共同体』（平成九（一九九七）年五月・NTT出版）に至るまで、国民国家形成の問題系に関しいくつもの重要な指摘を重ねてきた。

いうまでもなく、ここでのアンダーソンへの着目とは、国民国家の形成に「顔も知らない皆が同じ言語を話しているという幻想」を指摘したことであり、そのことが日本における明治期の言文一致の歴史とパラレルであることは言を俟《ま》たない。描写または現前性を近代リアリズムの要とし、尊大感のあった〈だ〉〈である〉体が徐々に習慣化しその尊大感を失ってゆくことで、敬体を排除した形で言文一致を成し遂げたという、山本らの素朴な国文学者的進歩史観を経て、『浮雲』第二篇以降における〈た〉体への統括に「透明な語り」への模索をみる柄谷、さらには〈である〉体の成立を重要視するという従来の見方をさらに詳細な形で跡付ける磯貝などの指摘を受けた絓秀実は、自著の方針についてこう主張する。

日本の疑似アナル派的文学研究の公然たる非＝政治主義――実は逆に最悪の政治主義――に対して、本書は断固とした政治主義批判を維持しようとするものである。

そして絓は、従来、小説中心と考えられていた言文一致史の背後に、虚焦点としての「詩的《ポエジー》」たる概念を見出す形で明治の言文一致史を再考しているわけだ。にもかかわらず、結局小説の言文一致の研究が国民国家形成に対して「政治主義批判」たり得ると信じていることは、中山昭彦が「〝文〟と〝声〟の抗争」（『メディア・表象・イデオロギー』平成七（一九九五）年五月・小沢書店）で指摘するように「悪しき文学主義」と言わざるを得ない。文学の持つ政治性を無視出来ないことは当然としても、小説上での言文一致は、言語実験の場として他の言説に常に先んじており、そして、この小説の言文一致こそが、他の言説の言文一致をも煽動《ようどう》してゆくという大きな物語《マスターナラティブ》に対する絶対的な信頼がそこにはある。

さらに、この神話の背景には、恐らく我々が普段抱いている文学至上主義がある。文学を、さらには、その主流としての小説を重視するが故に、その成立によって排除されたものへの眼差《まなざ》しの欠如がある。

敬体としての談話体――黎明期の言文一致――

文学においての言文一致の試みにはるかに先んじた明治初年代から、辞書・教科書・新聞などにおいて、言文一致の先駆的な試みが行われていたことは、山本正秀を始めとして、諸氏の指摘するところである。一八五四年の日米和親条約締結により、二八〇年来の鎖国体制に終止符を打った幕府は、以来英学奨励に動き出した。そうした蘭学から英学への転換を背景として、多くの辞書・語学書が出された。明治元年にガラタマ口述・渡辺氏蔵梓『英蘭会話（篇）訳語』、明治四年に生産会社編『英和通信』、明治五年に島一得『挿訳英吉利会話篇』・青木輔清『英会話独学』、明治六年にアーネスト・サトウ『Kuaiwa Hen. Twenty-five Experiences in the Yedo Colloquial, for the Use of Students』と、これらの英語への対訳は、〈です〉〈でございます〉の使用がほとんどであり、『英蘭会話（篇）訳語』などにいたっては、「デスを用ふる事を簡易にして宜とす」と使用の利を説き、「自ら試むべし」とその文末辞を推奨している。

一方、いわゆる小新聞では、明治七（一八七四）年一一月創刊『読売新聞』が、その投書について、

此新ぶん紙は、女童のおしへにとて為になる事柄を誰にでも分かるやうに書てだす旨趣でござりますから耳近い有益ことは文を談話のやうに認て御名まへ所がきをしるし投書を偏に願ひます。

とし、投書も含めた紙面を〈でございます〉〈であります〉体で書き、明治八（一八七五）年四月一七日創刊の『平仮名絵入新聞』、一一月一日創刊の『仮名読新聞』もこの傾向に追随した。これらが、東京・大阪・京都の三都に拡大しながら、同様の傾向を有していたことは、山本の指摘するとおりである。

山本が「談話体」と一括するこれらの試みは、決して相互関連性が強いものではなかったが、それ故に、現在の感覚からみて初期の言文一致の試みとみなし得るものは、相対的に常体よりも敬体の使用が多いという印象を受けることは注目しておいてよい。なぜなら、談話体が単なる音声をそのまま描写しようとする音声至上

主義的な試みであるとするならば、本来選択し得る語尾表現は多様であるからだ。

我々のこの印象は、文末辞に多く〈ます〉が使用されているからであり、こうした文体に対して芳賀矢一は、

口語文といふ中にも凡そ二種類あることを知らねばならぬ。一は談話体の口語で、一は筆述体の口語である。我々の通常談話に使用する形（大抵はますを附け加へる）のが談話体で、演説や書物などに用ひてあるものが筆述体である。

「国語読本の文章について」（『文章研究録』大正一三（一九二四）年一月）

と説明している。山本によると「談話体」という語は明治二〇（一八八七）年五月文部省編『尋常小学校読本』の「緒言」にあるのが早いという。ここで、我々が注目したいのも小説外のジャンルにおけるもう一つの言文一致、「談話体→敬体口語」（＝〈ます〉体）という視点である。

〈与えられた物語〉――教科書における言文一致――

こうした敬体の使用において、文学の世界で最も問題とされてきたのは山田美妙であることは言を俟《ま》たない。美妙における敬体による言文一致が、同時代的には幾人かの追随者を得ていたのにもかかわらず衰退し、自らもその文末辞を元の〈だ〉体に戻したことについて、山本は『です』の辞法は敬語感を伴っての主観性が強くて近代小説の客観描写には不適当なこと」を挙げ、それが「主観的饒舌を助長」し、「小説文体としては不適格」になったと指摘している。近代小説の歴史をリアリズムの追究の歴史と考えたとき、山本の指摘は

まさに正鵠《せいこく》を得ており、先に挙げた柄谷の「透明な語り」、さらには磯貝や絓の〈である〉体への視線も異口同音《どうおん》と言ってよい。

美妙の敬体の試みは、『以良都女《いらつめ》』という雑誌で行われたのだが、後にこの雑誌を振り返る中川小十郎は、「『いらつめ《ママ》』と言文一致」（『立命館文学』昭和九（一九三四）年六月）という文章で、この雑誌創刊の目的が「女子教育」と「言文一致の文体の普及」という二つの側面があったことを述べている。同誌の同人であった正木政吉も『回顧七十年』（昭和一一（一九三六）年四月）で当時の様子を、

> 神保さんは教科書によつて、山田は小説、我々は論文——といふようなことで大いに言文一致の運動に努めたのであるが、当時にあたつては世論は決して芳ばしくなく（以下省略）

と回想している。この「論文」とは中川小十郎・正木政吉の「男女ノ文体チ一ニスル方法」のことであり、これは当時の最大教育機関であった大日本教育会がその機関誌『大日本教育会雑誌』の明治一九（一八八六）年九月号で募集した懸賞論文の当選作である。同誌の「日本普通文の前途」（明治二一（一八八八）年一月）でこの論文に賛辞を送った西邨貞は、同団体の参事員であり、当時の参事員には他に、師範学校校長から数年後文部省編集局長になった伊沢修二もいた。つまり、明治一八〈一八八五〉年に初代文部大臣となった森有礼による「小学校令」（一九年）発布により生まれた、教科書群の口語体が、美妙と同じ敬体中心であったことは偶然ではなかったのである。

ちなみに、山本が不詳としていた尺秀三郎の教科書編纂の経緯は、尺自らが『随感録』（大正五（一九一六）年七月・大日本図書）で以下のように語っている。

先生（伊沢修二のこと―論者註）は文部省編集局長になつて居られた。そして新教科書編纂と云ふので、従来の漢文直訳体の小学読本を改訂して、談話体のものにすると云ふことに熱中せられて居た。処で教育の心得もあり、こんな文も書けるなら、是非来てやつて見ろと云ふことであつた。橋渡しは湯本武彦君で、私は成否を気遣つたが、同君も勧むるので、行くことにお返事をした。

「こんな文」とは、尺が師範学校にいた時に書いた「富士の白雪」（論者の調査では未発見）という小説である。しかし、明治年間に出された数冊の尺の教育学に関する著作である、『教育学』（明治三三（一九〇〇）年四月・教育会）、『教育学講義』（明治三二（一八九九）年二月・文学会）、『教育原理』（明治四〇（一九〇七）年一〇月・博文館）、『講習必携実用教育学』（明治四三（一九一〇）年五月）・長崎県有志教育会）が全て文語体であることを考えると妙である。

さらに、そのなかにはヘレン＝ケラーのような教育によって救われたという人々の逸話を集めた児童対象の啓蒙書『教育の力』（明治三五（一九〇二）年）のようなものまで含まれていたことを考えると、教育者としての側面からみたとしても、尺自身が、強い言文一致推進者であったとは思われない。同書の続きには「森文部大臣が断乎として、新教科書側に左袒して、伊沢編集局長を信任された」とあるので、尺よりも伊沢修二の意向のもとにあった教科書であったと言ってよいだろう。

以下は「小学校令」の影響のもと「談話体」を使用した教科書である。「↓」は、入学時の入門用の教科書から、読本に移行するタイプのものを示している。

明治一九（一八八六）年の森有礼の小学校令以降、多くの小学校の低学年の教科書に「談話体」が採用されるようになったが、全体としては文部省「尋常小学校読本」の影響下にある「であります」体の敬体が主体となってゆく。

収録の詳細、及びその後の経緯をみる為に、『日本教科書大系』（国語は四巻〜九巻収録・昭和三八（一九六三）年八月〜三九（一九六四）年一一月・講談社）収録の教科書の詳細をあげてみよう。×は文語（談話体が二課以下も含む）、◎はほぼ談話体、○は談話体と文語体の混在、数値は談話体の課が三つ以上あることを示している。この表のように、大きくみれば、談話体全体は、年々増加の傾向をみせつつ、それは対文語という形で位置づけられ、文語への過程として階層的な差異性を与えられている。事実、この時期の教科書は、「談話体ヨリ自然ニ文章体ニ入ルノ便アラシム」（帝国読本）や「簡ヨリ繁に入リ、易ヨリ繁ニ進ミ」（読書教本）などと、談話体を位置づけている。

中山昭彦が指摘（「翻訳する・される〈言文一致〉—多言語性と単一言語性の間」『日本文学』平成一〇（一九九八）年四月）が指摘しているように、この時期の教科書の「談話体」は、敬体の中に常体が混在しているものが幾つかある。恐らく、談話から文語という階層的差異が重要であったため、敬体・常体といった談話の内部差異は、問題にされていなかったのだろう。しかし、〈です〉体で

年（明治）	タイトル	編集	出版	談話体
19 20	読書入門↓ 尋常小学校読本	湯本武比古 尺秀三郎	文部省	（名詞のみ） 敬体口語
20	日本読書初歩 ↓日本読本	神保磐次 中川謙三郎他	金港堂	（名詞のみ） 常体敬体混在
20	小学読本	下田歌子	十一堂	敬体口語
20	幼学読本初歩 ↓幼学読本	西邨貞	金港堂	常体口語 常体敬体混在
21	小学読本	東京府庁	（註）	敬体口語

（註）当時、東京府御用書肆の、文海堂、文玉圃、文学社、中央堂より刊行されている。

あろうが、〈であります〉体であろうが、諸々の談話体を〈ます〉体と一括に捉える敬体口語の系譜とすれば、全体としてはやはり敬体口語中心の構成であり、その学習時間も増加傾向にあり、国定教科書における常体口語の大幅な導入に先んじて約十五年もの間、教科書の文体は敬体口語から文語へという構成であったと、ひとまずは言える。

　そうした観点からだけみても、こうした教科書における――絓秀実の言い方を借りれば――「俗語革命《ヴァナキュラリズム》」は、談話体が学習課程に組み込まれ、あり得べき口語表現として教育されるようになったことであり、一方で児童にとってみれば、敬体口語が、初めて読み書きする手段として習う「日本語」として定着したことになる。これが、アンダーソンのいうような「この言語を日本中で話している」という幻想をまだ完全には形成し得なかったにしても、敬体口語が日常の談話の例として導入されている以上、その言語が「日本中で話して通じる言語である」という実感を与えるには十分な出来事だったであろう。俗語革命《ヴァナキュラリズム》の政治性・社会性を重視するならば、文学に対し教科書における読者数が無視されてよいことはあり得ない。言うまでもなく、「文学」とは教科書による「日本語」の習得を前提とした営為だからである。

年	タイトル	一年		二年		三年		四年	
19	読書入門	×							
20	尋常小学校読本		◎	○	×	×	×	×	×
20	日本読書初歩→日本読本	×	◎	×	×	×	×	×	×
20	国文小学読本	◎		各自巻末2～4課ずつ					
20	幼学読本初歩	◎							
20	幼学読本		◎	×	×	×	×	×	×
21	小学読本	◎	○	○	6	4	3	×	×
25	帝国読本	◎	◎	○	○	×	×	×	×
27	尋常小学読書教本	◎	◎	○	×	×	×	×	×
33	尋常国語読本	◎	◎	◎	◎	○	×	×	×
33	国語読本	◎	◎	◎	○	3	×	×	×
38	第一期国定	◎	◎	◎	◎	◎	○	○	○

加えて注目すべきなのは、増加傾向をとった教科書に使用される談話体の内実である。明治三七（一九〇四）年の国定教科書における全面口語化で、口語は「崇敬体」と「常体」に区分され、談話体が「崇敬体」に組み込まれている。我々のいう敬体口語とは普通〈です・ます〉体を指すわけだが、談話体が敬体に移行する過程とは、まさに断定に使用する文末辞が〈です〉〈であります〉〈でございます〉の混在から〈です〉体へと一本化する過程であったと言ってよい。つまり、逆に言えば、談話体の衰退とは、そのまま敬体口語成立の過程でもあるわけだ。しかし、文学研究が重要視してきた言文一致の系譜とは、〈ます〉を特徴とするこの談話体から敬体口語への系譜を排除した歴史として語られてきたわけである。

中山は、明治三〇年代後半から大正にかけての口語の文法書＝口語文典、国語の国定教科書が、敬体から常体へという優劣を含む差異のタブローを形成していたことを指摘しているが、国定教科書における文語／談話体という階層的差異から常体口語／敬体口語という大改訂は、談話体＝「崇敬体」＝〈ます〉体と考えれば、上位構造のみの改訂であったと言える。逆に〈ます〉体という共通点が、文語から口語への変化の背景にあって、このタブローを自明視させていたのである。

こうした教育システムにおいて、強制的に教授（享受）された物語で使われた談話体をひとまず、児童にとって〈与えられた物語〉の談話と呼ぶことにすると、逆に児童が自発的に求めたであろう物語での語り、すなわち〈求められた物語〉は如何にして語られたのであろうか。

〈求められた物語〉――「お伽噺」における言文一致――

山田美妙らの硯友社においての言文一致黎明期には、いまや童話作家として著名である巌谷小波がいた。硯

巌谷小波

友社同人として、文壇デビューを果たした小波は、初期の文学活動においては言文一致の重要な担い手の一人であったのだ。しかし、児童文学における敬体口語と小波・美妙との間に想定されるラインは、そう単純ではない。

明治二一（一八八八）年二月「真如の月」（第四回目以降）、五月「五月鯉」（後に『初紅葉』と改題）、八月「妹背貝」（『新著百種』掲載）と続く小波の言文一致小説は、明治二五（一八九二）年三月の『友禅染め』（博文館）、五月「花王御殿」（『都の花』掲載）まで多くの〈た〉体の常体を中心とした言文一致小説を書いている。

こうした小波の文体は、当時、やはり言文一致の担い手であった美妙の文体と比較すると非常に淡泊なものであるが、小波自身が、言文一致を「下品で居て、どうも高尚と云ふわけにはいかない」と評した『自惚娘作者』での文体とは「爰《ここ》は熱海の梅園です。三方には山の屏風が立て廻はしてあつて。只南の一方に。倒三角の海がのぞいて居ます」という美妙ばりの〈です・ます〉体であった。

後の明治三七（一九〇四）年五月の『新公論』掲載の「言文一致に関する余の経験」で、

其後進んで所謂擬人法や擬物法が山田美妙の特色として多く用ひられてあつた。私は是も中々面白いと思つて多少真似もして見たのでありますが其当時考へまするに、どうも此言文一致と云ふものは動《やや》もすると冗長に流れるの虞《おそれ》がある、冗長に流れると同時に詰らなくなる、無味乾燥になるの傾がある、又語尾が「さうである」とか「さうであつた」とか「します」とか「する」とか云ふことで何時も文章が結ばれて居るのは、書いても書きづらい、見ても見づらい（以下省略）

る。

と語る小波は、読者対策として、美妙のような文の修飾や冗長な語りを当時意識的に排除していたことがわかる。

児童文学の嚆矢《こうし》とされる「こがね丸」は文語体の童話であり、多くの批判を招いたことは有名であるが、この文体について小波はその序文で「文章に修飾を索めず、只管《ひたすら》少年の読み易からんを願ふて、わざと例の言文一致を廃し」たと述べている。この文語使用への逆行は、前述のような小波の言語観や、児童文学の文体の同時代性を考慮しなくてはならないだろう。実際この「少年文学叢書」の全三二編中、口語体を用いたものは八例で、その中で地の文まで口語であるものは、山田美妙の『雨の日ぐらし』（明治二四年）と小波の『当世少年気質』『暑中休暇』（明治二五年）だけである。つまり、柄谷が指摘するように（『日本近代文学の起源』昭和五五（一九八〇）年八月・講談社）、幼児向けであるからといって口語で書くということが一般化していたわけではなかったのだ。

小波は、この後もしばらく文語の使用を続けたが、その転換期について山本は、

『極楽園』『阿房丸』以上二篇に至ってようやく言文一致を断行、童話文学の文体上に新路を開拓したのである。

と指摘している。明治二五（一八九二）年三月の「極楽園」は〈た〉体の常体口語、明治二五年一一月の「阿房丸」は〈です・ます〉体の敬体である。この山本の見解は後の児童文学史などでも無批判に追認されているが、実際には敬体・常体の口語使用は、「手枕草子」（『幼年雑誌』明治二四（一八九一）年一月から八月一七日号まで）にみられ、前述の少年文学叢書の『当世少年気質』『夏中休暇』でも常体・敬体の両口語を使用し

ている。明治二六（一八九三）年の『幼年雑誌』においては、五月の「舌切蛤」で地の文に文語を用い、八月の「祇園祭記」では全編文語である。さらに、この年の一月からの小波の連載は「一流幻灯会」というシリーズのもと、興業物の口上のような語り口で〈であります〉体が主として使用されており、お伽噺の語りとしてもまだ安定してはいない。ただこの時期の文章は、ほとんど断定の文末表現を避けようとするため、〈であります〉の使用も最初の「口上」がほとんどで、全体としては〈ます〉体といった感を受ける。

　この「一流幻灯会」が終了し、次のシリーズである「お伽文庫」のシリーズが開始された一〇月の「蝶の唄修行」以来、小波の『幼年雑誌』での文体は、ほぼ〈です・ます〉体に安定する。明治二七（一八九四）年七月からの博文館の企画である「日本昔噺」のシリーズでは、序文こそは文語体であったものの、「桃太郎」以下このシリーズ全てに〈です・ます〉体の敬体を使用している。さらに明治三〇（一八九七）年一月の「日本お伽噺」のシリーズでは、序文においても「日本昔噺」に用いた文体を継承した「口で御噺致し候通り」の「言文一致」を使用することを述べ、明治三二（一八九九）年一月の「世界お伽噺」に至っては、序文から〈です・ます〉体の敬体で統一されているのである。

　だが、一見美妙の追随のようにみえるこの変化については、前述のように小波が美妙の表現の冗長性には否定的であったことを顧慮すべきであろう。

むかし〳〵爺と婆がありましたとさ。或る日の事で、爺は山に芝刈、婆は川に洗濯、別れ〳〵に出て行きました。そよ〳〵と吹く涼風は、水の面に細波《さざなみ》を立たせながら、其餘《あま》りで横顔を撫でてる塩梅《あんばい》、実に何とも云はれない心地です。

「桃太郎」明治二七（一八九四）年七月

この文体も美妙と違い、余計な修辞を避けた簡潔な文体である。そう考えれば、この〈です〉体も、美妙の影響というよりは、当時種々存在していた談話体のなかで最も簡潔な断定の文末辞の選択であったといえる。

しかしそれ以上に重要なことは、この「お伽噺」というジャンルが、語りの存在を消去するどころか、むしろ自明としていたことである。「二流幻灯会」などの『幼年雑誌』における連載は、新しい話の前置きに「口上」として明確な語り手を登場させているのだ。さらに、前述の『新公論』での記事によると小波は、その文体の簡潔化のため常に甥や姪に語り聞かせながら確認していったという。文体の簡略化とは、まさにそうした実践の結果であったわけだ。

排除され自立する敬体――『幼年雑誌』における動向を中心に――

『幼年雑誌』とは、博文館にとって先の「少年文学叢書」のシリーズと合わせて児童向けの二大企画として刊行されていたわけだが、その内容は、「話しの庭」（小説欄）のみならず、「学びの庭」（修身）「教えの庭」（科学・地理）「遊びの庭」（遊技）「ふみの庭」（投書）と、総合児童雑誌の体をなしたものであった。（この「学びの庭」と

敬体中心の記事を含む雑誌は
当時としては珍しかった

『幼年雑誌』第22号
明治27年11月東京博文館

「教えの庭」の内容は明治二五年になぜか変更され、「教えの庭」が修身に「学びの庭」が科学・地理等の教養欄になっている。)

その誌上では、小波のお伽噺のみならず、この「教えの庭」「遊びの庭」においても、その文体が口語敬体、それも〈です〉体を多く使用している点は注目してよい。

地球は静かなるもので少しも動かざる様に思はれますが其の実はたへず回転します。我等も家屋も田畑もまた地球と共に回転するんです。

「地球の話」(「教えの庭」明治二四年三月十七日)

美妙の凋落、さらには山本正秀のいう「第三期の停滞期」に入るとともに、文壇上で消えたかのように思われた〈です〉体は、こうした場所で育まれていたことは重要である。さらに、これらのジャンルも語りにおける「大人↓子供」という経路が自明視されたものであり、その語り手の存在を消し去る必要のないものであったことはいうまでもない。

同誌の他の口語記事も、断定の文末辞に、冗長な〈であります〉よりも、簡潔な〈です〉を多く使用していることを考えれば、〈であります〉体の談話体教科書を使用していた時期の多くの児童は、同時に〈です〉体の敬体口語にも接していたことになる。両者は、文語対敬体口語という誌面構成においては共通していたわけである。

『幼年雑誌』は、明治二四(一八九一)年八月さらに翌年一月と大きな誌面刷新を行っており、「菊判」「大判」と判型の拡大とともに、字数を増大させている。ここで注意すべきは、前者の誌面改革であり、八月号巻頭では、是までは尋常小学の四字を冠せて、程度を尋常小学の科程に止めたれども、読者諸君の学問は、前にも申す如く片時も停止することなく、駿馬に鞭を加振るが如くに駸々乎《しんしん》として歩を進めて止まざれば、本誌の記事も亦之に伴ふて進めざるべからず。

と宣言され、主筆の坂下亀太郎は、

記者《わたくし》は是から尋常小学校生徒さんに、高等学校生徒さんを御紹介します。今度は尋常と高等両方の諸君に読める様に書くので御座います。

と述べ、以降、より高学年の読者を導入しようとした。前述のように『幼年雑誌』は当初、全体としてはやはり文語の記事中心ながら、当時としては多くの敬体口語の記事を誌面に掲載していた。しかし、雑誌の方針転換以後、明治二五（一八九二）年にはまだ多少掲載されていた口語記事は、二六、七年と小波の連載を除き、ほとんど文語の記事に戻ってしまっている。むろん『幼年雑誌』の文語化には、山本の指摘する言文一致の「停滞期」であったという要素も考えられるが、後述する『少年世界』の文体変化をみると、やはり読者層の変更の影響が大きかったのではないだろうか。

明治二八（一八九五）年『幼年雑誌』は他の児童雑誌と合併し『少年世界』となったが、当初は小波の編集にもかかわらず、文体においては、『幼年雑誌』と大差なかった。しかし誌面は、再び逆の事態を迎えることとなる。巌本善治らの寄稿や古典作品の焼き直し、偉人伝などに若干の文語文を含むものの、七月に「幼年」欄を、さらに九月には「少女」欄を設置することで、同誌巻頭の小波の連載、幼年欄、少女欄には、多くの

〈です・ます〉体の敬体口語文が占めることとなったのだ。

こうした編集方針の変化について沈黙していた四年前の高学年層の導入時と異なり、「幼年」「少女」という読者層の参入は、読者の様々な反響を呼び起こした。当時の「通報」欄を見てみると、

幼年いよ〳〵出でゝ愈妙とは、十四号に於ての記者閣下の誇言。然なり〳〵、幼年出でゝ面白く講演開いて妙に、あるは小説、あるは雑録。なべて盛隆の域に進みつゝある

明治二八年九月一日

と好意的な投書もあったが、一方では、

少年世界は従来の幼年雑誌日本之少年を合併したるものなればつとめて従来の雑誌の読者の満足せむことをつとむべきなり然るに少年世界は旧幼年雑誌読者は満足すべきも日本之少年読者は失望したるならむ何となれば記事あまりにも子供らしければなり

明治二八年七月一日

と、従来から『少年世界』の記事のレベルに不満を持っていた読者は、これら増欄については拒否反応を示した。八月の「通報」欄には「幼年は無用の欄なり」とする投書に「人の心は十人十色」であるから「必しも我山にのみ水を引き給ふな」と記者が戒めている。

一方、これに対して、

夫《そ》れ幼年は天真無邪気なり故に記者閣下亦無邪気なる健筆を弄してアドケナキ記事を載せらる吾人は天真

無邪気を好み、吾人はアドケナキを愛するもの況んや不知不認の天真爛漫の徳性を滋養するを得るに於てをや
明治二八年九月一五日

という反論も掲載されており、賛否両論を引き起こしている。同月に増欄された「少女」欄に関しても、もともと〈です〉体を得意とする「小公子」や「少公女」の若松賤子などの寄稿もあり、文体上、「少女」欄は「幼年」欄と文体的に似た傾向にあった。もちろんここには、「女子供」というステレオタイプの同一化もあるだろう。一一月一日号では、

一、幼年欄を少なくすること
二、少女欄は幼年欄と各々同じければ寧ろ幼年欄へ入る方がよからん

と両者を同一視し、さらに排除しようとする投書もあった。この投書に対し「須次其方針を取らん」と答えた『少年世界』は、翌年には多様なジャンルを「幼年」「少女」「少年」という三つのパートに整理し直し、既存のジャンルを「少年」の中に統合し、この形態を明治三〇（一八九七）年になるまで続けた。以後、欄を廃止して様々なジャンルの文章をランダムに配置するようにし、さらに昭和三一（一九五六）年には、目次上からもジャンル名をカットするというようにして、誌面上でのジャンルの解体を推し進めていった。

むろん、実質的に「お伽噺」や「少女小説」が排除されたわけではないので、明確な区分を表面上避けたにすぎないのだが、この過程には様々なニーズに対応しなければならなかった当時の『少年世界』の置かれた状況があったのだろう。ただ見逃してはならないのは、久米依子が「少女小説—差異と規範の言説装置」（前掲

『メディア・表象・イデオロギー』収録）で指摘しているような「少女」欄と同じく、「幼年」欄の設置も単なるジャンルの問題ではなかったことだ。むろん「同じ」と言っても、「幼年」というジャンルが、所詮時間が解決し得る問題である点では、「少女」という根本的に解消不能な差異性のレベルではないことはいうまでもないが、「科学」や「冒険」といったジャンルと異なり、「幼年」「少女」といった分類は、今まで『少年世界』の読者として曖昧ではあるものの緩やかな連帯を保っていた読者層に新たな自己規定を強いることになった。増欄に対する反応は、幼年でもない、少女でもない、といった「少年」という新たな自己規定の覚醒であったと言ってよいだろう。

一方、こうした間も常体・敬体ともに口語の文章の比率は上がってゆき、明治三〇（一八九七）年には四〇パーセントを越えていることは注目してよい。しかし三〇年になっても文語体は残り続け、全誌面に言文一致がなされるには、小波がドイツから帰国する明治三六（一九〇三）年を待たなければならなかった。

ところで、久米は、明治三三（一九〇〇）年以降三年間にわたる「少年世界」誌面における「少女小説」の排除を指摘しているが、同年『少年世界』は隔週の発刊を月刊に変更し、同時に『幼年世界』を刊行した。つまり、この年は、従来問題であった二つの「異分子」が同時に誌面から追放されたことになる。

この『幼年世界』は、わずか一年後には、もとの『少年世界』に吸収合併されてしまうのだが、創刊号から全ての記事を〈です・ます〉体で統一した言文一致雑誌であったことは、注目に値する。これは、『少年世界』と比べても三年早く、この敬体口語中心の誌面構成は年間を通してほとんど変わっていない。（二冊欠号未確認のものがあるが、地の文を文語、会話を敬体口語という作品二例や、五月の増刊号においての常体の小説を三つ確認出来るものを除いて、全て敬体口語で統一されている。）さらに、この傾向は、同時期の少女雑誌においても同様であり、『少女園』（明治三六年）、さらには『少年世界』から分かれた『少女世界』（明治三九

（一九〇六）年）も敬体口語を主体とした誌面構成である。

こうした明治二五（一八九二）年から約十年間の児童文学・雑誌における言文一致が最終的には敬体として固定されていったことは、『赤い鳥』『童話』などといった大正期の児童文学雑誌全般がまったく同様の文体であることを考えると決定的な出来事であったといえる。前述したように、そもそも〈ます〉という文末辞は、新聞・教科書等様々な場所で使用され、必ずしも幼年向き、女性向きといったニュアンスを帯びていたわけではなかったからだ。むしろ、こうしたジャンルにおける文体の使用こそが、〈ます〉という文体のニュアンスを確定していったのである。

〈与えられた物語〉の談話と〈求められた物語〉の談話。そのいずれもが〈です・ます〉体という画一的な表現に固定される過程は、文語そしてそれに代わる常体口語を学ぶ階梯としての〈です・ます〉、幼年の為の表現としての〈です・ます〉、少女の為の〈です・ます〉といった、階層を含む差異化の過程であった。

『幼年世界』にも寄稿していた若松賤子の〈です〉体使用における言文一致史上での影響の大きさについては、現在までにくり返し言及されており、むろんそれを否定するつもりはない。しかし、山本は、小波の言文一致童話の着手を「明治三〇年代の少年文学言文一致の端緒」と評価しておきながら、小波と賤子を比較して、

それ（小波の『日本昔話』（明治二七年）―筆者註）以前では、小波よりも賤子の言文一致の方が、少年文学史上より優勢で、言文一致でも特殊な意義をもち、また読者および他の作家への影響も大きかった様である。

と賤子を評価し、一方、小波の業績を「重視しなければならない」としながら、その詳細の調査に及ぶことはなかった。この「特殊な意義」とは泉鏡花や樋口一葉の言文一致に対する影響の大きさと、山本のいう言文一致の「停滞期」に見事な言文一致文体で好評を博したことをさしている。しかし、樋口一葉や泉鏡花の敬体口語文への影響とは、あくまで文学史上の一事項にすぎず、さらに言えば、一葉の場合、その言文一致文自体が問題になることが少なく、鏡花の場合とてその後の文体が〈です〉体主体になったわけではない。今日、我々は言文一致に関してもう少し大きな視野を必要としているのである。

狭義の「純文学」という枠内で考えるならば、こうした小説至上主義は、もちろん何の問題もない。しかし、明治二十年代において、まだ実験小説の域を出なかった言文一致小説は、文学の中でもさらにマイナーな一分野にすぎず、教科書や童話が持つ読者数にはるか劣っていることは自明である。さらに、当時から現在に至るまで、いわゆる幻想の統一された「日本語」への階梯の役割を担って来たのは、この敬体口語である。アンダーソンを経由して言文一致を考える我々にとって、そこから十全に社会性、政治性を読み取るためは、やはり文学以外の動向にも注目せざるを得ないだろう。

パロールを規定するエクリチュール—会話の規範としての敬体—

明治四（一八七一）年七月に初代文部卿に就任した大木喬任は、翌月には「学制」、さらに翌月には「小学校則」を発布した。この「小学校則」で指定された教科に「会話」がある。こうした文部省の要請を受けた形で幾つかの「会話篇」が出版されている。松村明（『江戸語東京語の研究』昭和三二（一九五七）年三月・東京堂出版）、古田東朔（「口語文体の形成—小学読本における—」『実践国語教育』昭和三六（一九六一）年七月）の指摘によると、六年には、市岡正一編『童蒙読本会話篇』・太田随軒編『太田氏会話篇』。翌年七年には、久保扶桑編『会話読本』・黒田行元編『小学会話篇』・井出猪之助編『小学会話之捷径』・橋爪貫一編『日本会話篇』と様々な会話篇が出版されている。これらの「会話篇」も太田随軒のものと、それと多くの例文を重複する黒田行元のもの以外は、〈であります〉〈でございます〉体を使用したものである。

　この「会話」という教科の背景について当時文部少丞であった西潟訥の証言（「論説第十則」・『文部省雑誌』明治七（一八七四）年一月）は重要である。

> 奥羽ノ民其音韻正シカラススシテ上国ノ人ト談話スルニ言語通セサルモノ甚多シ夫我日本ノ国タル東西僅ニ六百里北海道ヲ数ヘズニ過キスシテ言語相通セサルカクノ如キモノハ他ナシ従前会話ノ学ナキカ故ナリ

つまり、当然の事ながら、学校における「会話」の教授とは、当初から、方言の差異性を消去し「日本ノ国」の何処でも通じるように言語を均質化しようとする目論見であったわけだ。「会話」を記述するという、素朴な音声至上主義的な試みにおいても、むろん、あり得べき語尾は多様であったが、それを文章として表記する際には、〈ます〉体を中心とする敬体が多く使用された。ここには、美妙や小波ら多くの言文一致論者たちが拘泥し続けた美文への意識も、強く作用していただろう。

　さらには、前述した教科書における談話体の採用も、その文例の多くが、日常の家庭での会話を採用していることから、談話体にいわゆる日常の会話の規範としての機能が期待されていたことは、想像に難くない。

　およそ十五年間の国定化以前の教科書における談話体↓文語体という流れが、談話体に階梯の日本語という位置付けを与え、国定化以後も、談話体が敬体口語、文語体が常体口語となることで、階梯の言語という位置をより強固なものにしていった。児童文学における敬体の採用がそれを支え、談話体→敬体という流れにおいて、その断定の文末辞には徐々に東京の一方言であった〈です〉が多勢を占める様になった。

前述した大正一三年時における芳賀矢一の二種類の口語体という感覚には、こうした背景があった。前田勇(「京阪の「です」標準語移入説」『国語国文』昭和三五(一九六〇)年三月)の明治期における〈です〉の全国普及に関する調査は、会話の規範、階梯としての敬体の浸透の様子をよく示している。

しかし、これはいわゆる「方言」の抑圧にのみ機能していたわけではない。そもそも「方言」なのか「……語」であるのかといった議論は、それを使用する人々の政治的現状と不可分であり、これをアイヌや沖縄の言語と関連づけて考える場合、それは「方言」という問題以上のものを含んでいる。

例えば、明治一三年初版の沖縄県学務課編『沖縄対話』において、その規範とすべき言語は、全て敬体口語である。『沖縄対話』における敬体の使用とは、単に当時の談話体が敬体中心であったということではない。日本の同化政策の歴史において、その主軸を成したのが皇民化と言語政策であったことは、既に多く指摘されることであるが、その言語政策として、常に規範とされたのは、敬体の表現であり、以後の各地域における言語同化政策も、『沖縄対話』と同様の敬体を中心としてなされたのである。

小川正人の『近代アイヌ教育制度史研究』(平成九(一九九七)年五月・北海道大学図書刊行会)によれば北海道のアイヌ人への会話教育では、専門の教科書こそ、用意されなかったが、明治三二(一八九九)年三月の「旧土人保護法」の制定と平行して、道庁はアイヌ教育の制度化に尽力した。その内容については、岩谷英太郎・永田方正の「あいぬ教育ノ方法」(『北海道教育雑誌』明治二六(一八九三)年七月)から「旧土人児童教育規定(施行上注意要項)」(明治三四(一九〇一)年)に至る資料群によれば、授業の実に半分を「国語」にあてている。

授業科目の割合が、いわば総合科目としての機能をはたしていた国語に比重を傾けるのは、戦前の学校教育のカリキュラムとしては特別のことではないが、「あいぬ教育ノ方法」では、アイヌ語を排除して、「仮名」を使用し「日本語」の「日用文」を、しかも「文体ハ言文一致」で、「交際上不便ナカラシム」ようにし、表記に関しては「主トシテ仮名ニ習熟セシメ」る教授を勧めている。

小川正人は、アイヌ語には敬語法がないという理由で敬語の教授に注意が必要であるという当時の言説に注目し、皇民教育に伴う身分秩序に関わる概念を注入しなければならなかった点との関連を示唆している。前述のように、常体口語の全面採用は、明治三八（一九〇五）年の国定教科書以降だから、当時の会話教授本や同年代の教科書と比較すれば、ここでの「言文一致」による「日用文」が、「談話体」に相当するものであったことは想像に難くない。

さらに時代が下れば、朝鮮半島で使用された『普通学校国語読本』（大正元（一九一二）年～大正四（一九一五）年）、南東諸島で使用された『南洋諸島国語読本』（大正一四（一九二五）年）などの読本、満州で使用された『鉄路日語会話』（昭和九（一九

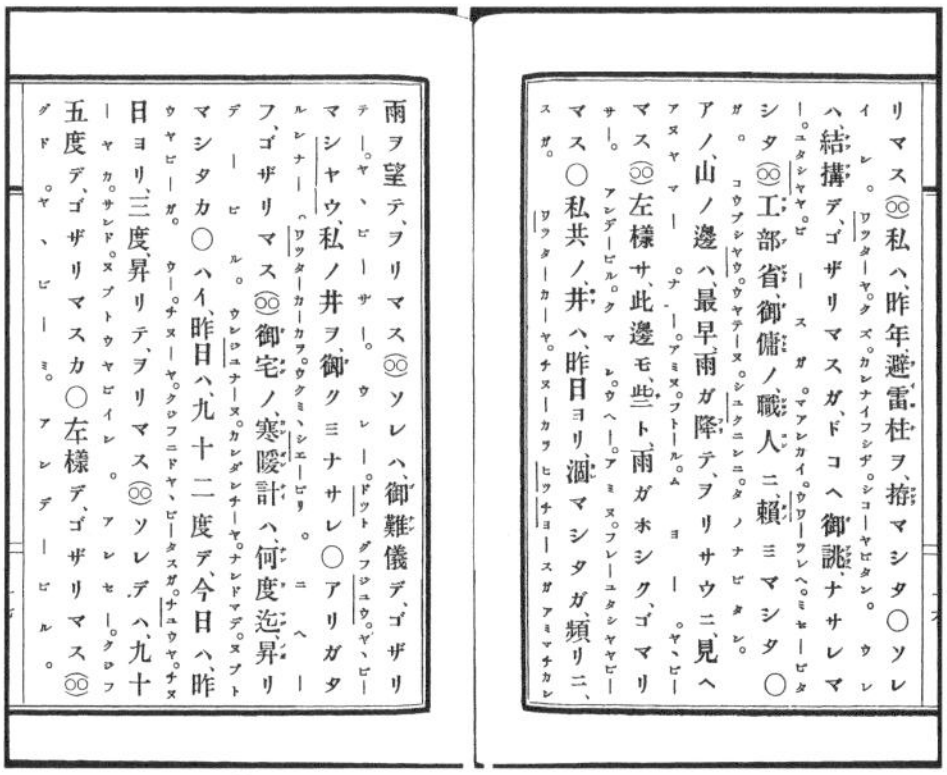
リマス◎私ハ、昨年避雷柱ヲ、拵マシタ○ソレ
ハ、結構デ、ゴザリマスガ、ドコヘ御誂ナサレマ
シタ◎工部省御傭ノ、職人ニ頼ミマシタ○
アノ、山ノ邊ハ、最早雨ガ降テ、ヲリサウニ見ヘ
マス◎左樣サ、此邊モ、些ト雨ガホシク、ゴマリ
マス○私共ノ井ハ、昨日ヨリ涸マシタガ、頻リニ、
雨ヲ望テ、ヲリマス◎ソレハ、御難儀デ、ゴザリ
マシヤウ、私ノ井ヲ、御汲ミナサレ○アリガタ
フ、ゴザリマス◎御宅ノ、寒暖計ハ、何度迄昇リ
マシタカ○ヘイ、昨日ハ、九十二度デ、今日ハ、昨
日ヨリ、三度昇リテ、ヲリマス◎ソレデハ、九十
五度デ、ゴザリマスカ○左樣デ、ゴザリマス◎

対訳の「標準語」には敬体が採用されている。

『沖縄対話』表紙

三四）年）『警察用語日語会話』（昭和一二（一九三七）年）などの成人用の会話教則本など、これらは、ほとんどの表現を敬体に限定させている。

むろん、実際の現場でこれらの敬体以外の表現に関する教育が行われなかったわけではないだろう。しかし、中山昭彦が指摘するような明治末期における手紙等の文章の教則本や、前述した国定教科書では、明らかに前述した敬体↓常体という階層的差異性を前提としている。こうした敬体中心の国語教育には、「国語」の「同化」政策という言葉に隠れたもう一つの側面がある。

文末辞の多様な表現を避け、相手を敬う特定の表現のみを「国語」として教えること。難解な表現を避けあくまでも日常の簡易な表現のみに徹すること。内地と比べ明らかな簡易教育しか行わないこと。そして、いうまでもなく、一方的に母語を奪い去ること。それは強者が、一方的に「日常」の「簡易」な交易を可能にする為だけの教育であり、初めから「同じ」には、ならないことが前提になっている以上、それは「同化」ですらないだろう。

石黒修は、「日本語教育の新しい出発」（『外地・大陸・南方日本語教授実践』昭和一八（一九四三）年一月・国語文化学会編）において、ある国語が国外進出する場合は、「複雑な用法が簡易化され、変則的なものが合理化される」ことにより、それが「歪められる場合」と「正される場合」があると指摘しているが、いずれにせよ、日本語の会話の教授における敬体中心主義は、文末辞における表現の多様性を犠牲として、速習のみを目的とした合理化に寄与したことは間違いない。

関正昭が多くの文献リスト（『日本語教育史研究序説』昭和四二（一九六七）年六月・スリーエーネットワーク）を提示しているように一九四〇年代になると戦争が拡大し、兵力として日本語の速習が危急の課題となった。そこで学者や文人らによって「大東亜共栄圏」への日本語普及に関して漢字の制限、表音式表記の徹底等、ますます日本語の簡略化が議論されるようになるわけだが、我々がみてきた明治以降の敬体中心の初等教育、及び会話の実践教育は、思わぬ形で、こうした政策に結びついていったのである。

第三章　新吉と中也のダダイズム――文体意識をめぐって

日本詩壇のダダ受容

大正三（一九一四）年の第一次世界大戦を経て、大正五（一九一六）年七月『アンチピリンの第一回天上冒険』で初めて出版物として「宣言」を行ったダダイズムは、その中で速度・機械文明・戦争賛美の未来派に対して明らかなアンチテーゼを言明していた。

ぼくらは宣言する。**自動車**が外洋汽船や騒音や観念のように、その抽象作用の**遅さ**において、ぼくらをひどくあまやかしてきたこと。（太字、傍点は論者）

『言葉のアバンギャルト』（平成六（一九九四）年八月・講談社新書）所収の塚原史訳

このダダイズムをいち早く日本に紹介したのは、大正九（一九二〇）年八月一五日付の『万朝報』の若月紫蘭「享楽主義の最新芸術―戦後に歓迎されつつあるダダイズム」と羊頭生「ダダイズム一面観」であることは有名である。

一寸見たところが、此未来派の変態か、脱化か、兎に角立体派又は未来派の最新派の中に一括すべきやうな、或は思附をそこから発したらしく思はれる最新芸術の一派は、いわゆるダダイズムである。

紫蘭は、ここで「変態」であれ「脱化」であれ、ダダイズムを未来派からの流れの中で捉えておきながら、その連続性を表現上の問題のみに限定している。

広告的に、公にされて居る其宣言書らしいものを見ても、別に之ぞといつた深い主張もあるらしくもなく、只奇をてらふといつた風のあるらしいものである。其証拠には最近、ジユ・セ・ツーに現はれた広告をみても、書かれてゐることは兎に角として、文字の組方が同じ頁の中に縦に組まれて居たり横に組まれて居たり甚だしきに至つては斜に組まれたりして居て、内容よりも外形に重きを置いて居るやうにも見受けられる。

未来派の宣言の戦略はそもそもマスメディア

てある。佛蘭西にもなく脱かれて熊度かそれをに見ると、ダダイ上のヴオルシエ

ニヒリズムであたといはれてゐるに云ふと自分等はれない、狂人でも過激な論理も自學も偏害者も未たいといつてゐるは未來派に似て非る享樂主義者であ

スタン・ツアラーだと云はれて居るが、フランシス・ピカビヤ、ジヨルジユ・リブモン・デセース、ボール・デルメエ、ポール・エルアール、

ダダイズム一面観

ダダイズムなる文藝上の新派が現はれて、戰後の歐米文壇を賑はしてゐるとは屢ば耳にしたが、今日までの所、之れに關する外國雜誌の紹介は多く斷片的で、僅かに其の特殊な一角を傳へてゐるに過ぎない、或は之等の紹介者自身もダダイズムの正體に就て的確な知識を持つてゐないのかも知れないそれよりも寧ろダダイズム共者が有らゆる主義が共の發生當時にさうであるやうに、混沌として未だ一つの纏まつた主義としての内容を具備するに至らないと見る方が至當のやうにも思はれる、兎も角も姑にダダイズムの全豹に亙つて詳細なる紹介を試みるとは不可能であるが、今日までに公にされた彼等ダダイズムの宣言書と製作

於て如何な道路をとつて行くことだらうか、此處に掲げた二つの言葉は此一派の綱領として傳へられるものである(某國)

ダ一九一八年宣言書』の中にこんな文句がある

『余は賤い客觀と調和とを嫌ふ、この兩者は有ゆる秩序の中に發見される智想である……余は組織に反對する、過多の組織を誤謬することは一の主義を有せざることである。余は腐爛せる太陽の體溫中に躍動する宇宙的能力の總てに對して反對を宣言する――ダーダは未來の放棄である』

之れで見ると、ダダイズムの根本思想は總てを否定し去る所にある、この點に於て確に文藝上の虛無主義である、さうして未來に對する希望を放擲して、生活努力の全部を現在に傾注せんとする所に猛烈な享樂主義的の句が漲ひついてゐる、オスカー・ワイルドは『未來は大洪水のみ』と言つて、とうと

――婦人の紐靴下を押ることは出來るが天才を抑へることはむづかしい――』

こんな閑人の痴言にも等しい主張が、文藝上の新主義として世人の口の端に上るやうになつたのに就ては、併し十分の理由がある、さうしてそれは直接に未來派の凋落と關係して來る、抑も未來派が勢力を失墜するやうになつた原因は、マリネッチを初めこの派の主立つた連中が戰亂の渦中に捲き込まれて國家主義を唱道したのにある、戰爭の慘禍を目擊した歐洲の詩人文學者は、かゝる疑惑を出現せしめた根本の原因として、何よりも先に國家主義を呪咀した、それで文學的若くは藝術的であるものは結局反國家的換言すれば國際的でなければならないことになつた、然るにマリネッチは何に血迷うてか盛んに國家主義を高調した彼はかうして國民の味方であることを示した積りであつたが、其の

当該記事が掲載された「万朝報」の紙面

を利用した世界的な流布にあったが、この運動が日本に紹介されたのもかなり早く、大正八（一九〇九）年の「未来派宣言」は三ヶ月後の五月には「椋鳥通信」（『すばる』誌上）で森鷗外による抄訳がなされている。しかし、紫蘭は「深い主張もあるらしくもなく」とか「内容よりも外形に重きを置いている」と、ダダを思想面を排除した新手の形式至上主義文学とみている。その紹介は、未来派のそれとは異なり、歴史性を欠如したものであり、背後にある思想性を完全に排除したものであった。つまり紫蘭のダダイズムの紹介は、はっきりとした否定的見解を伴っているのである。そうした否定的見解については、同時掲載された羊頭生も同様である。しかし、後者の場合、

抑《そもそも》も未来派が勢力を失墜するやうになつた原因は、マリネツチを始めこの派の主だつた連中が、戦乱の渦中に巻き込まれて国家主義を唱道したのにある。戦争の惨禍を目撃した欧州の詩人文学者は、かかる残虐を出現せしめた根本の原因として、何よりも先に国家主義を呪詛した。

と、はっきりとダダイズムの持つ政治的意味にまで言及していたことに留意しておかねばならない。

しかし、この記事を後に回想する高橋新吉は、

私がこの『万朝報』の記事で、一番感激したのは、『文字の組方が……同じ頁の中に縦に組まれて居たり横に組まれて居たり甚だしきに至つては斜に組まれたりして居て、』というところである。

と述べ、紫蘭と同様にその表現的側面の奇異さにのみ注目する形で、この新しい文学潮流を受容することとな

る。むろん、西洋の未来派からダダイズムの流れを日本の詩壇にそのまま当てはめる考え自体に疑問があるかもしれない。しかし、ダダイズムと比較すると、日本においての未来派は、直接マリネッティと交渉を持っていた神原泰など、理念・実作の両方において非常に正確な理解を持っていたのである。だが日本のダダイズムは、この詩人のダダ理解が、後続する詩人たちに大きな影響を与えることとなった。こうして誕生することとなる新吉による日本初のダダイズム詩集は、大正一二（一九二三）年二月『ダダイスト新吉の詩』（中央美術社）という形で世に問われた。

当時におけるこの詩集の受容がいかなるものであったのかということについて、大正一二年二月の『中央美術』の宣伝文は、大きな示唆を与えてくれている。

> 『新吉』とは誰？　日本が最初に生んだ唯一人のダダイスト高橋新吉である。彼は生れながらにしてのダダである。むき出しの儘のダダである。ダダたらんとしてダダとなつた人間ではない。彼の言葉、彼の生活、その儘がダダの詩であり、芸術である。実に驚嘆すべきダダ詩人である。彼は最近発狂した。そして故郷に連れられて静養してゐる。

この宣伝文は、この詩集の理解とダダイズムの理解を、高橋新吉という詩人の理解と等価なものにしている。神谷忠孝が指摘（「高橋新吉における「風狂」」『日本のダダ』昭和六二（一九八七）年九月・響文社）するように新吉の「発狂」については、前年の新聞紙上で、米田曠「遂ひに発狂したダダの詩人高橋新

『ダダイスト新吉の詩』

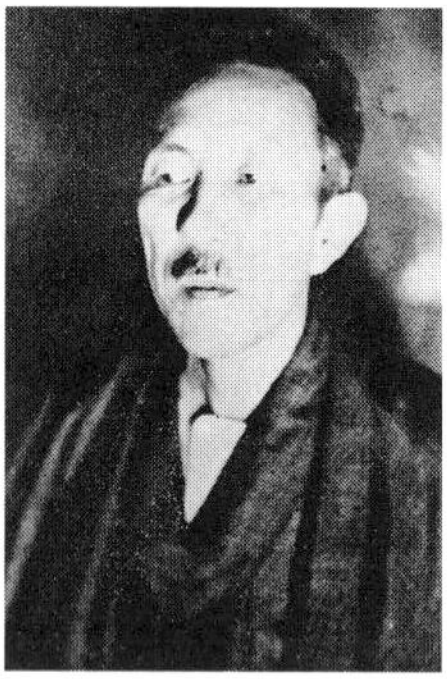

辻　潤

吉」（『読売新聞』大正一一（一九二二）年一二月二三日）、辻潤「ぷろむなあど・さんちまんたる」（『東京朝日新聞』大正一一年一二月二一日～二三日）、内藤辰雄「年頭の雑感」（『読売新聞』大正一二（一九二三）年一月一三日～一四日）、福田正夫「ダダは生れる」（『東京朝日新聞』大正一二年一月三一日）など、多く言及されている。これらの言説は、新吉の起こした暴力事件について「発狂」というタームを用いてふれていることに共通性がある。幾つかの誌上を賑わした詩人の近況を、この詩集の理解に重ねようとした出版社の戦略が窺われる。

そもそも、一柳喜久子（「解題」『高橋新吉全集』一巻　昭和五七（一九八二）年二月・青土社）によれば、新吉自身は『ダダイスト新吉の詩』という題名さえ知らされていなかったらしい。とすれば、前述のような理解をこの詩集に用意していたのは、この詩集の編集者である辻潤であったことは間違いない。さらに、辻はタイトルだけではなく、佐藤春夫の紹介文を冒頭に置く戦略により、この詩集の理解を決定づけている。

全二九〇頁（日本近代文学館名著復刻『ダダイスト新吉の詩』（昭和五五（一九八〇）年四月・ほるぷ社）で確認、以下同様）のこの詩集に対して、二九頁とおよそ一割を占める佐藤の文章は、全九章のうち八章を自分と新吉との交流の紹介にあてている。新吉の芸術について「或る程度までそれに感心し得ない人間は、作者として鑑賞家として批評家として気の毒にも、旧式な美学をあまり知り過ぎて美そのものを却つて知らなくなつてゐる」といい「ただ彼には見る人にだけ見える暗示がある。」という挑発的な紹介文は、最終章の「9」で、以下のように述べる。

ただ僕は知つてゐる。高橋の芸術と生活とはアカデミシヤンの様子ぶつた芸術に対する又、平俗的幸福のなまぬくい生活に対する徹底的の反抗と挑戦とである。彼の消極的な——いや消極をも積極をも超越した態度は、上述の意味で力強いものである。この精神によつて高橋は恒に生きる。彼は明治大正を通じて芸術史上に於ける著しく特異な個性である。

佐々木幹郎は『中原中也』（昭和六三（一九八八）年四月・筑摩書房）において、この序文が書かれた当時の詩壇における佐藤春夫のオルガナイザー的地位の重要性を指摘しているが、そうした詩壇の巨頭による序文は、この詩集の冒頭において、詩人の理解をこそ先に要求しているのである。そのことは、この紹介文が詩集の宣伝の際にも必ず一部分掲載されていたことからもうかがえる。

さらに詩集の末には辻潤の十三頁における跋文が掲載されている。これも詩人との交友録である。実にこの詩集は、その十五パーセントを詩人の紹介にあてているのである。新吉は、既に『週刊日本』に「ダガハジ断言」を発表し、さらにダダ詩を『改造』（全て大正一一（一九二二）年九月に発表。他に『新興文学』などにも小説・詩を発表している。）に数篇発表するなどし、この詩集が出るまでまったくの無名というわけではなかった。にもかかわらず、詩人の紹介に多くの紙幅を割くこの詩集の構成は、明らかにダダ詩の理解＝ダダイストの理解という受容を要求するものであった。

いくつかの同時代評は、こうした読みが単なる出版側からの戦略ではなかったことを示している。たとえば、赤松月船「断片語」（『詩聖』大正一二（一九二三）年四月）は、ダダイズムに否定的な立場を表明した

佐藤春夫

後に以下のように続ける。

　私は高橋を読まない。しかし佐藤評論にあらはれたかぎりに於て高橋新吉は随分好きな男の一人である。

全く詩にふれることなく、佐藤春夫の紹介文とそこにおける人物像のみに言及していることが見てとれるだろう。新吉が数ヶ月前から小説や詩を発表していた『新興文学』でも、新吉の詩集そのものにふれることはなく、米田曠が「頭脳の針の皿のネジが緩んだ」新吉が発狂して墓石を嘗め、そして「東京を去つた」という「発狂詩人」という詩（『新興文学』大正一二（一九二三）年三月）で新吉を歪曲した形で伝えているだけである。新吉の詩集と同じ出版社の雑誌である『中央美術』でさえ、詩集発売の同月に「ダダイズムの研究と作品」という特集を企画しておきながら、北村喜八は、日本のダダ詩人の例として「近く発狂した高橋新吉」と紹介するにとどまり、佐藤春夫は、詩集とほぼ同様の紹介文を掲載したのみであった。

　さらに典型的な例として、工藤信之助の「ダダイスト新吉の詩」（『新潮』大正一二（一九二三）年四月）という書評は、

　僕は高橋を知らない。がその行動は手に取るやうに知つてゐる。狂気した彼は今佐賀に行つてゐるとか聞く。

高橋新吉

と、やはり「狂気」についてふれ、詩集については、

「ダダイスト新吉の詩」の全部を通して流れる色体は、圧迫され押し潰された生活感の、誰に向けるともない、疲れた触手の悲痛な遊技である。

と、ダダを「全の運動としてよりは個の運動」として捉える文学観を表明している。

皿皿皿皿皿皿皿皿皿皿皿皿皿皿皿皿皿皿皿皿皿
　倦怠
　　額に蚯蚓が這ふ情熱
　　白米色のエプロンで
　皿を拭くな

こういった理解が、例えば有名なこの詩（復刻版231頁）を、詩人の新聞社の食堂における一日十二時間の過酷な単純作業労働による「倦怠」という理解に閉じこめてしまう弊害はいうまでもない。この詩の背景に言及する、佐藤の紹介文はこうした読解を強烈に規定してしまっている。

だが、それ以上に問題なのは、ダダイズムそのものを新手の心象表現の手段としてのみ受容させてしまうことである。後述する中也のダダ詩の多くも、この延長上にある。

むろん、震災以後の無意味を標榜するダダイズムが、アナーキズムと結合しある種の政治性を伴った運動に

変わってゆくことは周知の事実であり、さらに、新吉に影響を受けた多くのダダ詩が、既成の表現法の解体程度であったことも、また事実である。しかし、だからこそ日本のダダを考える上で、西洋のアヴァンギャルドの文脈に単純に接続してしまう前に、こうした新吉の詩集の受容形態を確認しておくことは重要である。

中也とダダイズム

中原中也が、高橋の詩集を手にしたのは刊行されて間もない頃であった。

大正十二年春、文学に耽りて落第す。京都立命館中学に転校す。生れて始めて両親を離れ、飛び立つ思ひなり、その秋の暮、寒い夜に丸太町橋際の古本屋で「ダダイスト新吉の詩」を読む。中の数篇に感激。
「我が詩観」（一九三六（昭和一一）年・Ⅳ184頁）

中也のダダイズムは、中也の詩作の中でも最初期にあたる。しかし、それを、単にフランス象徴詩の影響下の詩作へ移ってゆく過渡期的なものと考えるのは正しくない。「一九二三・四・二四」という日付をもつ「形式整美のかの夢や」から始まる無題の詩（Ⅱ362頁）には、「高橋新吉に」という献辞が付されているし、「一九三四・六・二」という日付をもつ「道化の臨終」（Ⅰ394頁）には「(Etude Dadaistique)」という傍題が付されている。中也は、晩年に至るまで自己のダダイストとしての一面を肯定し続けていたのだ。

しかし、中也が新吉から得たダダ体験とはいかなるものだったのだろう。ダダ的といった手法が確固たるものでないため、中也の詩中での晦渋な表現を即ダダの痕跡とみる論は後を絶たない。例えば、以下の詩をみてもらいたい。

トタンがセンベイ食べて
春の日の夕暮は穏かです
アンダースローされた灰が蒼ざめて
春の日の夕暮は静かです

よく詩史において中也のダダ詩と紹介される「春の日の夕暮」（Ｉ６頁）である。だが、この詩が中也のダダ詩の記録である「ノート１９２４」の中で唯一発表された詩であることを知らなければ、何をもってこれをダダ詩と判断出来るであろうか。

もし、この詩を典型的なダダ詩であるとすれば、ここを雨上がりの状況の比喩として分析する解釈が多く成立してしまうことは無意味を標榜するダダ詩の概念とは矛盾してしまうだろう。もちろん、なんらかの意味を持ってしまうこと自体が、日本的ダダの形態であるという指摘なら理解出来る。しかし、ならば前提として、実証的な「日本的ダダ」の考察が必要なはずである。

さらに、松下博文が「中原中也『ダダ』の方法―『春の日の夕暮』冒頭の解読―」（『語文研究』昭和六二（一九八七）年六月）で指摘するように、意味不明だから「ダダ」であろうと抽象的に説明したところで「ダダ」について何も語ったことにはなるまい。はたして、中也のダダ期の特徴を、いわゆるシニフィアンとシニフィエの関係の破壊といった意味論的な問題のみに限定してよいのだろうか。

新吉のダダと中也のダダ

新吉の詩の多くは「女」という語句の使用が見出される。むろん、それらを全て新吉の個人的な関連と読むのは誤りであるが、前述の詩集の構成は、収録された詩をそう読ませる誘惑をかき立てる。さらに同詩集収録の新吉の散文における、ダダイスト＝「私」の貧困な暮らしぶり、逮捕や見知らぬ女性との不思議な性体験、過去のある女性への愛惜の念などが、紹介文や跋文での新吉と重なるように、その読みを補完している。

ここで先ほどの佐藤の紹介文に戻ってみれば、新吉と中也の連続性において注目すべき言説がある。

言はば、高橋は自分のひよつくり見た一夜の夢にその生涯を捧げたやうなものである。高橋のその女に対する熱心は彼が正気であつた最後まで実に異常なものであつた。（中略）今、高橋の歪んだ理性のなかであの女がどんな形の幻影になつてゐるであらうか。知りたいものである。

（傍点は原文のママ）

新吉の創作の背景に女の影があったという事情は、当時の中也の詩作とも無関係ではない。なぜならあの有名な中也と長谷川泰子との同棲生活が始まった時期と重なるからである。

「愛」という語を四詩、「恋」という語を十五詩、「女」という語を九詩で使用した中也の「ノート１９２４」も、その多くは恋愛詩とでも呼べそうなものである。

思ひのほかでありました

恋だけは――恋だけは　「想像力の悲歌」（Ⅱ31頁）

あゝ恋が形とならない前
その時失恋をしとけばよかつたのです　「恋の後悔」（Ⅱ14頁）

こうした恋愛詩に関していえば、中也は明らかに当時の生活心境をうたう枠組みとしてダダを利用したにすぎない。ここにあるものは、新吉から中也に受け継がれた、政治性・社会性を捨象したダダの抜け殻の系譜とでもいったものだけである。これらの詩の分析の先に何かあるとすれば、せいぜい中也の伝記的研究への寄与ぐらいであろう。

しかし、着眼点を表現上の影響に絞ってみると、そこには二点の留意すべき点がある。一つは、読点の使用がないことである。新吉の詩には、句点や感嘆符はあるが読点の使用はほとんどない。中也のダダ詩も同様であり、これは新吉の表現法の影響であろう。樋口覚の『中原中也　いのちの声』（平成八（一九九六）年二月・講談社選書メチエ）での指摘にもあるように『山羊の歌』収録の「初期詩篇」には読点の使用がみられるから、読点の使用はその間に強く影響を受けたフランス象徴詩の文語訳からの影響と思われる。

だが、それ以上に重要なのは、ここでもやはり〈です・ます〉体という口語敬体の使用なのである。現存するダダ詩四七篇のうち、二五篇は、〈です・ます〉体の詩であり、わずかでも〈です・ます〉を使用しているものを入れれば、三八篇にもなる。

一方で、中也はこの「ノート1924」を書いている時期には「耕二のこと」「蜻蛉」といった小説を書いている（Ⅳ解題篇参照）。これらは、常体による通常の言文一致小説である。このことは、中也のダダ詩における〈です・ます〉体は、詩という表現においては意図的であったことを示している。

ところで、ダダ詩におけるこの〈です・ます〉体という表現の集中は、次のような当時の中也の詩の特殊な状況を加味する見方もあり得る。

詩を読んでくれるときには、やはり中原を見なおしました。私は直感的なことばかりで、詩がわかるとはいえません。それでも中原が読んでくれる詩には、何か美しいもの、胸に響くものがあって、自然に涙を流したこともありました。

村上護編・長谷川泰子述『ゆきてかへらぬ』（昭和四九（一九七四）年一〇月・講談社）

長谷川泰子

泰子の同棲生活の回想である。同回想によると二人の出会いのきっかけも、中也の詩に泰子が好意的な反応を示したことによるらしく、当時の中也にとって泰子は、恋人である以上に最も身近な詩の読者（聞き手）でもあったわけだ。〈です・ます〉体とは、口語の中でも、強く読者を意識したものである。そう考えれば、あの高村光太郎が『智恵子抄』においてその語りに〈です・ます〉体を採用したように、このノートの詩の多くが恋愛詩であることは、泰子の存在が意識された語りであるという推測もあり得るだろう。しかし、〈です・ます〉体は、中也のダダ詩の全般に渡る特徴であり、恋愛詩に限られたものではない。自己の理念を語る詩篇にもみられる〈です・ます〉体は、このことのみでは説明出来ない。

未来派と異なり、日本のダダ詩の運動は、何らかの思想性を共有しようとするものであるというよりはむしろ、各自において自由に発展したものであった。確かに、大筋においては、既成の伝統的な表現法の破壊という共通認識がある。しかし、その文体としては既成の詩のような常体口語が使用されるのが普通であり、丁寧体である〈です・ます〉体を主調として使用する詩人はなかった。これをアヴァンギャルドやモダニズム詩に限定せず、中也以前の詩史に置いてみても同様であることは前章でも指摘したとおりである。敬体の使用の影響については、中也が特に高く評価していた宮澤賢治の影響が重要であると思われるかもしれないが、中也の『春と修羅』との出会いは、実はこの後の事なのである。こう考えてみると、中也が直接影響を受けた新吉の詩集には、いくつかの〈です・ます〉体の使用例があることは注目しておいてよい。

自分が鼻ではないんだろうか
あなたをくすぐりはしません
私が老人になつたら西洋手拭で独りで湿布をするだろうか
死ツ来い

「陰萎」（復刻版73頁）

かぢかんだ手で
何が書けませう
鉛敏《ママ》な犬でない私に
未来の匂ひを

春と修羅　上京した1925年の暮か翌年初頭に購入、愛読している。

「16」(復刻版155頁)

嗅ぐ事は出来ません

蜜柑の皮を噛んで見ました
　神の意志を見ませう
歯が浮きました。

「17」(復刻版157頁)

落ち着いて言つて下さい
本當に稀薄な
空気のやうなものなのですか
其の愛と云ふのは
(中略)
死んだ事にならない自殺が
あらうか
釈迦や基督が蘇生つても
死んだ人間よりは弱いぢやろう

×

有難いと云ふ言葉と良心とか
云ふものとは　違ふんですか
どちらもコシマキの事かと

思つて居ました

×

君は家族の事を心配しないのか　「3」（復刻版130頁）

「神」「基督」「釈迦」などといった語の使用に中也のダダ詩への影響を指摘出来るが、もっと重要なのは、詩集の中に突然現れる〈です・ます〉体が、他の文体に対して織りなすコントラストである。新吉の詩集は、特定のタイトルを持たず、各詩篇にふられた番号により、その連続性のみを示している。それらは多声的《ポリフォニック》な文体で織りなされており、その中で他の詩の文体に対立した〈です・ます〉体は、詩集の流れを要所〳〵で遮断している。

詩篇「3」のケースなどは典型的な例であるが、これは同一詩内で〈です・ます〉体を主調とした流れが突然、別の文体で遮断されるという中也の詩の特徴と重なっている。もちろん、常体を中心としてみた場合でも、期待される効果は同じである。

前述したように中也の場合、ダダ詩における表現上のこの特徴は、初期の一過性といったものではなかった。中也の詩集収録の詩篇一〇二篇中で、主として〈です・ます〉体で語られたものは十三篇も見出され、実に十分の一以上に相当する。厳密に〈です・ます〉体の使用のみで注目すればもっと多い。この〈です・ます〉体の持っている語り口の丁寧さは、ダダ詩においては、どこか大衆を小馬鹿にした驕慢とも言える口振りの印象を与えかねないが、その表現は後にも捨て去られることなく成熟していった。例えば「湖上」「一つのメルヘン」「春日狂想」など、人口に膾炙《かいしゃ》した絶唱を読んでみればよい。これらの語り口は、我々の知る中也の人物像とはまったく異質のものであり、それは中也の詩の感傷的な雰囲気と深く結びついていることがわかるはずだ。

教育システムと中也の〈です・ます〉体

ここに至って中也の全詩業の表現上の特徴として〈です・ます〉体を標榜することの必然性はもはや疑いようがないだろう。そこで、こうした表現法がどのように中也の詩の魅力に関わっているかを考えてみるとき、『中原中也研究』（平成一一（一九九九）年八月）における「童謡的なものをめぐって」という特集は注目すべきである。

この特集における谷川俊太郎、佐々木幹郎、中島国彦のシンポジウムでとりあげられた「湖上」「冬の思ひ」「春日狂想」、さらには佐藤通雅、山本哲也、加藤邦彦、寺田操らの各論で指摘されている「一つのメルヘン」「北の海」「六月の雨」などは、〈です・ます〉体が使用された詩篇である。

確かに、「童謡的」である以上、ある種の〈音楽性〉が指摘されるべきであろう。そうすれば、第三部における五七・七五調やリフレイン等の問題と直結することは避けられない。しかし、これが「歌」ではなく「童謡」という問題であるならば、問題は〈音楽性〉に限定されるものでもないはずである。

そういった事情もあってか、シンポジウムや論考の中では、その〈です・ます〉体という文体の問題を指摘したものはなかったのだが、中島がシンポジウム誌上で指摘した各個人に於ける「童謡」という言葉のイメージの違い、という困難な課題を乗り越えるものとして、一九二四年前後においてこの表現法へ注目することは、何らかの示唆を与えてくれるものに思われる。

中也は明治四〇（一九〇七）年の生まれだから国定教科書第二期の時代の教育を受けていることは前に述べ

た。ちょうど明治四〇年に小学校令が改正されているので、中也は延長された六年間の義務教育を受けた世代なのだが、ここで使用されたいわゆる『ハタタコ読本』は、その多くの部分が〈です・ます〉体の使用によって書かれた教科書である。具体的には二学年までが全て「崇敬体」で統一され、その後約四十％、六六％と常体の口語が混じってゆく。これについて『尋常小学読本編纂趣意書』では「第十七課ニ於テ始メテ崇敬体ナキ口語体ヲ用ヒテ文語ニ移ル階梯トナセル」とある。読本において高学年になるにつれて徐々に文語体の文章が混じる構成や、修身教科書において五、六年が完全に文語体で統一されている構成は、この当時の教育が〈です・ます〉体から文語体へという形で行われていたことを示している。

明治三五（一九〇二）年の「国語調査委員会」の調査方針によれば「文章ハ言文一致体ヲ採用スルコトトシ是ニ関スル体査ヲ為スコト」とあり、国定教科書はその調査結果に基づいたものである。つまり、この教科書には実地調査による「客観的な」口語文を確定（捏造）し流布しようとする狙いがあった。文部省図書課の嘱託として編纂に関わった巌谷小波など、編集には多くの言文一致推進者が関与しており、さらに、先行教科

最初に習う言葉によって教科書の通称が決まる。

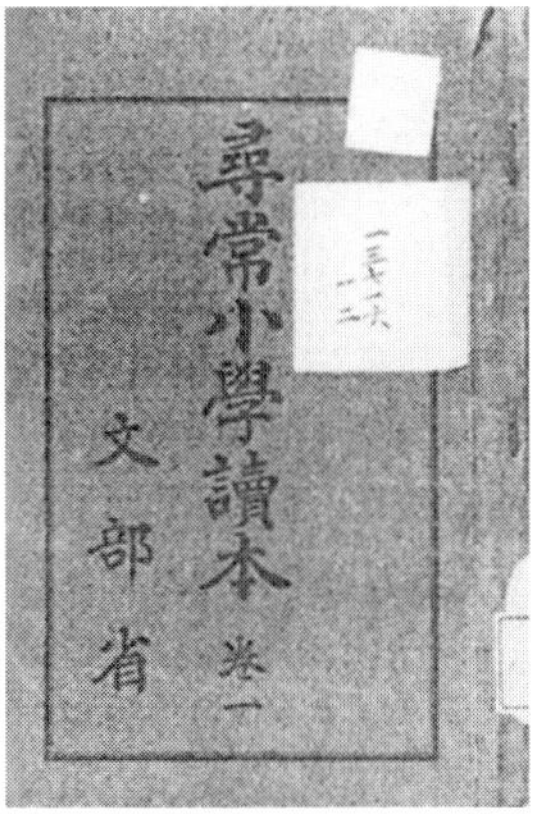

国定教科書第二期

書における折からの「崇敬体」の増加もあり、結局、国定教科書での口語体とは当時の童話で用いられていたような「崇敬体」（＝敬体口語）が、多く採用されることとなった。

粉川宏『国定教科書』（昭和六〇（一九八五）年一〇月・新潮選書）によると、明治から大正期にかけて国語科は全授業の半分を占めていたという。

言わば〝国定世代〟の人たちに、「あなたにとっての国定教科書は？」と問いを発したとき、ほとんど例外なく、国語読本を連想しての答えが返ってくるのが常である。（中略）その人が、ハナハトか、サクラか、アサヒか……によって、たちどころに理解出来るその世代特有の共通感覚、共通の記憶がそこにある。良かれ悪しかれ、幸か不幸か、国定教科書は世代の共通語としての性格をもつものである。

この「世代の共通感覚」という指摘は非常に重要である。全国で画一化された国定教科書の世代にとって国語科の読本とは、こうしたノスタルジーを誘発する装置として機能していたのである。こう考えれば、この問題は、従来よく指摘されている中也の詩風である無垢な幼年時代への愛惜や郷愁の感覚といったものとも強く関係しているように思われる。中也がダダ詩を書いていた大正一三（一九二四）年前後も多くの童謡集が出版されているが、中也への影響がよく指摘される北原白秋は『子供の村』（大正一四（一九二五）年五月・アルス社）という全四二篇の童謡集を出している。この童謡集では、「学校がよひ」「月の出」「お坊さま」といった、十二篇の〈です・ます〉体の童謡が収録されている。

さらに、うたうことが前提とされていない「童話」の場合、ほとんどが〈です・ます〉体で語られる。大正一三年時の児童雑誌『童話』や『赤い鳥』は、毎月十三〜十五本の童話・科学雑話等を掲載していたが、これらはすべて〈です・ます〉体である。

ところで、この『赤い鳥』には投稿欄が設けられており、ここでは、毎月詩と綴方が募集されていた。大正一三年時、年間で七二本掲載されている綴方の中で〈です・ます〉体は二七本と全体の三分の一強もある。対して、詩では年間八七二篇の掲載の中で、〈です・ます〉体は全てを合計しても二十篇と非常に少ない。散文で多くの〈です・ます〉体にふれるこの時期の児童にとってさえ、詩における〈です・ます〉体は、特異だったのである。

むろん前述したように、音楽性の問題を考えれば「童謡」と「童話」は異なる。しかし、これらの童話の対象が、童謡と同じ子供であった点、さらに初等教育の現場で〈です・ます〉体が主として用いられた点、逆に小説や詩において〈です・ます〉体がほとんど用いられなかった点から考えて、常体の口語に対して〈です・ます〉体に、階梯の言語という位相を形成させていたことは間違いない。中也の文体戦略とは、こうした時代背景においてなされたものなのである。

これまで、ダダの揺籃期が中也の詩風に残したものとして、いかにもダダイスティックである既成のシニフィアンとシニフィエの関連の破壊が指摘されるのみであった。しかし、中也のダダ詩の表現上の特質は、間違いなく、この〈です・ます〉体である。我々は、この中也の詩作の根源的な時期まで遡り得る〈です・ます〉体が、その後明らかに文体の一つとして意識されてゆく様をみることになるだろう。

中也の文体観

富永太郎との出会いが、中也の詩風をダダから脱却させ、フランス象徴詩そしてその翻訳である文語詩・定型詩に結びつけたことは通説であり、それは間違いないだろう。「ノート1924」の最後の方の頁にはランボーの「酔いどれ船」の写しがあり、さらに、樋口覚の指摘にもあるように、このノートの偶数頁に逆方向から移している数篇の詩は、表現上においても、後の『山羊の歌』の［初期詩篇］への過渡期的な性格を有している。

しかしこの時中也が得た文語詩・定型詩という表現は、［初期詩篇］において全面展開したというわけではなかった。［初期詩篇］二二篇のうち、文語詩は五篇で、全体の約四分の一である。［初期詩篇］に限らず中也の詩集のパートには、定型・自由・口語・文語がいつも混在されており、後述するような一つの詩の中に口語、文語など複数の表現が混在しているケースもある。しかし、文語による表現が捨て去られることも生涯なく、〈です・ます〉体と同様に詩集収録の詩でも十パーセント弱の割合で文語詩が存在する。

詩集名	刊行年	総詩数	敬体口語	定型	文語
『山羊の歌』	昭和九（一九三四）年	44篇	8篇	10篇	10篇
『在りし日の歌』	昭和一三（一九三八）年	58篇	14篇	11篇	7篇

（注）文語の判断は、主として「ぬ」「けり」などの文語助動詞や二段活用などで判断。文語・口語が混在している場合は、のべ数で換算。「定型」とは、後述する同時代評との関連から視覚的要素ではなく、七音五音という音数律の意識の薄いものを換算。

これを見てわかるとおり、中也の詩集は通常の口語表現をベースにしながらも、中に〈です・ます〉体や文語体、定型詩や自由詩を混在したものであった。そういった意味では、中也は文語詩人でも定型詩人でもない。従来からよく指摘されてきた、啄木↓ダダ↓フランス象徴詩という中也の詩風の変遷は、変遷というより影響し取り込んだものの順であり、中也の詩風は、定型・自由・文語・口語・〈です・ます〉などが混在するハイブリットなものとして成長し続けたのだ。

例えば、『山羊の歌』の「無題」（I86～89頁）などは、彼女の心は真つ直《すぐ》い！
彼女は荒々しく育ち、
たよりもなく、心を汲んでも

と常体口語で始まる「Ⅱ」章に対して、

かくは悲しく生きん世に、なが心
かたくなにしてあらしめな。

という「Ⅲ」章では、いきなり硬質な文語体に変化する。しかし、続く「Ⅲ」章では

私はおまへのことを思つてゐるよ。
いとほしい、なごやかに澄んだ気持の中に、

と語りかけるような口語体に変化している。

一方、同詩集の「羊の歌」（Ⅰ120頁）をみてみる。「思惑よ、汝　古く暗き気体よ、／わが裡《うち》より去れよかし！」と始まる「Ⅱ」章、「さるにても、もろに侘《わび》しいわが心」と始まる「Ⅲ」章に対し、中間のⅢ章では

九才の子供がありました

と、〈です・ます〉体に統一されている。これらからは、文語と口語が二律背反する手法ではないという中也の詩法の実践がみてとれ、さらに「です・ます」体が口語の中のバリエーションというよりは、口語・文語と並ぶ独立した表現法として扱われていることがわかる。

こうした中也の言語観に対して、当時の詩壇の反応はどうだったのだろうか。処女詩集である『山羊の歌』が昭和九（一九三四）年一二月の出版になったことは、中也の個人的な事情による偶然であったのだが、これが中也を、詩壇においてより一層遅れて来た詩人として規定することになった。典型的な例として中也が昭和一一年（一九三六）年に山本文庫より出版した『ランボオ詩抄』に対する春山行夫の同時代評がある（「中原中也『ランボオ詩抄』」『新潮』昭和一一（一九三六）年一一月）。

> 一読して、ランボオもひどいことになつたものだと、少々驚かざるを得なかつた。（中略）ところで中原の訳だが、文語と口語、雅語と俗語、まつたく無秩序で、これがいやしくも詩人の手によつたものとは到底想像もつかない。

口語自由詩の推進者であった朔太郎がその仕事を「退却《レトリート》」と表明してまでも全篇文語詩である『氷島』を出版した事情には、春山ら『詩と詩論』派との世代間対立が背景にあったことは有名である。しかし、両者の議論は、対立しながらも、ある前提を共有している。あくまでも文語

『ランボオ詩抄』

詩を排斥してゆこうとする立場と、口語詩の限界を再び文語で打破しようとする反動的な立場は、結局、文語と口語を二律背反する概念として規定しているのだ。

春山の酷評からは、昭和初期の詩壇において中也のハイブリットな言語観がかなり異質なものであったということがわかる。「詩壇の現状」（『臘人形』昭和一三（一九三八）年一一月）で、若い学生に「中原式」が流行しつつあると評価し、それを「伝統日本の文化への同化の傾向」と関連づけ中也を評価し続けた朔太郎は、中也が詩作を始めたころ、既に文語詩である「郷土望郷詩」を手がけ始めており、『山羊の歌』刊行の年は『氷島』の刊行の年でもあった。

むろん、こうした詩壇と中也は没交渉な立場であったわけではない。前述の佐々木幹郎は、前掲書のなかで中也の言語観について重要な言説を引用している。『詩精神』（昭和一〇（一九三五）年一月号）での座談会でのやりとり（Ⅳ452頁）である。

土方　中原君の詩には古典的な言葉が使つてあるやうですが、例へば「文芸」の詩のやうにああいふ古典的な言葉、情緒（三好達治君も書いてゐますが）あれに就てどうお考へですか。
中原　僕はちつとも古典的ぢやないと思つてゐます。テニソンはああ云ふ風には書かないでせう。ドーミエが近代的だといふ意味で近代的だと思ひます。
土方　僕の古典的といふ意味は言葉が日常語でなく、文語的だといふ意味です。
中原　（筆記一部脱落）一度解体して見えた今の自分を現はしてゐるんです。よくないのは古典的といふよりもマンネリズムです。いつもト書が決つてゐる。ト書に出てくる月は昔のままの月だ。僕のはさうぢやない。

土方　文語を使ふといふ詩的内容が問題になると思ふな。
中原　それは靴下に髪を吊した絵がありましたね。靴下も髪も昔からある。あれは材料ですからね。材料で何を作るかで決る。
土方　文語といふのは、さういふ意味での材料ぢやないでせう。

佐々木幹郎（前掲『中原中也』）が指摘するように文語使用が時代錯誤であると批評される詩壇において、中也は確信犯的に文語を使用している。文語を詩の「材料」であると言い切り、「材料」では詩の価値を決定することは出来ないとする中也の立場は、使用する言葉の種類にとらわれない中也の詩風に見事に一致している。

一体どういふ気持ちで今時こんな詩を書いてゐるのか。古い因はれた殻をたたき破つてほしい。
奈切哲夫「時評」（『二十世紀』昭和一一（一九三六）年七月）

これも中也に対しての酷評であるが、これら否定的な評者にとって、中也の詩はアナクロニズム以外の何ものでもないわけだ。むろん中也のアナクロニズムは、いつも批判の対象であったわけではない。古谷綱武は「文芸時評」（『新人』昭和八（一九三三）年一一月）の中で、「古風な詩人」として中也の再評価を求め、中島栄次郎は「伝統について」（『作品』昭和一〇（一九三五）年九月）において、「文学の伝統」を大切にしながら西洋の受容をしている詩人と評価している。さらに、藤原定の「現代詩の自覚」（『文芸』昭和一一（一九三六）年一二月）では「古い歴史をもう一度自分流にあらいなお」した詩人と評価されているのだ。しかし、結局これらの好評も、文語か、さもなければ口語かという二分法によっており、その評価軸の中で決して多くはない中也の文語詩を評価しているにすぎない。

さらに、これは文語・口語のみならず定型・自由という中也の詩の形式全般にも言えることである。劉兵馬は、中也の詩作において、出来不出来が激しいことにふれ、こう述べる。

> 時折散見する意識の低まつた期間の作品には童謡の出来損なひみたひで少々暗澹とする。擬声音が死んで了ふのである。この種の作品に懸念されるのはフォルムへの倦怠だらうか。
>
> 「輓近詩壇の展望」（『文芸懇談会』昭和一一（一九三六）年九月）

「童謡」「音」との関連で考えれば、この場合の「フォルム」とは音数律的な定型意識だろうか。しかし、前掲の表にあるように、音数律などに関するフォルムへのこだわりも中也の詩癖の一面にすぎない。

中也の定型への意識について大岡昇平は、

> これ（定型詩―論者註）は中原の混乱を混乱のまま投げ出したいという衝動の連続の中で、時たま訪れる自己集中の瞬間であって、その時彼は異様な熱心さで詩句の階体と統一に努力する。
>
> 『中原中也』（昭和五四（一九七九）年五月・角川書店）

と述べているが、むしろ中也の定型とは、意図的な選択のもとになされているといっていいだろう。こうした中也の形式観は、かなり初期の詩論から現れており、それが意図的なものであることを、はっきりと示している。

或る一つの内容を盛るに最も適《ふさ》はしい唯一形式は、探し得られる。けれども、内容といふものは絶えず流動してゐる。そこで形式論はすべて無益となる。

「生と歌」（Ⅳ14頁）

詩史において文語／口語、定型／自由といった詩の形式がいつも問題になるのは、恐らく詩史上でそれらが排斥し合う概念として問い続けられたからではないか。例えば、定型・自由の問題について九鬼周造は、

自由詩を主張する者は感情の律動に従ふことを云ふ。然しながら、この場合の従ふといふ意味は詩の律格に従ふ場合とは意味を異にしてゐる。感情の律動とは主観的事実である。詩の律格は権威を持つて迫る客観的規範である。両者の間には衝動に「従ふ」理性と、理性に「従ふ」自由との相違に似たものがある。自由詩の自由は恣意に近いものである。律格詩にあつては詩人が律格を規定してみづからその制約に従ふところに自律の自由がある。

「日本詩の音韻」（『九鬼周造全集』四巻　一九八一（昭和五六）年・岩波書店）

という。確かに「律格」は、その形式が自らの選択によるものである限り、「自由」が及ぼす無制限なカオス状態に拮抗する枠組みを提供出来る。そう考えれば、その中での「自由」が保証される枠組みということも出来よう。しかし、「客観的規範」が「権威」に変わったとき、そこから「自由」になりたいという衝動が生まれ、その目的が達成された瞬間、再び「自由」が持つカオスに直面せざるを得なくなる。

文語・口語、自由・定型という詩史にまとわり続けたアポリアは、これらの概念が二律背反する概念だと捉えられ続ける限り、決して抜け出すことが出来ないジレンマであろう。しかし、文語詩・口語詩とは二律背反な概念であろうか。口語詩の実践は自由詩でなければならないのだろうか。敬体・常体の差を無視出来るほど、詩における口語とは一枚岩な概念であったのだろうか。少なくとも、そうした二分法に則った言語観では、中也の詩風を正確に掴むことは出来なかったのである。中也の詩が同時代の詩壇に落とした波紋は、当時の詩壇が不可避的に抱えていたジレンマを、今の我々に逆照射し続けているのだ。むろん、そのジレンマは、今も我々の前にある。

第二部

「接続」する中也、「切断」される中也

第二部では、中也の詩篇および詩集の解釈をめぐる問題に言及する。さらに、それに伴って作家論的な問題系にも言及してゆく。いわゆる中也的問題とでも言えばいいだろうか。

本書は、中也を作家的言説から「切断」し、「文学」の外部にある様々な言説に「接続」しようとする試みであるが、「文学」テクストの相対化それのみを目的とはしていない。「文学」テクストは、解釈されることによってしか「文学」たり得ないだろうし、文学が生み出す二次創作が多くの人々を魅了するのは、魅力的な「解釈」にふれた時であるからだ。

言うまでもなく、「文学」とは「解釈」の多様性を確信犯的に狙ったテクストである。だから、あるテクストにまつわる読みの恣意性から逃れるためには、テクストの同時代言説や歴史性を無視出来ないことはいうまでもない。さらには、あるテクストのアクチュアリティを考える際には、現時点での他領域（言語学・社会学・哲学等）の成果が参照されねばならない。当然のことである。だが、それらは「文学」テクストを読むことや作家の問題を考えることと排他的な関係ではないはずだ。

そこで、一見逆説的に思われるかもしれないが、まず中也の作家論的言説に「接続」した状態から始めてみたい。そして、あえて積極的な解釈行為とともに他領域のテクストに接続してゆこうと思う。

第四章　再考、中也の詩的出発点論争――「詩的履歴書」をめぐって

「詩的履歴書」にまつわる問題系

多くの教科書に収録されている詩篇「朝の歌」（Ⅰ16頁）は、従来中也の詩的出発点としてとらえられてきた。それは、「詩的履歴書」（「我が詩観」の一節Ⅳ184頁）という文章の、以下の一節に根拠を得ている。

大正十五年五月、「朝の歌」を書く。七月頃小林に見せる。それが東京に来て詩を人に見せる最初。つまり「朝の歌」にてほゞ方針立つ。方針は立つたが、たつた十四行書くために、こんなに手数がかゝるのではとガツカリす。

「詩的履歴書」は昭和一一（一九三六）年八月、恐らく雑誌などの要求によってノートしてあったエッセイの一部で、これ

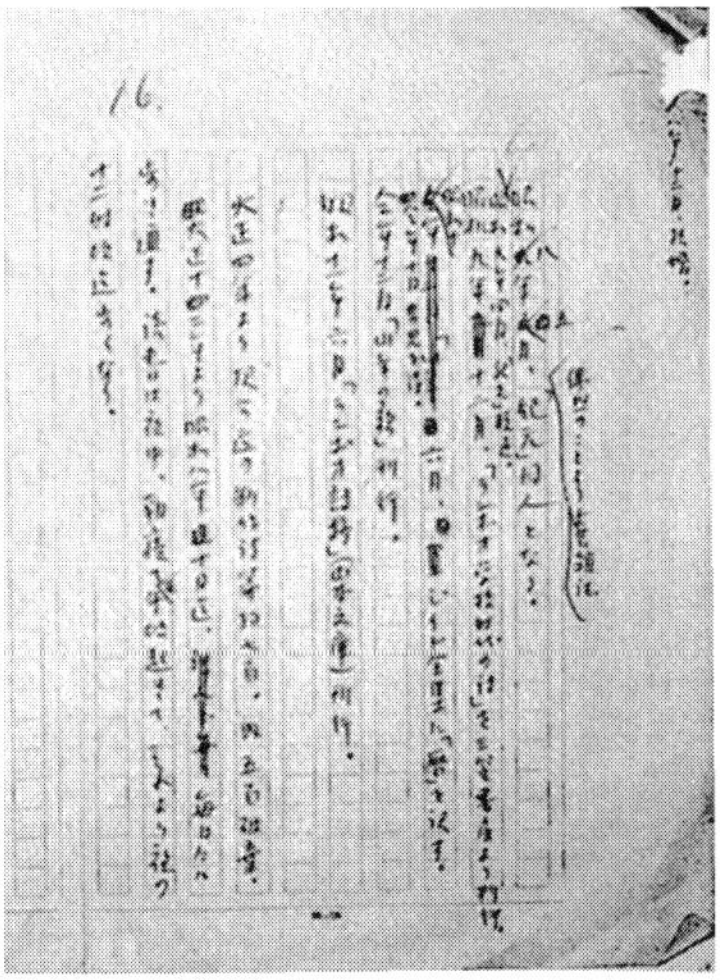

『詩的履歴書』原稿

が初めて一般読者の目にふれることが出来るようになったのは、昭和二二（一九四七）年の創元社刊『中原中也詩集』の大岡昇平の解説によってである。だが、大岡はこの文章の信憑性に一定の留保の必要性を感じていた。

多分に自己誇示と系統づけを含んでいて、文字どおり受け取るのは危険である。

作家言説に対する大岡の慎重な姿勢にもかかわらず、この大岡の論文（「朝の歌」『世界』昭和三一（一九五六）年五月）は、「朝の歌」から「出発」する中也像を強く打ち立てると同時に、この「詩的履歴書」の位置付けをも決定的なものにしてしまったのである。しかし、ならば素朴に考えてみて、中也にそれほどまでに重要視されたはずの「朝の歌」が、なぜ、処女詩集『山羊の歌』において、「初期詩篇」の一篇にすぎない扱いしかうけていないのだろうか。さらに、出発点として考えるには、中也の詩篇のなかで、文語詩やソネット形式というのは、実はわずかな数しかないというのも気にかかる。

だが、こうした疑念にもかかわらず、膨大な中也研究の中でこの考えに正面から異議申し立てをなした論文は北川透の『中原中也の世界』（昭和四三（一九六八）年四月・紀伊国屋書店）と中村稔の「中原中也論」（『ユリイカ』昭和四七（一九七二）年一〇月）が挙げられるのみである。前者は、中也の出発を「朝の歌」一詩に限定せず、その製作時（一九二六年）前後の諸作品に、並列的かつ同時代的に置いたものである。確かに、様々な様相をみせている中也詩において、一つの詩を出発点に置くことは、非常に困難なことであるかもしれない。さらに、詩集の最初のパートが「初期詩篇」と雑多にまとめられていることも、この可能性を十分に示唆している。そうした意味において北川の意見は非常に的確な指摘ではある。しかし、ならば中也が後になって、そうした多様な詩篇の中で、わざわざこの詩を自己の出発点としたことについてはどうなるのだろうか。そもそも、中也の詩的出発という問題系は、「詩的履歴書」執筆時の中也に関しての考察抜きに考えられないというのが、私の立場である。

一方、後者の論は、「ユリイカ」の初出の後、中村の中也論集である『言葉なき歌』（昭和四八（一九七三）年・角川書店）に収録されている。非常に慎重かつ多くの示唆に富んだ論考であり、その有効性は三十年以上立つた今も失われていないといえる。しかし、その論証と結論には、多くの再考の余地も残されている。ここでは、そのうちの二点について考えてみたい。

中村は、「詩的履歴書」の虚構性からくる信憑性のなさ、「朝の歌」の詩のイメージの稀薄感（中村は「拡散」といっている）、「初期詩篇」が試作、習作時期であるという点、中也詩の本質を「一つのメルヘン」や「冬の長門峡」につながる叙情詩ではなく、「春日狂想」につながる〈述志〉の系譜にあるという考えから、その出発点を「寒い夜の自我像」に見出している。

なぜ、中村は「朝の歌」を彼の出発点とみなさないのか。中村は、「初期詩篇」の作品群に、「まことに多様な感性の開花、技法の試み」をみて、これらの「多様性」を「試作の域をでなかったこと」の根拠としている。この「試作の域」とは「自覚的な意味での詩法の確立」がなされていないという意味である。そして「朝の歌」を以下のように酷評するのである。

この第三聯、第四聯はいかにも貧しくはないか。いわば、第一聯、第二聯の倦怠が、たんに過去への哀惜におきかえられてしまっている。「土手づたひ」はともかくとして、「消えてゆくかな　うつくしきさまざまの夢」というような表現はどうも手が付けられない。何よりも、第三聯、第四聯では、倦怠感が求心的にもり上がることがなく、逆に懐旧感となって拡散してしまい、詩体もそれなりに緊張感を欠いている。これと同様の点を詩篇「臨終」にも指摘する中村は、それを二詩の「弱点」であると断じている。これに対し「倦怠」という昭和四（一九二九）年の詩を引用し、こう賞賛するのだ。

木の葉のように絶えず慄えながら、四界の生起する事象を偶然とばかりみながら、呆然と、しかも「眼を光らせ」死んでゆくほかない。そういう不気味な情念にまで追いつめてゆくこの作品から、「朝の歌」や「臨終」を読み返すと、作品全体としての出来栄えはともかくとして、「朝の歌」も「臨終」もまことに典雅な抒情詩であるという感を否めない。

中村の論の特徴は、中也の詩作の基本的骨格に〈述志〉を認めることにあり、展開される詩の中の「気分」に〈述志〉を与えることによって初めて、詩的まとまりをみるといったことであろう。そうした意味では、中也に《詩集においても、詩篇においても、その最終にまとまりをつけようとする詩癖》を見出した大岡の言説に触発されたものであることを、中村本人も認めている。しかし、大岡の論の以下の部分については、異なる見解を示している。

事実「羊の歌」とその前の詩章「秋」の最終詩篇「時こそ今は」との間には、はっきりとした断絶がある。

中也の詩業を〈述志〉で貫こうとする中村は、大岡の指摘するその位置に断絶を認めない。［少年時］の作品群、特に「寒い夜の自我像」にまで遡ることが出来る〈述志〉の系譜は、『山羊の歌』以降も続き、晩年の絶唱「春日狂想」にまで至るというのが中村の中也像である。

だが、夭折が、本人にとって予期し得ないものであった以上、その詩業の「到達点」や「晩年」を考えることは、結果論に過ぎない。それが、遅れて来た批評家たちの「特権」であったとしても、そうした既得権に固執する意義は、少なくとも私にはない。むろん、理論的にそれは「出発点」に関しても同様である。だが、ここで私があえてその「出発点」にのみにこだわるのは、それが詩集『山羊の歌』をいかに読み得るかということと深い関わり合いがあるからに他ならない。

少し結論を急ぎ過ぎたかもしれない。話を中村論に戻そう。この中村の「朝の歌」の評価について、吉田凞生は『鑑賞日本現代文学20』（昭和五六（一九八一）年四月・角川書店・61頁）で、以下のように述べている。

（中村のいうように―論者註）なぜ「緊張感」がないかといえば、それはこの「朝の歌」という世界の全体性を保証するような、ある普遍的な感覚の枠、たとえば「サーカス」における無限の時間にあたる何ものかを欠いてるからである。

分銅惇作も、『中原中也』（昭和四九（一九七四）年五月・講談社現代新書・104頁）でこの分析には、一応の同意を示している。しかし両者とも、「緊張感のなさ」という弱点を認めながらも、それが「朝の歌」の出発を否定する理由であるという点においては積極的な判断を留保している。

一方、中村の「朝の歌」の詩の分析については、平井啓之の「我中也論序説」（『ユリイカ』昭和四九（一九七四）年九月）のように異議を唱えているものもある。

中村の表現（「懐旧感の喪失」という指摘―論者註）は、第三聯、第四聯に関する限り、はなはだしい誤読というほかない。それは、懐旧感の表現ではなく、第一聯、第二聯の倦怠のやすらぎを受けて、そこに介入して来た、「風に運ばれる樹脂の香」という官能的な動機によって喚起された、さまざまな過去の夢（うしなわれた過去の夢は、喚起されれば現在の夢となる）が、やはり詩人の倦怠のやすらぎとこころよい懶惰のうちに、ふたたび消えてゆく一瞬の意識を唄った歌なのだ。

ニュークリティック以降「誤読」の意義を深く了解してしまった我々は、ここに更なる「誤読」を重ねてゆく徒労をなすわけにはゆかない。いずれにせよ、ある一篇の詩の評価のみを論拠として、これ以上出発点論争を継続してゆく愚を避けねばならないだろう。それだけが、更に遅れてきた我々の唯一の「既得権」だからだ。

「詩的履歴書」を詩人の履歴書としてみる

以上のような先行研究の状況を鑑みれば、この「朝の歌」「詩的履歴書」をめぐる問題系については、詩的内容よりも、これらのテクストの外的事情について考察しなくてはならないだろう。

この「詩的履歴書」が初めて一般読者の目にふれることが出来るようになったのは、昭和二二（一九四七）年であったことは前に述べた。それまで、「朝の歌」を前面に出して評価した論といえば、山本和夫の『現代詩人研究』（昭和一六（一九四一）年・山雅書房）で、抒情詩の系譜の一部に挙げられていたのみであった。

つまり、この「詩的履歴書」および大岡の論の発表以前、この詩はほとんど注目されてはいなかったのであり、「朝の歌」の評価が、この「詩的履歴書」の影響下にあることは否めない。

この文章中にある記述、小林秀雄が《東京に来て詩を人に見せる最初》という箇所に関しては、大岡がそれ以前に幾つかの詩篇をみせられていたことを証言している。しかし、それについては大岡の記憶違いであることを加藤邦彦が指摘（「中原中也、その文学的出発」―『日本文学研究』平成一六（二〇〇四）年一月）しており、それは追認してよい。だが、この箇所に関して、私にとって重要なことは、内容の事実関係ではなく、この文を書いた当時、詩をみせるべき「人」として小林が文壇において十分な名声を得ていたことなのである。もし今後別の新たな証言によって、《東京に来て詩を人に見せる最初》の人物が別に確定されたとしても、それは「詩的履歴書」の信憑性のなさよりも、むしろ自己の詩業の系統付けを図ったと思われるこの「詩的履歴書」が、かなり当時の読者を意識したものであったことの証拠となるように思われる。

『山羊の歌』での扱われ方などからみても、中也が「初期詩篇」の時期（昭和三年頃まで）から、この「朝の歌」を重要視していたことには、かなり疑問がある。では、昭和八年の時点において、これが「履歴書」という観点から事後的に書かれたものとしてみれば、何がいえるであろうか。そこには、この詩が、中也にとって初めて活字化されたものであったという事実が考えられるのである。

最初に訪ねてきた次の日、中也は厖大な原稿用紙に書きつけた、彼の詩を私の机の上にドサリとおき、「作曲してくれ」といった。今彼の有名な詩としてたくさんの人々から高く評価されている詩の多くのものがそのなかにあったわけだ。（中略）こうして私はまず彼の「朝の歌」と「臨終」とを取り上げて作曲した。

これは、当時スルヤの一員であった諸井三郎の証言(「『スルヤ』の頃の中原中也」『中原中也全集』月報一昭和四二(一九六七)年一〇月・角川書店)である。スルヤの第二回演奏会でこれが演奏されたのが、昭和三年五月四日、日本武道館でのことである。この時のパンフレットには、当然中也の詩が掲載され、演奏会は、五月八日付の『東京朝日新聞』等で高い賛辞とともに報じられた。つまり、このパンフレットは、中也にとって自己の詩が初めて世に出たことでもあるわけで、中也自身にとっても非常に大きな出来事であったはずである。

同月一六日に父謙助が亡くなっており、謙助は《その死の床で、印刷された中也の詩を読んで涙を流していた》という母フクの証言(中原フク述・村上護編・『私の上に降る雪は』昭和四八(一九七三)年一〇月・講談社・173頁)がある。この時の「印刷された」詩にあたるのは、演奏会のパンフレットのみである。恐らく中也は実家に送っていたのであろう。このことからも、演奏会のパンフレットの刊行がいかに中也にとっては重要な出来事であったかを推察することが出来るだろう。

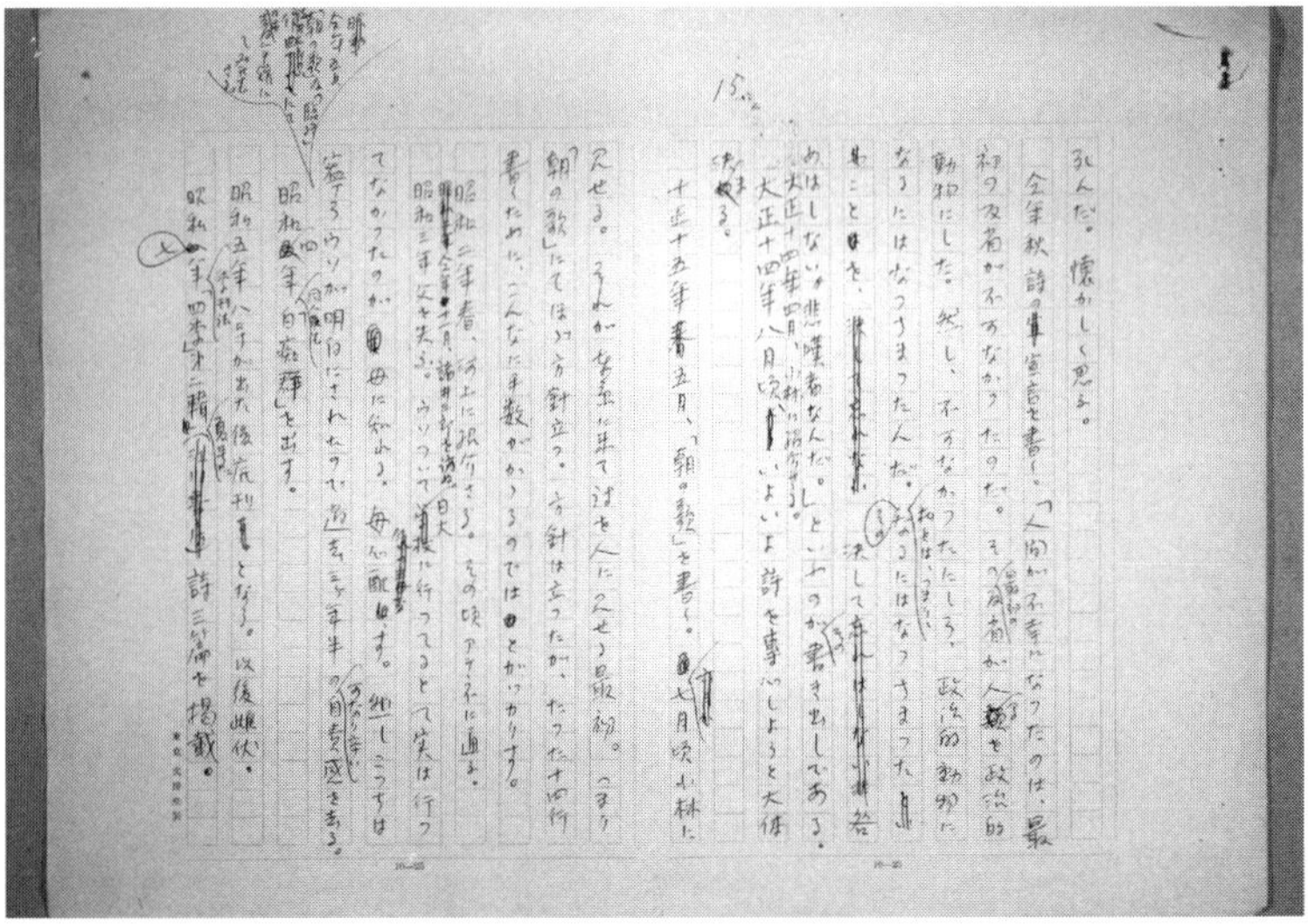

「詩的履歴書」原稿

確かに、詩篇「朝の歌」とは、脚韻、五七・七五調など、その徹底的に推敲整備された形式面への配慮とともに、各所にちりばめられた視覚・嗅覚・聴覚といった感覚的表現、通常の朝の概念から乖離した喪失や倦怠感の表出などにおいて、非常にすぐれた作品である。しかし、以上のような「事実」を考えたとき、詩業に関する「履歴書」としてのこの文章で、「朝の歌」について言及したことは、詩風の面よりも、中也にとっての、この詩の履歴的価値が影響している可能性が濃いのではないだろうか。多くの教科書の指導書において今も追認され続けている「出発点」としてという評価軸から「朝の歌」を解き放してみてはどうだろうか。

晩年の謙助

〈述志〉の詩の系譜

中村の指摘するもう一つの論点である〈述志〉の系譜について、その系譜

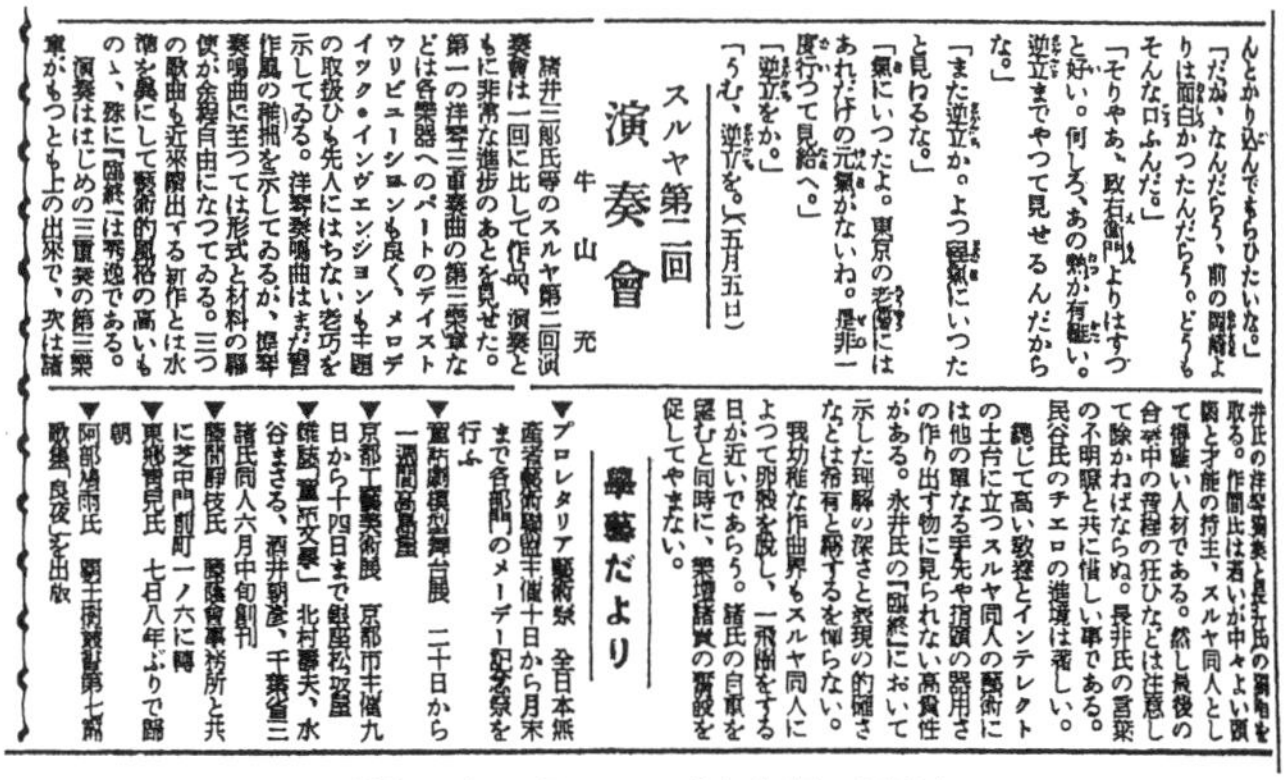

んとかり込んでもらひたいな。」

「だが、なんだらう、前の[illegible]よりは面白かつたんだらう。どうもそんな口ぶんだ。」

「そりやあ、政右衛門よりはずつと好い。何しろ、あの糸か有難い。逆立までやつて見せるんだからな。」

「また逆立か。よつ程気にいつたと見えるな。」

「気にいつたよ。東京の老優にはあれだけの元気がないね。是非一度行つて見給へ。」

「逆立をか。」

「うむ、逆立を。」（五月五日）

スルヤ第二回
演奏會
牛山充

諸井三郎氏等のスルヤ第二回演奏會は一回に比して作品、演奏ともに非常な進歩のあとを見せた。第一の洋琴三重奏曲の第三楽章などは各楽器へのパートのデイストリビユーシヨンも良く、メロデイツク・インヴエンシヨンも主題の取扱ひも先人にはぢない老巧を示してゐる。洋琴奏鳴曲はまだ習作風の稚拙を示してゐるが、提琴奏鳴曲に至つては形式と材料の驅使が余程自由になつてゐる。三つの歌曲も近來瞭出てる新作とは水準を異にして藝術的風格の高いもの〻、殊に「臨終」は秀逸である。

演奏ははじめの三重奏の第三楽章がもつとも上の出來で、次は諸井氏の洋琴獨奏と長井氏の提琴を取る。作間氏は若いが中々よい頭腦と才能の持主、スルヤ同人として得難い人材である。然し最後の合奏中の提琴の狂ひなどは注意して除かねばならぬ。長井氏の言葉の不明瞭と共に惜しい事である。民谷氏のチエロの進境は著しい。

總じて高い教養とインテレクトの土台に立つスルヤ同人の藝術には他の單なる手先や指頭の器用さの作り出す物に見られない高貴性がある。永井氏の「臨終」において示した理解の深さと表現の的確さなどは稀有と稱するを憚らない。

我幼稚な作曲界もスルヤ同人によつて卵殻を脱し、一飛躍をする日が近いであらう。諸氏の自重を望むと同時に、樂壇諸賢の警醒を促してやまない。

學藝だより

▼プロレタリア藝術祭　全日本無産者藝術聯盟主催十日から月末まで各部門のメーデー記念祭を行ふ
▼築地劇模型舞台展　二十日から一週間高島屋
▼京都工藝美術展　京都市主催九日から十四日まで銀座松坂屋
▼雑誌「創作文學」　北村壽夫、水谷まさる、酒井朝彦、千葉省三諸氏同人六月中旬創刊
▼藤間静枝氏　藤陰會事務所と共に芝中門前町一ノ六に轉
▼東郷青児氏　七日八年ぶりで歸朝
▼阿部鳩雨氏　[illegible]第七歌集「良夜」を出版

昭和３年５月８日の「東京朝日新聞」

の存在自体については私も異議はない。ただ、その〈述志〉の筋道が、［少年時］以降に本格的に展開されているという指摘については、再考を要するといわねばならない。先にも述べたように、それは『山羊の歌』という詩集を考える根本的問題に繋がるからだ。
詩を〈述志〉の言葉で締めくくる中也の詩風は、既に［初期詩篇］に見られる。

かゝるをりしも剛直の、
さあれゆかしきあきらめよ
腕拱《く》みながら歩み去る。
「夕照」（Ⅰ42頁）

——竟《つい》に私は耕やさうとは思はない！
ぢいつと茫然《ぼんやり》黄昏《たそがれ》の中に立つて、
なんだか父親の映像が気になりだすと一歩二歩歩みだすばかりです
「黄昏」（Ⅰ25頁）

しかし、これら二詩の〈述志〉は、何処に「歩み去る」のかを語らない点、「父親の映像」を気にしながらも、詩人としていかに生きるべきなのかを語らない点において、昭和四年時の作品とは異なったものであると中村は指摘する。中村にとって、中也の〈述志〉とは、「いかに生きるか（あるいは、かく死ぬるよりほかはない）といった激情が詩人をして詩作に駆り立てる」ものであり、この二詩にはそうした要素がないという点でまだ〈述志〉が確立されていないというのである。しかし、そうであるならば、中村が〈述志〉が確立されたという以下に挙げる昭和四年以降の詩篇をみてもらいたい。

陽気で、坦々として、而《しか》も己を売らないことをと、
わが魂の願ふことであつた！
「寒い夜の自我像」（Ⅰ68頁）

萎《しお》れた葱《ねぎ》か韮《にら》のやうに、ああ神様、
私は疑ひのために死ぬるでございませう。
「冷酷の歌」（Ⅱ171頁）

しかし、噫《ああ》！　やがてお恵みが下ります時には、
やさしくうつくしい夜の歌と
櫂歌《かいうた》とをうたはうと思つてをります……
「我が祈り」（Ⅰ315頁）

これらが、「剛直」であるが「ゆかしきあきらめ」を抱いたまま「歩み去る」詩篇「夕照」や、「父親の映像」を気にしながらも「竟《つい》に私は耕やさうとは思」わないという詩篇「黄昏」と比べて、中村のいう〈述志〉において、何か根本的に違っているだろうか。もし〈述志〉が中村のいうように『誠実』に生きることに賭けようとする決意」であるならば、その意味において、これらの詩篇の間には大きな断絶など見出せない。

さらに、「初期詩篇」の中には、

知れざる炎、空にゆき！

響の雨は、濡れ冠る！

……………………

われかにかくに手を拍く……

「悲しき朝」（Ⅰ38頁）

瓦が一枚　はぐれました
これから春の日の夕暮は
無言ながら　前進します
自《み》らの　静脈管の中へです

「春の日の夕暮」（Ⅰ7頁）

と、やはり未知な何か・何処かに対しての身体的アプローチを含む詩篇があり、この詩篇「悲しき朝」の「かにかくに手を拍く」や、詩篇「春の日の夕暮」の「前進」も、前述の詩篇「夕照」の「腕拱《く》みながら歩み去る」や、詩篇「黄昏」の「一歩二歩歩みだす」もすべて、求心的姿勢が表現されている点において共通している。

中村は〈述志〉という詩の系譜について、形式面から、大岡の指摘する『山羊の歌』最終章の断絶（昭和七（一九三二）年時）を否定し、内容面から昭和四（一九二九）年時と「初期詩篇」との間に新たな断絶線を引いた。そして、昭和四年の「寒い夜の自我像」を中也の詩的出発と考えたのである。

いままで見てきた通り、この「内容面」には、詩の完成度という評価軸が含まれていることは言うまでもない。だが、私にはそうした詩の完成度が果たして本当に評価出来るのかが疑問であるし、そうである以上、出来るだけ、そうした評価軸の導入を避けて考えてみたいのである。つまり、ここでは、中也の詩の〈述志〉の系譜（詩人としていかに生きるか（死ぬか）の決意の表明）のなかにおいて、その「いかに」の部分に変化がみられるとしても、それが詩人の生きる信条をうたった詩であることは同じであり、むしろ、そういった詩の系譜が『山羊の歌』全体を貫いていることを重視したいのである。

『山羊の歌』は「夕暮」の「前進します」（Ⅰ7頁）という出発の〈述志〉に始まり、「ゆふがた、空の下で、身一点に感じられれば、万事に於て文句はないのだ。」（Ⅰ139頁）という己の究極の理想を述べた〈述志〉で終わっている。

この最後のフレーズが、たった一行で独立して一章を作っていることは、詩集の締めくくりとして、当然重要であるだろうし、こう考えれば『山羊の歌』において、「春の日の夕暮」が唯一のダダ時代の作品として、それも冒頭に収録されていることは、留意すべきことである。

中也の〈述志〉の系譜を重要視すれば、この両詩の間のどこかに、無理に断絶を考慮する必要はないだろう。そして、こうした系譜における出発点として、私は、「朝の歌」や「寒い夜の自我像」以上に、この「春の日の夕暮」を重要視すべきだと思う。ついでに述べておけば、中也にとって夭折が予期しないものであった以上、この〈述志〉の系譜の到達点を模索することに私は与しない。それは、私にとって恐らく作家論ですらないからである。

これで、一詩論をめぐる問題から、詩集全体の問題へと移行する準備が整った。次章では、〈述志〉の系譜をたどりながら、詩集『山羊の歌』全体の問題へと迫ってみたい。

第五章　中也詩の〈述志〉の系譜――「春の日の夕暮」から『山羊の歌』へ

――詩とは「気分」の一形態の把握である（中原中也）

中也の二冊の詩集は、復刻版であればその形態を手にとって確認することが出来る。それらを見比べると、死後に刊行された『在りし日の歌』に対し、唯一完全に中也の手によってなった『山羊の歌』には、全体構成から詩一つ一つの配置に至るまで、実に細かいこだわりがあることがわかる。例えば、『山羊の歌』の初出では、それぞれの詩が、途中で改頁されないように編集されており、見開きに一つの詩なり章なりがおさまる形になっている（第三部第七章193頁参照のこと）。

当然いままでにも、この詩集から中也の詩的出発、さらには詩的変遷までを論じたものは数多い。大岡昇平の場合、それらはほとんど、『中原中也』（昭和四九（一九七四）年一月・角川書店）と、『生と歌』（昭和五七（一九八二）年一月・角川書店）という二冊の論考にまとめられている。後続する多くの論は大岡の提唱した「朝の歌」出発論を踏襲したものである。

これに対するアンチテーゼとしては、中村稔が提唱する「寒い夜の自我像」出発論が有名である。中村の論は、中也の詩の本質に〈述志〉の系譜を認めることから、新しい中也像をうちだしたものである。中也詩に、この〈述志〉の系譜が存在することは認めながらも、中村は「朝の歌」に代わり「寒い夜の自我像」を詩的出発点と主張するあまり、それより以前、つまり［初期詩編］の中にも認められる〈述志〉の系譜を軽んじているのではないかといった旨を前章にて論じた。

［初期詩篇］においては、まだその系譜の内容が統制されていないという中村の指摘は、確かにそのとおりであろうと思わせる一方で、「統制」とは何かという新たな疑問を生じさせてしまう。さらに。それだけでは、中也の〈述志〉が確立したとする「寒い夜の自我像」が、「朝の歌」と同様、詩集の中で、それぞれのパートの一篇にすぎない扱いしか受けていないという点が、作家論的に考えても不可解であることも前章で論じた通りである。前章に続き本章では、［初期詩篇］における〈述志〉が、まだ試行錯誤の過程にあるとしても、そうした系譜の存在は、『山羊の歌』全体を貫いたものであり、それがこの詩集の性質と深いかかわり合いがあることを、さらに詳細な形で論証したい。

評釈「春の日の夕暮」

前述したように『山羊の歌』における〈述志〉のフレーズを追ってみると、

トタンがセンベイ食べて
春の日の夕暮は穏かです
アンダースローされた灰が蒼ざめて
春の日の夕暮は静かです

呼《ああ》！　案山子《かかし》はないか――あるまい
馬嘶《いな》なくか――嘶きもしまい
ただただ月の光のヌメランとするまゝに
従順なのは　春の日の夕暮か

ポトホトと野の中に伽藍は紅く
荷馬車の車輪　油を失ひ
私が歴史的現在に物を云へば
嘲《あざけ》る嘲る　空と山とが

瓦が一枚　はぐれました
これから春の日の夕暮は
無言ながら　前進します
自《み》らの　静脈管の中へです

という冒頭詩「春の日の夕暮」（Ⅰ6頁）にまで遡ることが出来る。そこで、あえてこの詩篇の解釈の問題に踏み込んでみよう。まず、最終聯における「瓦」の解釈については諸説あるので、少し先行論を検討してみる。

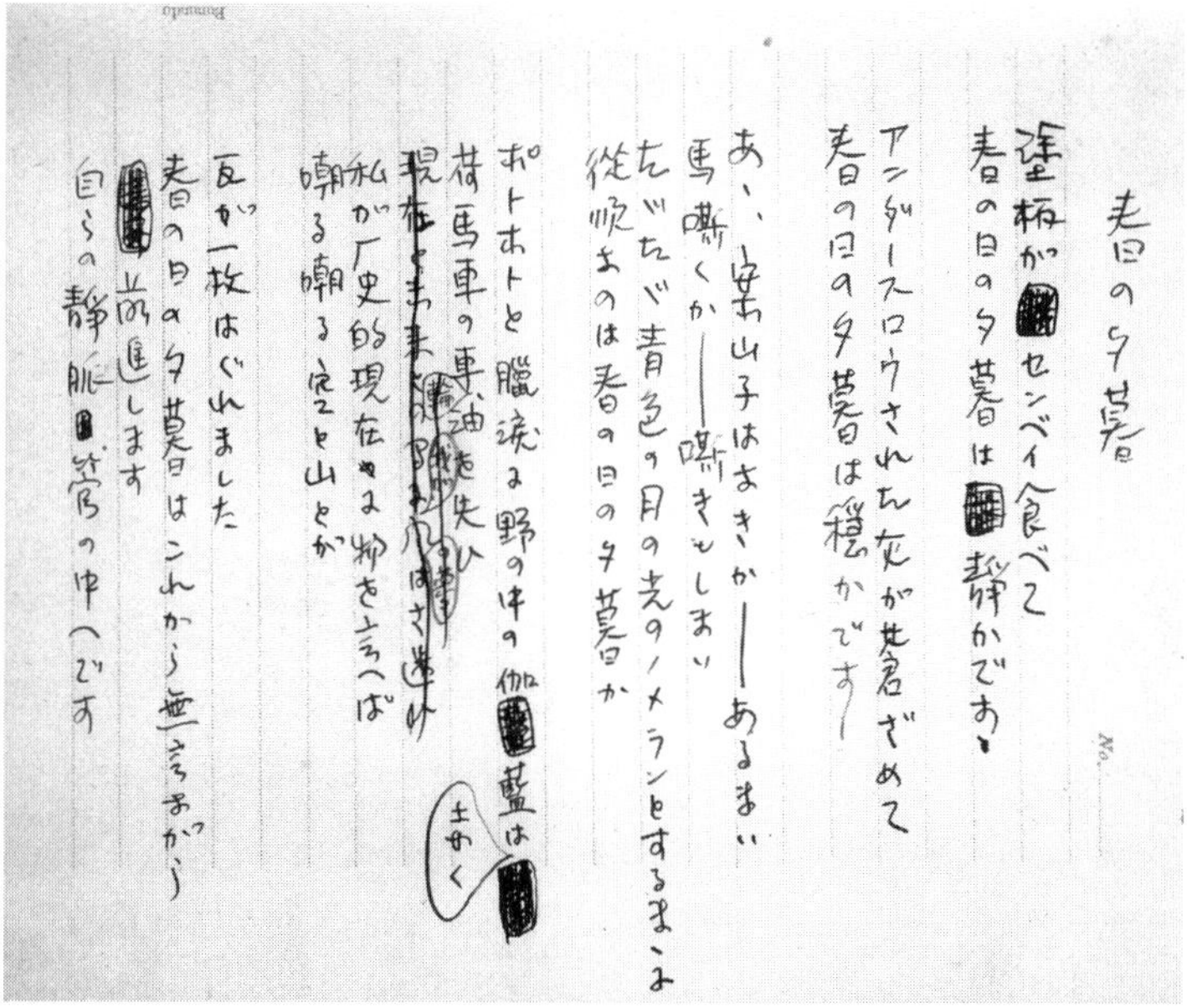
春日の夕暮

塗板が[redacted]センベイ食べて
春の日の夕暮は[redacted]静かです
アンダースローされた灰が蒼ざめて
春の日の夕暮は穏かです

あゝ、案山子はないか——あるまい
馬嘶くか——嘶きもしまい
たゞたゞ青色の月の光のノメランとするまゝに
従順なのは春の日の夕暮か

ポトホトと臘徒る野の中の伽[redacted]藍は[redacted]　赤く
荷馬車の車油を失ひ
私が歴史的現在に物を言へば
嘲る嘲る空と山とが

瓦が一枚はぐれました
春の日の夕暮はこれから無言ながら
[redacted]前進します
自らの静脈[redacted]管の中へです

吉田凞生は「評釈中原詩」（『文法』昭和四五（一九七〇）年三月）において、この「瓦」と「はぐれ」るの連結を不自然とし、「はぐる」（まくるの意味の方言）をその根源と推測しているが山口の方言との関係が十分立証されているとは言い難い。さらに吉田は、この部分に、「中原固有の時間の獲得」をみているが、もし吉田のいうような時間的イメージの為の瓦の「剥離」ならば、やはり「はがれる」ではない「はぐれる」という動詞の選択に対して疑問が残る。

福田百合子は、『中原中也』（昭和五一（一九七六）年三月・浪漫主義研究会）において、「はぐれ」という言葉のイメージからここを「日めくりカレンダー」との連想を考えだし、そこを詩人の時の意識と重ね合わせている。しかし、一般には、「日めくりカレンダー」はやはり「はぐれる」というよりは「めくる」というイメージであろう。

一方、吉本隆明は、『吉本隆明歳時記』（昭和五三（一九七八）年・日本エディタースクール出版部）において、詩のイメージを詩人の個人的な土地に限定しなかったため、この「瓦」のイメージも「どこかの街路の屋根瓦が一枚失われた」ように感じている。ここまではよい。しかし、その理由を「なぜだかわからないが、この詩人はそのことを強引に主張しているようにみえる」と曖昧にしているのである。これは、詩人としての詩の「感じ方」であり、同時に詩に対して、その自立性を重んじ過ぎた「論じ方」の限界と言えるであろう。この詩は、中也詩における「瓦」のイメージをもっと他詩から考察する必要がある。なぜなら、中也の詩には意外にも、詩語としては決して一般的ではないこの語の使用が多くみられるからだ。つまり、「瓦」のイメージとは、中也にとって、一詩篇のみの問題ではないのである。

瓦屋根今朝不平がない、
長い校舎から合唱は空にあがる。
「春」（Ⅰ164頁）

毎日寒くてやりきれぬ。
瓦もしらけて物云はぬ。
「寒い！」（Ⅰ327頁）

瓦は不平さうでありました、含まれるだけの雨を含んで、
それは怒り易い老地主の、不平にも似てをりました。
「秋を呼ぶ雨」（Ⅰ354頁）

甍《いらか》は伸びをし

空は割れる。　　　　「港市の秋」（Ⅰ43頁）

中也の多様な「瓦」の表象のなかで、共通したイメージを探し出すといういわゆるテマティズム的手法である。むろん、G・バシュラールのようなテマティズムであるならば、本来この後に中也の精神分析的考察へと続くはずだが、そういったなぜ「瓦」であるのかという原理的な議論には、深入りしない。ここでは、少なくとも、中也詩におけるこれらの「瓦」は、擬人的に使用され、そこに語り手である詩人をも含めた詩中の誰かしらの「気分」が内包されていることが確認されればよい。

さらに、「春の日の夕暮」が、後述するような詩人としての出発の意識をうたっていること、他に特定の人物の描写がないことなどから、この「瓦」は語り手である詩人の「気分」のイメージを内包していると考えてよいはずである。ここに、中原思郎の証言（「事典・中也詩と故郷」『中原中也必携』昭和五四（一九七九）年八月・學燈社）にあるような、この詩の風景と詩人の故郷のそれとの類似を考えることは、我々の立場をより補強するものになるだろうが、この詩を前にする読者は必ずしもそうした知識を必要とはしない。

なぜならば、この「瓦」は「はぐれ」ているとはっきり書いてあるからだ。「瓦」が、詩人自身の擬人化であるならば、この「はぐれ」という語句も、もっと積極的に受け取ってよい。家の屋根を守っている「瓦」が「一枚」だけ「はぐれ」ているのである。「はぐれる」とは、何らかの同行者から引き離されることである。詩人は家から「はぐれ」たのである。この語を了解したのならば、落第し故郷にいられなくなった優等生が独り京都に引き離されたなどという伝記的事項は、当然の事後的確認に過ぎない。

あゝ　おまへはなにをして来たのだと……

吹き来る風が私に云ふ　　　　　　　　「帰郷」（Ⅰ32頁）

さらに、詩集を読み進めるに従って出会うこととなる、中也詩に強く流れる、多くの「家族」「故郷」からの疎外感のイメージは、ある読みを規定してゆくことになるだろう。つまり「瓦」とは、単なる中也の自己表象ではなく、それは故郷から「はぐれ」たものの意識なのである。

瓦が一枚　はぐれました
これから春の日の夕暮は
無言ながら　前進します
自《み》らの　静脈管の中へです

中心での転調を挟み「無言」「静脈管」という静寂の中に落ちつく構造は、一聯の「穏か」「静か」というイメージに落ち着く構造と見事に呼応している。全身を流れる「静脈管」とは、「夕暮」を全身で受け取るイメージであろうか。詩を現実の象徴的表現として考えるならば、「夕暮」が詩人の「静脈管」の中に「無言」のまま「前進」してゆくのは、ここで突然「夕暮」が擬人化された（『中原中也・詩篇と伝記』―前述『中原中也必携』所収）というよりはむしろ、故郷から「はぐれ」た「自ら」が「夕暮」に向かって「前進」するからだろう。「前進します」という決意に、静かではあるが確固とした詩人の抱負をみて初めて、「瓦」から始まる聯全体の統合性がはっきりするのである。

一方、この詩の第二聯における、

吁《ああ》！　案山子《かかし》はないか——あるまい
馬嘶《いなな》くか——嘶きもしまい

という転調。ここは、吉本も指摘するように、安らかになった「春の日の夕暮」の情景に突然投げつけられた、詩人の違和感の告白であろう。草稿では平仮名であったところを、漢字に感嘆符を付けたものに変更したことは、前聯の〈です〉体に対して、この転調をより効果的にしている。しかし、ここで告白された違和感は、あまりにも当然すぎて、一般の感覚では、シンパシーを得ることは困難に思われる。

季節は「春」である。「秋」の収穫の時には当然ここにあるべき「案山子《かかし》」は「春」にはない。ごく当たり前のことである。その違和感はさらに「馬嘶《いなな》くか——嘶きもしまい」と言い替えられる。この「馬」は「油を失」った「荷馬車」をひいている「馬」であることが後からわかる。「油を失」った「荷馬車」は当然引きづらい物だが、「馬」はまったく「嘶きもし」ないという。やはり、これも普通は特に気にすることではない。だが、こうした、一般と乖離《かいり》した感覚の表明こそが、中也の詩の主要なモチーフの一つであり、それは中也の意図的な所産なのである。つまり、問うべきは何故「案山子」か、何故「馬」かということではないのだ。この一般と乖離した感覚の表明については、中也の詩論の分析を通じて後に詳しく述べることとなるが、ここでは、そのモチーフが、この詩集冒頭の詩において既にはっきりと現れていることが確認できればよいだろう。

私が歴史的現在に物を云へば
嘲《あざけ》る嘲る　空と山とが

詩人である自分が、「歴史的現在に物を云へば」、故郷の「空」や「山」は、詩人を「嘲る」という。これも、後の詩篇から同様のモチーフをさぐることが出来る。

畑の土が石といつしよに私を見てゐる。

「黄昏」（Ⅰ25頁）

あゝ　おまへはなにをして来たのだと……
吹き来る風が私に云ふ

「帰郷」（Ⅰ32頁）

「私」を「嘲《あざけ》る」自然とは、これら後続する詩篇に通じる周囲の自然から受ける違和感、疎外感の表出といってよいだろう。自然は「歴史的現在に物を云」おうとする詩人を「嘲《あざけ》」っている。作家論的に、「空」や「山」が、故郷・山口の「空」や「山」であると考えるならば、そうした故郷に「嘲《あざけ》」られる行為とは、詩を作る（詩人として生きる）ことであるという解釈も成り立つだろう。「空」や「山」が、不出来な長男をみる故郷の人々の目を表象しているのである。

こうした解釈とは逆に、それは「嘲《あざけ》」られるべき行動であるということから、詩人としての行動にはそぐわないものであり、だからこそ、もし詩人がそのようなことをすれば嘲笑されてしまうという解釈もあり得るだろう。つまり、両者の違いは「山」や「空」が、詩人の理解者であるのか、さらには「歴史的現在」を語ることが、詩人として相応しい行為なのか、否かにかかっているのである。

だが、解釈そのものが目的でない限り、読みの多様性は出来るだけ確保しておくべきだろう。我々が本論でこだわっているのは、詩集全体とこの冒頭詩との関係であるからだ。だから、ここでも、そうした特殊な違和感、疎外感の表出が、自然との対峙において表象されているという中也の詩の構造が確認されればよく、あえてそれ以上の解釈を決定する必要はない。

ただただ月の光のヌメランとするまゝに
従順なのは　春の日の夕暮か

これらの違和感の表明に対して、「ただただ」と「月の光」が唯一であることを強調しているのか。「夕暮」のひたすらな「従順」さを強調しているのか。それが「従順」であること以外には、その理由は特に明かされてはいない。とにかく詩人は「夕暮」にだけは非常な共感を示す。こうした夕陽への共感は、

落陽は、慈愛の色の
金のいろ。
「夕照」（Ⅰ41頁）

海原はなみだぐましき金《きん》にして夕陽をたたへ
沖つ瀬は、いよとほく、かしこしづかにうるほへる
「みちこ」（Ⅰ82頁）

と、『山羊の歌』において繰り返されている。

「春の日の夕暮」は、処女詩集『山羊の歌』の一番最初の詩である。この詩は、雑誌からの読者を別にすれば、当時の読者にとっては、初めて出会う中也の詩であった。そう考えれば中也は、「春の日の夕暮」をもっ

て して、この詩集を世に問うたと言っても過言ではない。にもかかわらず、大岡の論以来、ダダ時代から、中也自身が自己の詩の出発点と書き残している「朝の歌」への過渡期的作品としてのみ扱われてきた。

しかし、資料的にはこれらの詩全てが「朝の歌」より前であるという確実な証拠はなく、「初期詩篇」全体においても、それらが必ずしも年代順であるとは言えない以上、大岡が提唱した過渡期的ラインの無批判な継承は危うい。

この詩は、「ノート1924」の中で、唯一『山羊の歌』に掲載されたものである。さらに、その後の発表作品の中でも、この時代の作品は、この「春の日の夕暮」のみである。つまり、生前一切発表しなかったこの時期の詩篇の中で、わざわざこの詩だけを選び、それも処女詩集の冒頭に置いたのである。

それには、この詩が『山羊の歌』本文印刷後にも、昭和八(一九三三)年六月に『半仙戯』という雑誌に再録されていること、つまり中也自身にとっては単なるダダ時代の過渡期的な佳作なのではなく、ダダを脱却した後の詩と比べても自信作の一つだったという事情もあるだろう。

しかし、この「夕暮」を舞台にうたわれた〈述志〉が処女詩集『山羊の歌』の冒頭に置かれていることには、それ以上の意義がある。それは、この詩集全体が〈述志〉の系譜で貫かれたものであることや、この詩集全体の構成と密接な関係があるのだ。私が、この詩を「評釈」という形で詳細に検討して来たのも、処女詩集冒頭の詩と詩集全体の構造という視点を重視しているからに他ならない。

中也の詩論における〈述志〉

『山羊の歌』の具体的な詩篇に関して考察する前にふれておきたいことがある。前述したように中也の詩には、他者との「違和感」「倦怠」「悲しみ」などといった「気分」が、非常に多く表現されている。これらは、なぜ生じたものだったのだろうか。逆にいえば、彼は、なぜここまで「倦怠」や「悲しみ」を感じざるを得なかったのか。さらに、中也の〈述志〉の系譜にみられる、何もせずただ忍従して待つだけという姿勢。これは、一体何に由来するのだろうか。中也の残した数多くの詩論が、このことについてある示唆を与えてくれる。

中也の詩の背景にある数々の詩論には、三つの特徴があると思われる。一点目は、自分が詩人であることは運命であるという絶対的な決定論である。

> 併し、辛じて詩人は神を感覚の範囲に於て歌ふ術を得るのだ。　「地上組織」（Ⅳ104頁）

> 一、美とは、宿命である。（中略）
> 而して、芸術論が屢々余りに空言に終ること多い《ママ》理由は、芸術家でない人に芸術的制作を可能ならしめんとする意向を知つてか知らないでか秘《ひそ》めてゐることそれである。　「芸術論覚え書」（Ⅳ142頁）

その決定論は、二点目として、詩人でない者との絶対的な二元論に結びつく。それは、「芸術論覚え書」（昭和九（一九三四）年末〜昭和一〇（一九三五）年春）での〈生活人〉⇄〈芸術家〉から、「小詩論」（昭和四（一九二九）年）での〈人間といふ社交動物〉⇄〈ラムボオ・ヴェルレエヌ〉、「Me Voilà」（昭和三（一九二八）年）での〈社交家達〉⇄〈よき心の人〉、そして「地上組織」（大正一四（一九二五）年）での〈俗人〉⇄〈天才〉と現存している最初の詩論まで遡っていけるのである。

「地上組織」における「天才」という語彙は、当時流行したC・ロンブローゾの『天才論』との関連を指摘出来ることは確かである。周知の通り日本では辻順の植竹書院版の邦訳（大正三（一九一四）年一二月）が話題を呼んだ。大正期には、教科書の国定化以後の世代も青年となり、それ以前の義務教育世代も含め、ある程度豊かな多くの識字層が都市部に出現することになった。後に社会主義思想側から新たに「中間」「中流」など呼ばれることになる層のことである。

大正後期に始まった知識社会の急激な膨張、いいかえれば、知的な階層性の急速な曖昧化は、皮肉なことに、知識人のあいだにかえって主観的な階層性の意識を増大した。本来、エリートとは定義上、選ばれた少数者のことだから、その数が膨張することはエリートの存在根拠そのものを危うくする。そのさい膨張したエリート階層の中に新たな区別の意識が芽ばえ、純粋なエリートとそれに準ずる人間を階層化しようとするのは、自然な心理の動きであろう。

山崎正和「「インテリ」の盛衰」（『日本文化と個人主義』平成二（一九九〇）年、八月・中央公論社）

山崎の指摘にもあるように、知的中間層の拡大は、それまでの「エリート」たちに、新たな自己規定を強いるようになった。その意味で、この時期の多くの知識人や芸術家たちが、その自己規定に『天才論』を援用したのは、偶然ではない。中也の詩論に繰り返し現れる二元論も、単なる驕慢などではなく、こうした時代の要請と呼応したものと考えた方がよいだろう。

そして三点目は、詩人が目指すものである。「地上組織」では、神の存在は認めてもそれを表現するのは不可能であるから、神を感覚の範囲でうたうという理論がある。次の詩論である「小詩論」（Ⅳ106頁）では、以下のように述べる。

生きることは老の皺を呼ぶことになると同一の理で想ふことは想ふことゝしての皺を作《な》す。想ふことを想ふことは出来ないが想つたので出来た皺に就いては想ふことが出来る。私詩《うた》はこの皺に因るものと思つてゐる。

そして「驚き」そのものを記録することは不可能だが、それ故に「驚き」の対象を記録するよりも、むしろ「驚き」の対象が自分にもたらす「想ひ」を重視すべきだというのだ。こうした絶対的な対象の把握を不可能とし、主客一致よりも己の主観そのものに注目する点においては、非常に現象学的視点である。そして、

元来思想なるものは物を見て驚き、その驚きが自然に齎らした想ひの統整されたものである筈なのだが、さうして出来た思想は形而上的な言葉にしかならないので、人間といふ社交動物はその形而上的な言葉の内容が、品性の上に現じた場合の言葉にまで置換へたので、そして社交動物らしいそのことが言葉を個人主義者であらしめなくしたので、世界はアナクロニズムに溢《みなぎ》つたのだ。

と、述べている。ここには言葉に対する根本的な不信感がある。つまり、言葉では自分自身の「驚き」を完全には捕らえられないという不信である。

こうした現象学的視点は、「生と歌」（Ⅳ9頁）でも基本的には変わらない。人は「『あゝ』と表現するかはりに《『あゝ！』と呼ばしめた当の対象を記録しようとしたと想はれる》と、対象に対する「叫び」を捉える

ことが真の叙情芸術なのであるが、それ以上に人々が「叫び」の対象を捉えようとしてしまったので叙事芸術がはびこってしまったと論じている。しかし「叫び」を叫ばしめた「当の対象」を指し示すことは不可能なので、《叫びの当の対象と見ゆるものを、より叫びに似るやうに描いた》ため「表現（芸術）」は「生活」と別れてしまったと結論づけている。

さらにその不信感は、「河上に呈する詩論」（Ⅳ120頁）において、《元来、言葉は説明するためのものなのを、それをそのまゝうたふに用うるといふことは、非常な困難であつて、その間の理論づけは可能でない。》と表現されるに至るのである。

この図式が「芸術論覚え書」において、芸術の世界が「名辞以前の世界」の追究であるととらえられた時、他の芸術形態ならともかく、詩論としては、根本的矛盾に突き当たった。つまり「名辞」によって「名辞以前の世界」を示すというパラドックスに陥ったのである。

こう考えると、中村稔の《いったい中原中也という詩人の不思議は、言葉というものに対して限りない不信不安をもちつづけていたのに、彼が詩人であることについては、生涯をつうじて、何の疑いももたなかったということである》という指摘は頷ける。

確かに、これまで見てきたように、こうしたパラドックスの自覚に至る過程には、常に言葉への不信感があった。しかし、この不信感は、詩論の上でも、中村が断絶の年と指摘する昭和四（一九二九）年の「河上に呈する詩論」より前である「小詩論」や「生と歌」からも十分みられることには注目すべきである。中村の論は、「初期詩篇」を習作期と考えるために、どうしても昭和四年になにかしらの区切りをつけようとしている。中村によれば、昭和四年時より前の詩論には《言葉に対する疑いがあり、その疑いが整理されてい》ないなどという。やはり、ここでも詩の「完成度」と同様に、詩論の「整理」のレベルを想定することに、私は違和感を覚える。ここで確実にいえることは、そうした「疑い」の存在が、中也の詩論全てにわたっていることだけなのではないだろうか。しかし、それは消極的な結論ではない。中也の詩業をビィルドゥングストーリーとして把握し、そのどこかに恣意的な区切りをつけるよりは、全詩論に分有されている原理を抽出した方が、詩論と詩を接続する可能性を、より多く見い出し得るからだ。

中也の詩中の「気分」とは、こうした詩論に分有された原理と確実に呼応している。つまり、強く他者との違和感を感じる詩人であることは絶対的二元論からくる宿命なのだが、自己の内部には、表現の道具とすべき言葉に対する強い不信感を常に抱いていたのだ。

この絶対的二元論が、「違和感」「倦怠」「悲しみ」の告白といった詩の系譜をつくり、一方で、この内部のパラドックスが、一切の能動的行動を無意味にし、ただ何かを待つだけであるという中也の〈述志〉の姿を形作ってゆくことになるのである。つまり、中也の詩のテーマとは、彼の詩観から来る論理的帰結なのである。その意味では、中也の詩論と詩篇は密接な関係があるといってよい。

『山羊の歌』における〈述志〉の系譜

本章のまとめとして、『山羊の歌』という詩集が、どのように〈述志〉の系譜で貫かれているかを確認しておきたい。その前にここで〈述志〉とは何であるかをもう一度確認しておかなければならない。中也における〈述志〉とは、詩人としての自己の生のありかた（いかに生き続けてゆくか、又はいかなる死を迎えるべきか）についての詩中での独白である。

「春の日の夕暮」には、詩中に特殊な違和感の告白を残しながらもまだ「前進」という一般の〈述志〉に合うイメージがあった。しかし、これが「黄昏」（Ⅰ25頁）になると「――竟《つい》に私は耕やさうとは思はない！」と、詩人としての志を述べておきながら、「父親の映像」を気にして「一歩二歩歩みだす」だけという、早くも動揺がみられる。

そして、詩篇「夕照」（Ⅰ41頁）の中では、「丘々」の「洛陽」、「原」の「草」、「山」の「樹々」といった自然描写を経て、こううたわれる。

かゝる折しも我ありぬ
少児に踏まれし
貝の肉。

この「少児に踏まれし／貝の肉」も、詩人の視線の対象のひとつだろうか。「我」とシンクロする自身の象徴的イメージであろうか。いずれにせよ「貝」を踏みつけた「少児」は、むろん足下の「貝」に対して何の悪意もない。しかし、踏みつけられた「貝の肉」の映像は悲惨である。「少児」を純粋無垢な存在に捉えれば、より一層このコントラストは鮮やかであろう。にもかかわらず、詩人は詩中において「かゝる折しも」、「剛直」であるが「ゆかしきあきらめ」を抱いて「歩み去る」だけなのである。はやくも、宿命に対してただ耐えるだけであるという、中也の〈述志〉の姿が確立されている。

　　風が立ち、浪が騒ぎ、
　　　無限の前に腕を振る。

この詩篇「盲目の秋」（Ⅰ56頁）のリフレインは、「無限」の浪費をくり返す姿である。その間には、詩人の悲痛な過去が通り過ぎてゆく。もちろん「腕を振」ったとしても何にもならない。それでも詩人は、それらの前で「腕を振」り続ける。この「Ⅰ」章の詩人の悲壮な姿を受けて「Ⅱ」章（Ⅰ58頁）以降では、突然詩人の内的描写に移行する。

　　これがどういふことであらうと、それがどういふことであらうと、
　　そんなことはなほさらどうだつていいのだ。

　　人には自恃《じじ》があればよい！
　　その余はすべてなるまゝだ……

中也の詩における詩人の内面描写は、多くの場合こうした信条の告白となる。こうした、ある種自己に言い聞かせるような〈述志〉は、

　　きらびやかでもないけれど
　　この一本の手綱をはなさず

この陰暗の地域を過ぎる！
その志明らかなれば
冬の夜を我は嘆かず

という詩篇「寒い夜の自我像」（Ⅰ67頁）へとつながっている。「盲目の秋」（Ⅰ59頁）の「Ⅱ」章、

平気で、陽気で、藁束のやうにしむみりと、
朝霧を煮釜に塡《つ》めて、跳起きられればよい！

とは、明らかに「寒い夜の自我像」の「陽気で、坦々として、而《しか》も己を売らないことをと、／わが魂の願ふことであつた！」（Ⅰ68頁）と同種の決意である。

忌はしい憶ひ出よ、
去れ！　そしてむかしの
憐みの感情と
ゆたかな心よ、
返つて来い！

と始まる詩篇「修羅街輓歌」（Ⅰ103頁）では、「序歌」「Ⅱ　酔生」と、自己の過ぎ去った過去を悔恨し、その

結果憔悴している姿を歌っている。そして「Ⅲ 独語」（Ⅰ106頁）では、

器の中の水が揺れないやうに、
器を持ち運ぶことは大切なのだ。
さうでさへあるならば
モーションは大きい程いい。

と、現在の自己の理想を語るが、最後には、

しかしさうするために、
もはや工夫《くふう》を凝らす余地もないなら……
心よ、
謙抑にして神恵を待てよ。

と、「神恵」を待つ姿勢になってしまっている。中村は回心の意識が、昭和四（一九二九）年時の一連の作品から顕著になると指摘している。確かに、中也の二律背反な詩論は、実に出口のないものであり、このような「神」の恩恵に結びついてゆくのも必然であったかもしれない。

しかし、前述した他の要素と同様に、「神」という語は、中也のそれ以前の詩にもみられ、それこそダダ詩や短歌にもみられるものであって、決してこの時期に突然回心が起こったわけではない。よって、キリスト教

的神の意識に注目することによっても、この部分を断絶とは考えがたい。むしろ、こうしたなすべきことがない〈述志〉の姿が、ただ「神」に祈るしかなかったという意味において、やはり現実的出口のない志であって、その姿はただ耐えて待つだけであるという点においては、生涯変わらないものであったことの方が重要である。

詩集『山羊の歌』は、「羊の歌」というパートで幕を閉じる。この「羊」については、従来中原思郎の、生家で山羊を飼っていたという証言と、《中原は羊年の生れであった。『羊の歌』がある所以だが、同じ羊でも戦闘的な『山羊』と自分を想像することを好んだ。『山羊の歌』の題名の由来はそこにある》という旧角川版五巻本全集・一巻（昭和四三（一九六八）年一〇月）の大岡の解説があった。

それから十年後の昭和五五（一九八〇）年には、高森文夫の《山羊とは中也の渾名であり、耳が立ち、顎の細いことを自分の顔の特徴とし、同類としてマラルメを引合いにだしていた》という証言（『中原中也の詩と生涯』昭和五四（一九七九）年一〇月・講談社・302頁）がある。一方、藤一也（「中原中也詩集『山羊の歌』考」『方』昭和四七（一九七二）年八月）は、キリスト教の観点から、旧約聖書「レビ記」に現われる贖罪の山羊との関連を考えている。

これらの証言だけでは、『山羊の歌』というタイトルの由来を決定しかねるのはもちろんだが、どの論も少なくとも、『山羊の歌』の「山羊」が、中也自身のことであるという点においては、一致している。それはある程度追認してよいだろう。問題は、にもかかわらず、この最終パート名が「山羊」ではなく「羊の歌」と称されていることにある。

中也が、高森と親交があったのは、昭和六（一九三一）年一二月からなので、「羊の歌」が作られた昭和六年一一月頃、どれほど自己を「山羊」と重ねて意識していたのかはわからない。自己を「羊」ではない「山羊」としたのか、それとも、自己が「山羊」であるという発想に対して、「羊の歌」を作ったのか。いずれにせよ、自己を「山羊」とする発想が、昭和六年末から七年六月頃までに何の脈絡もなく突然出てきたとも考えがたいので、やはり「羊」と「山羊」との間にはなんらかの関連があるものと思われる。

Ⅰ　祈り

死の時には私が仰向かんことを！
この小さな顎《あご》が、小さい上にも小さくならんことを！
それよ、私は私が感じ得なかつたことのために、
罰されて、死は来たるものと思ふゆゑ。

あゝ、その時私の仰向かんことを！
せめてその時、私も、すべてを感ずる者であらんことを！

この「羊の歌」（Ⅰ120頁）の最初の章に現われる「祈り」は「私」の「祈り」であり、それは当然、生きているうちに「すべてを感ずる者」であり得なかった為に「罰され」る「羊」としてうたわれた、詩人自身の「祈り」の姿なのであろう。逆にいえば、ここには、生きているうちは「すべてを感ずる者」にはなれないという諦めがあり、それがせめてもの死の時の理想につながっているのである。

そう考えると、死の時に「仰向く」とは、「うつむく」と比べ、より一層空に向かって「すべてを感ずる者」であるイメージであろう。ならば「顎《あご》」のイメージはどうであろうか。

吉田は、ここに「神の罰の具体的イメージ」をみているが、「罰」が「死」であるのならば、それは誰にも避けようがない「罰」である。さらに、その原因となる「感じ得なかつたこと」も、避けようがなかったことに違いない。「顎《あご》」の消失を「神の罰の具体的イメージ」と見ると、どうしても、その点が抜け落ちてしまう。「顎《あご》」とは、発話、摂食に関わる身体器官である。そう言った意味において「顎《あご》」が「小さくな」るとは、生きる手段、語る手段、うたう手段が消滅するイメージであり、こうした「生活」「言葉」を不要にしたところに、初めて、ただ「すべてを感ずる」ことが出来るということなのではないか。ここに前述した詩論の流れを鑑みれば、「小詩論」以来の、感覚が言葉へと変わってしまうこと、そして生活がそうした言葉によって成り立っていることへの不信感、にもかかわらず言葉によってしか詩を示すことが出来ないという苦悩に〈接続〉することが可能だろう。つまり、「死」の「罰」とは、根源的不可能性を背負った「詩人」の宿命なのである。

晩年の詩論である「芸術論覚え書」（Ⅳ139頁）でも中也は以下のように述べる。

一、「これが手だ」と、「手」といふ名辞を口にする前に感じてゐる手、その手が深く感じられてゐればよい。

一、名辞が早く脳裡に浮ぶといふことは尠《すくな》くも芸術家にとつては不幸だ。名辞が早く浮ぶといふことは、やはり「かせがねばならぬ」といふ、人間の二次的意識に属する。

という「名辞以前の世界」から「名辞の世界」、つまり感覚を名辞化させてしまう手段としての言葉の否定、それこそが「生活」なのである。しかし、芸術家といえども「生活」を全否定することは出来ない。

一、而も生活だけするといふことは出来るが、芸術だけするといふことは芸術家も人間である限り出来ぬ。かくて、其処《そこ》に、紛糾は、凡そ未だ嘗て誰も思つてもみなかつた程発生してゐるのであるが、そのことを文献は殆んど語つてゐないといふも過言ではない。（Ⅳ141頁）

同論に、「芸術といふのは名辞以前の世界の作業で、生活とは諸名辞間の交渉である」（Ⅳ144頁・傍点は原文のママ）と言っている以上、現実生活において、完全なる「名辞以前の世界」などは実現しないはずである。ならば、せめてその時（現実生活が終わる、その死の瞬間）に、「すべてを感ずる者であらんことを！」を祈るのは必然であったろうし、その具体的イメージとして「顎《あご》」が「小さく」なるとは、言葉、生活の否定によってのみ実現する「名辞以前の世界」の体現に他ならない。

そう考えれば、この「羊」とは、必ずしも吉田の指摘するような「神から選ばれた人間としての詩人」が「挫折している姿」である必要はないだろう。むしろ逆に、現実においては「すべてを感じ得な」いという意識が、キリスト教的な贖罪を通して救われる「羊」のイメージを呼んだのである。

吉田は、ここに「神の代行者たり得なかった詩人の自責」を読み取っているが、最初の詩論である「地上組織」でも、中也は、詩人の使命を「神を感覚の範囲に於て歌ふ」（Ⅳ104頁）ものとし、「神」に対して、その力のおよぶ範囲を限定しており、中也と神との間には当初からはっきりとした断絶が意識されていた。神の領域をあくまでも不可侵とする意味では、中也の論理にある宗教的倫理観はカント的なそれと同様である。

中也にとってはすべてを「感じ得なかった」ことは自明のことであって、そのことを自責しているのではない。前述して来た「詩論」や〈述志〉の詩のように、中也にとっては、こうした二律背反の生をどこまで真摯に生きてゆけるかが大事だったのである。つまり、「すべてを感ずる」ことが不可能である限り、誰にでも「罰されて、死は来る」わけであり、むしろ贖罪としての「死」が「感じ得なかつたことのため」の「罪」を浄化し、「すべてを感ずる者」にしてくれる、そういった「死」に対する「祈り」をうたっているのである。

そこで問題になるのは、「羊」と「山羊」との宗教的関連であるが、この両者に「神」が関係してくる以上、キリスト教以外の関連はあり得ないだろう。キリスト教関連の書物でこの両者が同時に出てくるのは、ほとんど宗教的儀式に関連したものである。

こうした言説圏の中で、「マタイ伝」には、最後の審判における人類の運命を表現するために「羊」と「山羊」が対比され引用されているところが注目される。

羊を右に、やぎを左におくであろう。そのとき、王は右にいる人々にいうであろう、「私の父に祝福された人たちよ、さあ、世の初めからあなたがたのために用意されている御国を受けつぎなさい」(中略)それから、左にいる人々にもいうであろう、「のろわれた者どもよ、わたしを離れて、悪魔とその使たちとのために用意されている永遠の火に入ってしまえ。」

「マタイ　二五　最後の審判」(『聖書　口語訳』平成二(一九九〇)年七月・日本聖書協会・61頁)

また、キリスト教における「羊」と「山羊」の関係について馬場嘉市(『新聖書大辭典』昭和四六(一九七一)年二月・キリスト教新聞社・1138頁)は、以下のように解説している。

羊とやぎは普通一緒に放牧される。やぎは粗食に甘んじる家畜だから、羊の食べ残した牧草や木の芽を食べるので共存が容易なのである。両者は最後の審判の絵画における人類の運命を表現するために引用されている。羊が救われたものを意味しているのは、恐らく羊の商業的価値が、やぎよりもまさっているからであろうが、もっともやぎよりも柔和だからとする学説もある。

こうしたキリスト教的事情と、この詩において、死の時の自分を「山羊」ではなく「羊」に託したこととは、無関係ではないだろう。つまり自分は本来「山羊」なのであるが、せめて最後の審判においては、こうした「恩寵」を受けることが出来る「羊」として死にたいという、「祈り」なのではないだろうか。

II

思惑よ、汝　古く暗き気体よ、
わが裡《うち》より去れよかし！
われはや単純と静けき呟《つぶや》きと、
とまれ、清楚のほかを希《ねが》はず。

交際よ、汝陰鬱なる汚《お》濁《じょく》の許容よ、
更《あらた》めてわれを目覚ますことなかれ！
われはや孤寂に耐えんとす、

わが腕は既に無用の有《もの》に似たり。

汝、疑ひとともに見開く眼《まなこ》よ
見開きたるまゝに暫《しば》しは動かぬ眼よ、
あゝ、己の外をあまりに信ずる心よ、

それよ思惑、汝　古く暗き空気よ、
わが裡より去れよかし去れよかし！
われはや、貧しきわが夢のほかに興せず

そうした恩寵ある「羊」として死ぬためには、どう生きればよいのだろうか。こう考えて、初めて「II」章以降が理解されるのである。「II」章以降は、吉田のいうような「自己の俗物的要因の反省」などではない。それは、「思惑」「交際」「己の外をあまりに信ずる心」を否定し、「清楚のほかを希《ねが》はず」「孤寂に耐え」「貧しきわが夢のほかに興ぜ」ないという決意であり、これらはむしろ、今までと同様の〈述志〉の姿勢である。

III

我が生は恐ろしい嵐のやうであつた、
其処此処《そこここ》に時々陽の光も落ちたとはいへ。
ボードレール

九歳の子供がありました
女の子供でありました
世界の空気が、彼女の有《いう》であるやうに
またそれは、凭《(よ)》つかかられるもののやうに
彼女は頸をかしげるのでした
私と話してゐる時に。

私は炬燵《(こたつ)》にあたつてゐました
彼女は畳に坐つてゐました
冬の日の、珍しくよい天気の午前
私の室《へや》には、陽がいつぱいでした
彼女が頸かしげると
彼女の耳朶《みみのは》陽に透きました。

私を信頼しきつて、安心しきつて
かの女の心は蜜柑《(みかん)》の色に
そのやさしさは氾濫するなく、かといつて
鹿のやうに縮かむこともありませんでした
私はすべての用件を忘れ

この時ばかりはゆるやかに時間を熟読翫《がんみ》味しました。

そして、「Ⅲ」章になると、〈ました〉という口語体への転調により、過去のあるイメージが表出する。今までの荘重な文語体とのコントラストも鮮やかであり、そのシーンからは、他者との非常に体和した状態を感じさせる。これは、ボードレールのエピグラフでみれば、「恐ろしい嵐」のような「生」の中に「時々落ちた」「陽の光」のイメージであり、「Ⅱ」章からみれば、吉田の指摘するような「清楚」のイメージであり、さらに「Ⅲ」章からみれば、「思ひなき、思ひ」のイメージと重なるかもしれない。

Ⅲ

さるにても、もろに侘《わび》しいわが心
夜な夜なは、下宿の室《へや》に独りゐて
思ひなき、思ひを思ふ　単調の
つまし心の連弾よ……

汽車の笛聞こえもくれば
旅おもひ、幼き日をばおもふなり
いなよいなよ、幼き日をも旅をも思はず
旅とみえ、幼き日とみゆものをのみ……

思ひなき、おもひを思ふわが胸は
閉ざされて、醺生《かびは》ゆる手匣《てばこ》にこそはさも似たれ
しらけたる脣《くち》、乾きし頬
酷薄の、これな寂莫《しじま》にほとぶなり……

これやこの、慣れしばかりに耐えもする
さびしさこそはせつなけれ、みづからは
それともしらず、ことやうに、たまさかに
ながる涙は、人恋ふる涙のそれにもはやあらず……

しかし、その調和したイメージは、Ⅲ章でふたたび現実の「下宿の室に独り」という状態に引き戻される。同じ文語体でも、「Ⅱ」章の〈述志〉にあったような決意は、もはやここにはない。自己の胸のうちを「醺生ゆる手匣《てばこ》」と喩え、孤独による憔悴につつまれているのである。この章が、ほぼ五音や七音で構成されていることは、前掲した「春日狂想」における、狂想のリズムを想起させ興味深い。中原にとって、確固たる意志が弱まった時、そこに浮上してくるのは、七五調・五七調という音数律の誘惑なのだろうか。この章の終わりが「……」となっているのは、吉田が指摘するような「Ⅰ」章の「神」への回帰というよりは、むしろ詩がここで終わらず、その「憔悴」が次の詩へと続いてゆくことを暗示しているのだろう。ゆえに、各聯の憔悴感の表出が全て「……」と終わっているのである。

Pour tout homme, il vient une époque où l'homme languit.　— Proverbe.
Il faut d'abord avoir soif…　——Catherine de Médicis.

私はもう早、善い意志をもつては目覚めなかつた
起きれば愁《うれ》はしい　平常《いつも》のおもひ
私は、悪い意志をもつてゆめみた……
（私は其処に安住したのでもないが、
其処を抜け出すことも叶《かな》はなかつた）

次の「憔悴」（Ⅰ126頁）は、前の「羊の歌」のそれを受け継いでいる。このエピグラフは「すべての人々にとって、憔悴する時期というものはくるものだ」という格言と、「まず、最初に乾きをもたねばならぬ……」というカトリーヌ・ド・メディチの言葉である。詩人にとってこの「憔悴する時期」や「乾き」は、夜の海として表出される。

そして、夜が来ると私は思ふのだつた、
此の世は、海のやうなものであると。
私はすこししけてゐる宵の海をおもつた
其処を、やつれた顔の船頭は

おぼつかない手で漕ぎながら
獲物があるかあるまいことか
水の面《おもて》を、にらめながらに過ぎてゆく

それは、まだ詩人が「寒い夜の自我像」での「陰暗の地域」(Ⅰ67頁)と同様の所にとどまっていることを示している。詩篇「夕照」での「ゆかしきあきらめ」(Ⅰ42頁)や、詩篇「寒い夜の自我像」での「陽気で、坦々として、而も己を売らないことを」(Ⅰ68頁)という忍耐の強い決意は、「山蔭の清水《しみづ》のやうに忍耐ぶかく／つぐむでゐれば愉《たの》しいだけだ」(Ⅲ章)と、ここでも辛うじて受け継がれている。そして、全てが「全体の体和に溶けて」(Ⅲ章)ゆくことを希求しているのである。

しかしこうした決意は、詩全体では「怠惰」によってすっかり萎えてしまって、「世の人々」に従ってみようともするが、結局、「自分に帰る」ことを繰り返すのである。そして、詩風では「恋愛を／ゆめみるほかに能がな」く、より「ましな詩境にはいりたい」と思いながらも、「恋愛詩」を詠むだけの自分がいるのである。ここには、詩人の宿命が現実生活との相克を生み、詩人は憔悴させられながらも、その両者の間を揺れ続けているという姿がより具体化している(Ⅱ〜Ⅴ章)。

だがもちろん詩人は、この「憔悴」した状態に完全に屈服しているわけではない。どんなに「一生懸命郷に従つて」みても「ひつぱつたゴムを手離したやうに」「自分に帰る」のであって、それは「理屈はいつでもはつきりしてゐる」からであり、「美の、核心を知つてゐるとおもふ」からである(Ⅴ〜Ⅵ章)。

僕はもうバツハにもモツアルトにも倦果てた。

あの幸福な、お調子者のヂャズにもすつかり倦果てた。

僕は雨上りの曇つた空の下の鉄橋のやうに生きてゐる。
僕に押寄せてゐるものは、何時でもそれは寂漠だ。

僕はその寂漠の中にすつかり沈静してゐるわけでもない。
僕は何かを求めてゐる、絶えず何かを求めてゐる。

『山羊の歌』最後の詩である「いのちの声」（Ⅰ135頁）はこう始まる。「倦果て」た先の「寂漠の中」とは、前詩の「憔悴」の世界を受け継いでいる。「羊の歌」というパートは、この詩集において唯一物語的な連続性があるといってよい。詩篇「羊の歌」が「孤独」からくる「祈り」に主眼を置き、詩篇「憔悴」が現実生活との相克からくる「憔悴」に主眼を置いているのに対して、この「いのちの声」は、「何か」「それ」という絶対的なものに主眼を置いている。そして、それは「誰もが望」むが「誰もがこの世にある限り、完全には望み得ないもの」であるという。

しかしそれらは「説明なぞ出来ぬ」ものであり、それ故に直接的にうたうことも出来ないものなのである。よって、こうした否定神学的なものに主眼を置く詩は、それを求める姿を詩にするしかないのである。これは、詩論からも詩集の流れからも到達し得る論理的帰結である。

こうして、中也の〈述志〉は、ただ自己の運命に耐えている姿に加え、そこに表現こそ出来ないが追い求めるべき何かがあることを表現してゆくようになる。この詩風は『在りし日の歌』の詩篇「曇天」「言葉なき歌」

など、晩年の作に顕著になるものである。こうした晩年の作への転換をみせつつ、最後に、

ゆふがた、空の下で、身一点に感じられれば、万事に於て文句はないのだ。（Ⅰ139頁）

と、一行のみの独立した章で『山羊の歌』は終了する。ここには、「羊の歌」で希求した「清楚」な「孤独」や、「憔悴」で希求していた「全体の調和」などのイメージがあり、それは完全なる理想が得られないと悟った詩人の、現実世界最後における、せめてもの願いでもあるのだろう。

『山羊の歌』は「夕暮」の出発から始まって、「ゆふがた」に調和するイメージで帰結するのである。この「いのちの声」は『山羊の歌』にまとめを与えるために、詩集のしめくくりとして昭和七（一九三二）年五月頃書かれたと推定されている。前掲した大岡の旧全集の解説によると《最後に論理的にか倫理的にかその詩篇になんらかの結論的なしめくくりをつける》といった中也の詩癖が、詩集編纂にも現われているという。

既に述べたように「春の日の夕暮」から始まる〈述志〉の系譜は、詩集全体にわたっているが、その中でも最終パートは三篇全てが〈述志〉の詩である。大岡の指摘する詩癖はパートと詩集全体との関係にも現れているのである。

さらに、そこで展開される「羊」のイメージは、タイトルとの関係において、この詩集の〈述志〉の性質を決定づけている。もはや、この詩集におけるこの最終パートの重要性は疑いようがない。

むろんそれは、この最終行も同様である。ここが、中也の詩で唯一、一行で一聯ではなく一章の扱いを受けていることも、そのことを裏付けている。ここに、中也の回帰的傾向という顕著な詩癖を考え合わせれば、詩集の「しめくくり」が、詩集の最初の詩と同じ「夕」のイメージになっていることは、偶然とは言えない。ま

さに、ここに一本の〈述志〉の系譜が完結するのである。

中也の詩に繰り返し歌われる「倦怠」や「憔悴」は、いままで述べて来たような詩論の二律背反性を考えれば、不可避的なものであったと、容易に理解出来るだろう。しかし、ここまでして中也が表現したかったものは、まさに言葉では表現出来ないものであった。そこで中也がとった方法は、運命に殉じる自らの姿をそのまま詩にすることであった。それこそが詩人としての運命に殉じる姿、つまり〈述志〉の系譜と、それによって生じた「孤独」「倦怠」「悲しみ」といった詩の系譜なのである。

そう考えれば、この『山羊の歌』が「春の日の夕暮」から「いのちの声」といった〈述志〉の系譜に貫かれていることも、十分に納得出来る構成なのである。むろん、これらの「悲しみ」や「倦怠」の原型は、前述したような詩人の生き方から生じる苦しい「叫び」であることはいうまでもない。

第六章　失われた可能性――「朝の歌」をめぐって

ふと何の予兆もなく、封印しておきたかった記憶が自己を苦しめることがある。語れぬが故に封印し、封印するが故に苦しみの元凶として甦る。青春時代の思い出は、他人からみてドラマチックであればあるほど、当事者からみればドラマとはなり得ないのだろうか。小林秀雄と中也の交流は非常に有名で、演劇・ドラマなど様々なかたちで我々の知るところとなっている。しかし、小林自身の中也に関する言及は、一般に思われているほど多くはない。

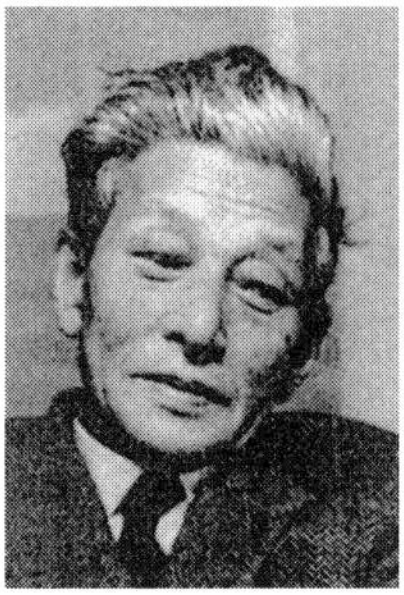
小林秀雄

中也の死後、詩の紹介に、詩集の刊行にと、あれだけ尽力したにもかかわらず、小林が中也の詩について直接論評したのは、「中原中也の骨」（『文学界』昭和九（一九三四）年八月）においてのみである。ここで小林は詩篇「骨」（Ⅰ192頁）をとりあげている。

ホラホラ、これが僕の骨だ、
生きてゐた時の苦労にみちた
あのけがらはしい肉を破つて、
しらじらと雨に洗はれ、

ヌツクと出た、骨の尖。

それは光沢もない、
ただいたづらにしらじらと、
雨を吸収する、
風に吹かれる、
幾分空を反映する。

心理映像の複雑な組み合せや、色の強い形容詞や、個性的な感覚的な言葉の巧みな使用や、捕へ難いものに狙ひをつけようとする努力や、等々、そんなものを捨てゝしまつてやつぱり骨があつた様に歌が残つたといふ様な詩である。今の詩人の詩を僕はたんと読んでゐないので間違ふかもしれないがかういふ詩の様に、歌ふ言葉ばかりで出来てゐる様な詩はづい分少ないのではあるまいか。歌みた様で実は描写とか観察とかいふものゝ感覚的乃至は心理的な変形に過ぎぬ様な詩が多いのではあるまいか。そしてさういふのが新しい詩みた様に見える場合があるのである。

さらに、小林は追悼詩である「死んだ中原」(『文学界』昭和一二(一九三七)年一二月)においても、

君の詩は自分の死に顔が
わかつて了つた男の詩のやうであつた

ホラ、ホラ、これが僕の骨
と歌つたことさへあつたつけ

と詩篇「骨」（Ⅰ192頁）を詩の数カ所に引用している。

小林が中也の詩の中でもとりわけ「骨」に注目し、「歌が残つた」「歌ふ言葉ばかりで出来てゐる」と批評したのはどういうことなのだろうか。この「歌」という言葉を「骨」の〈音楽性〉という観点で了解することは難しい。中也の詩のなかで〈音楽性〉という観点で説明しやすい詩は他に多く存在するはずであるし、事実小林も別の雑誌（『歴程』昭和一四（一九三九）年四月）での追悼文には、中也の「歌」として、七五・七五調を基調とする「六月の雨」を引用している。

小林は批評家である。批評家が封印したいと欲する自己の過去を語らなくてはならぬ理由はない。しかし、詩の批評となれば話は別である。この詩が中也という詩人を語るのに最も適していたものであったと小林が直感していたとすれば、問題には別の観点が浮かんでくる。この「歌」という概念の背景には、昭和初期の現代詩を「歌みた様で実は描写とか観察とかいふもの〻感覚的乃至は心理的な変形に過ぎぬ様な詩」と捉える小林の批評眼がある。

そうした現代詩に対峙するものとして、中也の独自性を主張するこの論に述べられる小林の現代詩への見識は、中也が常に意識していた詩作の方法を、非常に象徴的に示しているのではないかと思われるのだ。では、その「方法」とは何か。

中也の現象学的思考

十八歳の中也が、当時京都に住んでいたのは、山口中学を落第し、郷里にいられなくなったためである。この時期の中也は、ダダイズムに傾倒していたが、それは偶然古本屋で手にした高橋新吉の詩集の影響であって、当時さかんに紹介されていたモダニズム詩などを精力的に取り入れたり、学んだりした結果ではない。後に中也は、泰子と別れるまで「殆んど読書らしい読書をしてい」なかったと書いている。そんな弱冠十八歳の田舎文学青年が、既にフランス語を修め、上海に渡り、最新の洋画の動向にも精通する六歳年長の富永太郎を「やり込め」(大正一三(一九二四)年七月七日・村井康男宛書簡)てしまい、帝大仏文科に入学し、富永にランボーを紹介していた小林と連日文学議論を続けることが出来たのはなぜなのであろうか。

河上徹太郎は、中也の詩論や日記の分析により、この点について揺るぎない「神」を中心にした中也の形而上学的思想をその根拠に考えている(「中原中也」—『わが中原中也』昭和四九(一九七四)年八月・昭和出版)。河上のように「神」という視点を導入しないまでも、なぜか、中也の詩論の分析は、形而上学的思考に陥ってしまうか、さもなければ作品の分析に届く前に頓挫してしまう。

むろん、詩人は詩論を書くとおりに制作するものではなく、むしろその時々の理想と希望を述べる場合が多い。　　　　「神と表象としての世界」(『中原中也詩集』昭和五六(一九八一)年六月・岩波文庫)

確かに、大岡昇平のいうとおり、詩人の残す詩論が必ずしも実作に反映しているわけではない。むしろ、実作に反映された詩論のほうが珍しいのかもしれない。以下に述べる佐々木幹郎の指摘も、多くの人々の素直な感想であろう。

中原の散文は読みにくい。いいたいことを言おうとして、やつぎばやに言葉を発しているので、いつもつんのめっている様な印象を受ける。彼の詩の読み易さとは大きな違いだ。

『中原中也』（昭和六三（一九八八）年四月・筑摩書房）
（ただし引用はちくま学芸文庫版（平成六（一九九四）年二月）・14頁）

確かに中也の散文は、最後には、支離滅裂のまま終わってしまう。しかし、全体的な整合性は無視して、各詩論のなかで、明確な論理構成のみを抽出してみれば、そこには、明らかな三つの特徴があることは前章で指摘した。

一点目として、自分が詩人であることは運命であるという絶対的な決定論があり、これが二点目として詩人ではない者との絶対的な二元論に結びつく。こうした思考が、他者からの疎外感や、他者との違和感の表出として、中也の詩の中にしばしば現れ、その一方で、中也自身の人生を、対人関係において不幸なものとした。これが、中也の詩の「気分」すなわち素材の一つとして、〈述志〉の系譜を形作っているというのがその論旨である。

しかし、詩論にみられるこうした側面は、彼の詩の素材としては十分でも、彼の方法を語り尽くすには不十分である。そうした詩論に通底する中也の思考には、確固たる意識に基づいた、まったく別の世界把握の方法が意識されているのである。

というのは、残る三点目として中也の詩論には対象の了解の仕方においてある特徴がみられるのである。この点についても前章で多少言及したが、本論ではもっと詩論に沿った形で検証し、さらに次章では同時代の詩壇外部における言説との関連で考えてみたいと思う。

中也の最初の詩論である「地上組織」は、神の存在は認めてもそれを表現するのは不可能なので神を感覚の範囲でうたうという、カントのいうような中庸的理論であることは前に指摘したとおりである。存在は疑いようがないが、積極的な表象は不可能とする中也の「神」は、少なくとも理論上では、否定神学的、またはカントの「物自体」のような捉え方をしているようだ。だが、次の詩論である「小詩論」（Ⅳ106頁）では、早くも中也の対象把握の思考が明確な形で固定化されている。

此処《ここ》に家がある。人が若し此の家を見て何等かの驚きをなしたとして、そこで此の家の出来具合を描写するとなら《ママ》、その描写が如何に微細洩さずに行はれてをれ、それは読む人を退屈させるに違ひない。――人が驚けば、その驚きはひきつゞき何かを想はす筈だが、そして描写の労を採らせるに然るべき動機はそのひきつゞいた想ひであるべきなのだが。

続けて「驚き」そのものを記録することは不可能だが、それ故に「驚き」の対象を記録するよりも、むしろ「驚き」の対象が自分にもたらす「想ひ」を重視することを主張している。ここで、「想ふことを想ふことは出来ない」が故に、自己の「驚き」の対象は記録不可能であると考える点に注目したい。これは、哲学史において主客一致の問題とされていたことと同質の問題意識である。

この問題は、〈自己が認識している物〉と〈対象としての物〉の一致を、論理的に確認することは出来ないという形で考えるとわかりやすい。その理由は、人間を一種の認識装置として考えれば簡単である。〈物〉を正しく認識するには、装置内部に正しさを検証するコードが必要である。しかし、認識装置がそのコードに従って考えるのであれば、そのコード自体の妥当性を認識装置自身が、己の外に出たメタコードとして考えることは不可能だからだ。

現象学に多くの論究を残す竹田青嗣は、この主客一致の問題を近代哲学の根本問題であったとし、その最終的な解決を現象学的思考に求めている（『現象学入門』昭和六四（一九八九）年六月・NHKブックス・20頁）。

こうした竹田の現象学に関する論への賛否は別にしても、中也の考える世界把握の図式は、加藤典洋の指摘（「中也について」―『中原中也研究』（平成八（一九九六）年三月）にもあるように、フッサールをして現象学の探求へと向かわしめた動機と酷似している。

認識はそのあらゆる発展形態において心理的な体験である。つまり、認識する主観の認識である。認識に対立するのは認識される客観である。ところで、認識はどのようにして認識される客観との一致を確信するのか。認識はどのようにして自己を越え出て、その対象を的確にとらえるのか。

E・フッサール『現象学の理念』（長谷川宏訳・平成九（一九九七）年六月・作品社・31頁）

中也が自己の「驚き」の対象を捉えられないとした点は、フッサールと同じ問題意識である。だが、ここで、中也の視点がおもしろいのは、それを言語による思考・表現・伝達の問題にしていることである。中也は、以下のように述べている（Ⅳ107〜108頁）。

元来思想なるものは物を見て驚き、その驚きが自然に齎らした想ひの統整されたものである筈なのだが、さうして出来た思想は形而上的な言葉にしかならないので、人間といふ社交動物はその形而上的な言葉の内容が、品性の上に現じた場合の言葉にまで置換へたので、そして社交動物らしいそのことが言葉を個人主義者であらしめなくしたので、世界はアナクロニズムに溢《みなぎ》つたのだ。

個人的な認識はあくまでも、「認識する主観の認識」である。こうした認識は、言葉として表現された時点で、元の個人的な認識と同一のものではいられなくなる。ここには、言葉に対する根本的な不信感がある。つまり、言葉では、自分自身の「驚き」を完全には把握出来ないという不信である。

こうした主客一致への素朴な懐疑は、「生と歌」でも基本的には変わらない。

何となれば、「あゝ!」なる叫びと、さう叫ばしめた当の対象とは、直ちに一致してゐると甚だ言ひ難いからである。「見ることを見ること」が不可能な限り、自己の叫びの当の対象を、これと指示することは出来ない。たゞそれが可能に見えるのは、かの記憶、或は経験によつてゞある。「生と歌」(Ⅳ9頁)

われわれは一つの例から出発してみよう。私は、絶えずこの机を見続けるとする。(中略)私が眼を閉じてみるとする。すると私は、机については何らの知覚ももたないことになる。(中略)眼を開いてみる。私は、ふたたび、もとの知覚を持つことになる。もとと同じあの知覚をだって? われわれはもっと正確に考えてみよう。実は、もとの知覚が戻ってくるとはいっても、その知覚は、いかなる事情のもとにおいても、個的には、同一のものではないのである。ただ机のみが、同一のままなのであり、つまり、新しい知覚とものものの想起とを結びつける綜合《そうごう》的意識の中で同一のものとして意識されているにすぎないのである。

E・フッサール『イデーン』（渡辺二郎訳・昭和五四（一九七九）年一二月・みすず書房・四一章）

両者とも、用語の違いこそあれまったく同じ論理であることが理解されるだろう。中也はさらに、人々は《『あゝ！』と表現するかはりに『あゝ！』と呼ばしめた当の対象を記録しようとしたと想はれる》と述べ、対象に対する「叫び」を捉えることが真の叙情芸術なのであるが、それ以上に人々が「叫び」の対象を捉えようとしてしまったので叙事芸術がはびこってしまったと難じている。そして、「叫び」を叫ばしめた「当の対象」を指し示すことは結局不可能なので《叫びの当の対象と見ゆるものを、より叫びに似るやうに描いた》ため《生活は表現（芸術）と別れ》てしまったと結論づけているのである（Ⅳ10頁）。

この最後の結論については次章以降で詳しくふれることになろうが、とにかく、この文脈で否定されていることは、「驚き」や「叫び」の対象を「記録」「描写」することである。中也に言わせれば、それらは「不可能」であるからだ。それに対して中也は、それらの「驚き」や「叫び」自体が認識の内部にもたらしたものを把握したいとする。むろん、それらが対象からは不可逆的なものであることはいうまでもない。

こうした観点から考えたとき、

四月二十四日（日曜）
私は私の身の周囲《まはり》の材料だけで私の無限をみた。
それで私が読書を始めた一昨年《おとゞし》の十二月から今日迄、ほんの読書は私にとつて或る擦過物に過ぎなかつた。

といった、中也の昭和二（一九二七）年の日記（Ⅴ38頁）に残されている断片を、単なる思慮の浅い倨慢《きょまん》とは、みなせなくなるだろう。しかし、こうした世界観が深まっていった結果、中也の最も有名な詩論「芸術論覚え書」（Ⅳ144頁）において、以下のような認識に至る。

芸術といふのは名辞以前の世界の作業で、生活とは諸名辞間の交渉である。

（傍点原文のママ）

芸術の世界が「名辞以前の世界」の追及であると捉えられた時、他の芸術形態ならともかく、詩論としては、根本的矛盾に突き当たったような印象を受ける。つまり「名辞」によって「名辞以前の世界」を示すというパラドックスに陥ってしまったのではないかと。

一、一つの作品が生れたといふことは、今迄箒しか存在しなかつた所へ手拭が出来たといふやうに、新たに一物象が存在したことであり、（以下略）

（Ⅳ148頁）

名辞以前、つまりこれから名辞を造り出さねばならぬことは、既に在る名辞によつて生きることよりは、少くも二倍の苦しみを要するのである。（以下略）

（Ⅳ152頁）

――名辞以前だとて、光と影だけがあるのではない。寧ろ名辞以前にこそ全体性はあるのである。

（Ⅳ152頁）

しかし、ソシュールを経由した現在の言語学的見地からすれば、こうした理論がたとえ詩論であったとしても、それは形而上学的なものとしてしか理解出来ないものではないだろう。言語が連続的な世界に対する恣意的な区別の体系であり、そうした体系の隙間をついて、新たな発見をもたらしてくれることは、詩の特質としてしばしば指摘されることである。

さらにこの「名辞以前の世界」も、現在の言語哲学的見地で考えれば、例えば、虹の色の数が言語の違いによって違うことなどで説明されるような、サピア＝ウォーフがいう《我々がその実践的関心によって分節する以前の切れ目のない連続的な世界》を思い浮かべればいい。色の種類は、絶え間なく変化していく光の屈折に対しての恣意的な区分である。または、フッサールのいう人間の生活の「実践的関心」に応じて、その都度「妥当」を得る「志向的相関」として獲得される「生活世界」などを想定することも可能だろう。それを詩人にうたわせればこうなるのだろうか。

それは誰も知る、放心の快感に似て、誰もが望み
誰もがこの世にある限り、完全には望み得ないもの！

「いのちの声」（Ⅰ137頁）

しかし、通常の言語活動の裡《うち》で思考する限りにおいては、こうした「名辞以前の世界」は、決して摑《つか》み取ることは出来ない。故に中也の詩でも、「名辞以前の世界」は、究極の理想であると同時に、決してたどり着くことが出来ないものとして把握される。そこで中也がとった方法は、真理の追究を放棄し、それを待つ己の内面

を詩にすることであった。これがいわゆる〈述志〉の系譜である。これについては前章で言及した。
ここまで中也の理論を追ってくると、彼の詩論には、常に一つの思考方法が意識されていることに気がつくだろう。むろん、そうした方法はこの「芸術論覚え書」（Ⅳ144頁）においても、変わらない。

謂はば芸術とは「樵夫山を見ず」のその樵夫にして、而も山のことを語れば何かと面白く語れることにて、「あれが『山（名辞）』であの山はこの山よりどうだ」なぞいふことが謂はば生活である。

中也が終始否定したのは、自己を対象から切り離した分析・追究の態度であり、それよりも対象が自己にもたらした「想ひ」を自己の裡で追究することを重視したのであった。

大正十三年夏富永太郎京都に来て、彼より仏国詩人等の存在を学ぶ。（以下略）
大正十四年四月、小林に紹介さる。（以下略）
大正十五年五月、「朝の歌」を書く。七月頃小林に見せる。「我が詩観」（Ⅳ184頁）

弱冠十八歳のろくに読書もしない片田舎の文学青年が、博覧強記な富永や小林に対峙出来たのは、河上のいうような「神」を背景にした形而上学的思考によってではない。そこには、論理的かつ徹底した内省的な思考があったのである。

評釈「朝の歌」―「軍楽」をめぐって―

天井に　朱《あか》きいろいで
　戸の隙を　洩れ入る光、
鄙《ひな》びたる　軍楽の憶ひ
　手にてなす　なにごともなし。

小鳥らの　うたはきこえず
　空は今日　はなだ色らし、
倦《う》んじてし　人のこころを
　諫《いさ》めする　なにものもなし。

樹脂《じゅし》の香に　朝は悩まし
　うしなひし　さまざまのゆめ、
森竝《もりなみ》は　風に鳴るかな

ひろごりて　たひらかの空、
　土手づたひ　きえてゆくかな

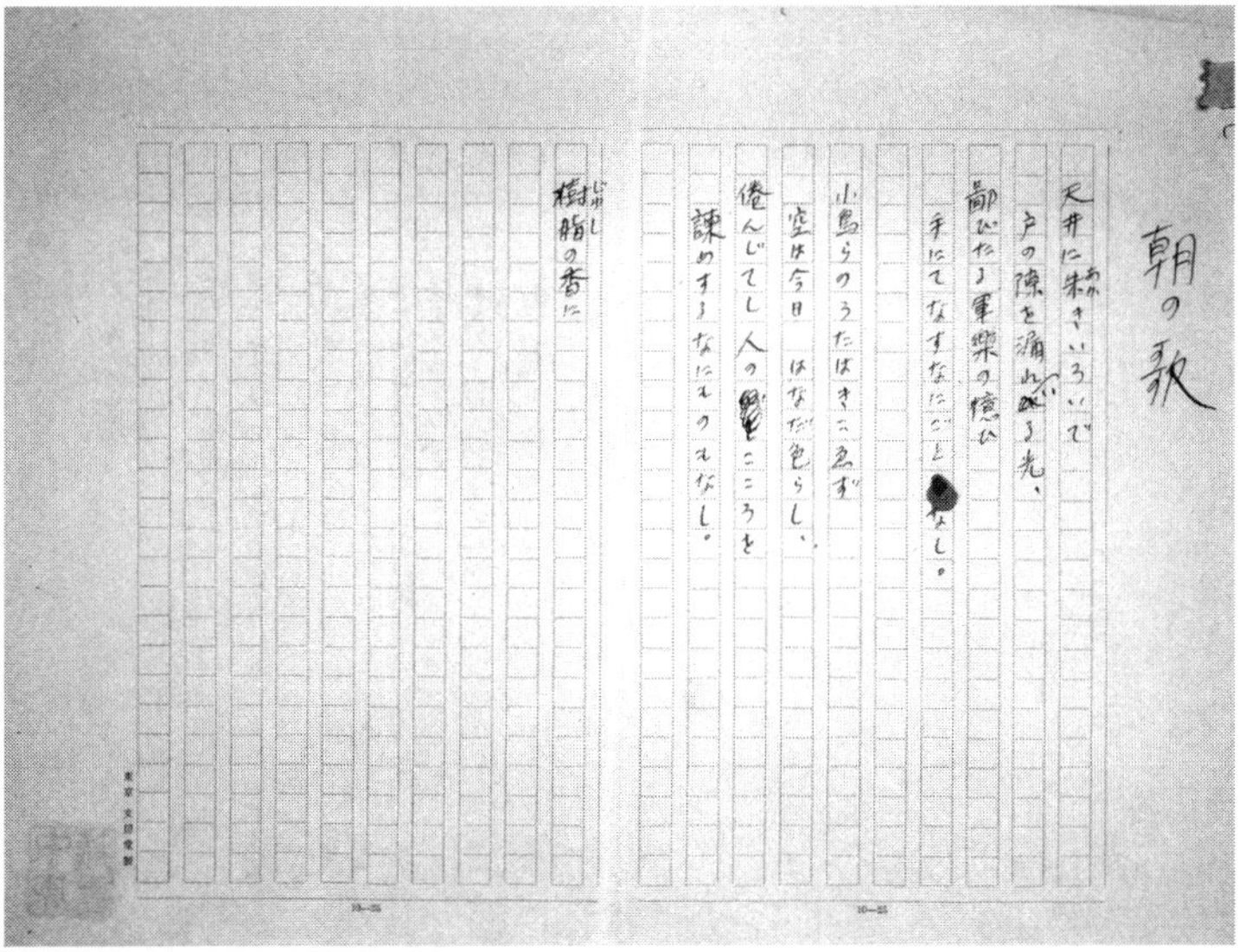
朝の歌

天井に朱《あか》きいろいで
　戸の隙を洩れ入る光、
鄙びたる軍楽の憶ひ
　手にてなすなにごともなし。

小鳥らのうたはきこえず
　空は今日　はなだ色らし、
倦んじてし　人のこころを
　諫めするなにものもなし。

樹脂《じゅし》の香に

うつくしき　さまざまの夢。

ここまで我々が問題にし続けた「朝の歌」（Ⅰ16頁）である。我々は、前章までに、この詩が中也の詩的出発点になっているという大岡以来の通説に異を唱え、『山羊の歌』全体を貫く詩人像について論じた。しかし、中也自身が「方針たつ」と書き残している以上、この詩の詳細な検討も迂遠ではあるまい。

中也はこの詩において、起床時の天井をみつめる視点でうたいはじめた。この設定は、イメージがすべて詩人の心的イメージで展開されるというこの詩の構造を支えている。

すべてのイメージは、「光」「うた」「香」と、知覚の刺激を契機にして展開されている。フッサールは現象学的視点を展開する時、その根底に自己の意志ではどうにもならない〈意識の彼岸〉のトポスとして〈原的知覚〉を措定した。つまり、フッサールは、自己の外にも何かが存在することの証明として、知覚に刺激を与える何らかの存在を考えたのである。

経験的直感、特に経験というものは、或る個的対象についての意識であり、かつ直感的意識として、「対象を所与性へともたらす」ものであり、また知覚としては、対象を原的所与性へともたらし、つまりは、対象を「原的に」その「生身のありありとした」自己性において把握する意識へと、当の対象をもたらすものである。これとまったく同様に、本質直感もまた、或るものについての意識であり、つまり或る「対象」についての意識であり、言い換えれば、自分の目差しがそれへと向かいかつまた自分の直感のうちで「それ自身として与えられて」くるような何らかの或るものについての意識である。

『イデーン』（三章）

フッサールは、何故現象学的還元により「外部」を想定し得たのか。それは、人間の主観には、「知覚」「想起」「記憶」「想像」などがあるが、これらをどんなに、独我論的に考えても、「知覚」の存在だけは、意識の自由にならないからである。つまり、知覚を与えるもの自体を追求するのではなく、「知覚」が自己の意志に関係なく存在することへの不可疑性（＝妥当性）を重視したのである。そして、「朝の歌」において中也も、さまざまなイメージの展開する契機として、知覚の刺激を選んだ。

そこで展開される「はなだ色」の「空」や「風に鳴る」「森竝《もりなみ》」は、「きこえ」ない「小鳥ら」の「うた」や、「樹脂《じゅし》の香」から連想された或る朝の表象であるが、むろん、詩の主眼は、そうした単なる情景のイメージの羅列にあるわけではない。

鄙《ひな》びたる　軍楽の憶ひ

この詩の中で唯一、八字という破格である。ただ、促音や撥音を入れて破格にしている短歌は多く、中也の私淑していた啄木や牧水にもこうした破格は沢山あった。よって、どこまでこの八字が破格として意識されていたかはわからないが、形式的に整備されている詩

中也２歳、父謙助と。
従来「軍楽の憶い」と結びつけられて解釈された。

で、唯一、八字にもとれる「軍楽の憶ひ」という部分は研究史上もっとも難解とされている部分であり、中也のこだわりが感じられることも確かである。

「軍楽」とは、「軍」の音楽隊の演奏の意味であろうが、そうした「軍」のイメージは、「初期詩篇」において、詩篇「サーカス」（Ⅰ10頁）の「戦争」、詩篇「月」（Ⅰ8頁）の「戦車」、詩篇「逝く夏の歌」（Ⅰ35頁）の「騎兵聯隊《れんたい》」と、前半詩に多く現れる。これらの表象は、軍医であった父との関連で考えることが通説とされている。よってここでも、多くの論者は「鄙《ひな》びたる」ものであることから、過去への詩人の個人的な感慨を読み取るわけだが、こういった詩人の伝記に解釈を限定してしまっては、この破格の意味はつかめまい。我々は伝記的事実をゴールとせず、同時代テクストに「接続」するスタートとしてみる必要があるのだ。

一方、ランボオの「酩酊の午前」の「軍楽が転調し、俺達が古代の不協和音に還る時が来ようとも」がこの詩の源泉にあるという、吉田凞生の指摘（『鑑賞日本現代文学　中原中也』昭和五六（一九八一）年四月・角川書店・60頁）がある。しかしこれに関しても、昭和元（一九二六）年時の中也の語学力で、この詩が理解出来たろうか、という疑問が残る。

昭和初年代。考えれば当然のことだが、こうした「軍楽」という表象が、この時期の読者に与える印象は必ずしも過去のものではなかったのではないか。少し、詩語と社会・歴史を「接続」してみよう。日本における軍楽隊の歴史については、山口常光『陸軍軍楽隊史』（昭和四八（一九七三）年四月・三吉社出版部）や、須藤元吉『明治の陸軍軍楽隊員たち』（平成九（一九九七）年一〇月・陸軍軍楽隊の記録刊行会）に詳しい。これもまた当然のことながら、軍楽隊の歴史も近代の歴史と軌を一にする。

明治二（一八六九）年、薩摩藩士の鼓笛隊を元に三十名ほどが集められ、鎌田真平を差引人（引率者）として神田橋の薩摩（島津）藩邸に渡り、軍楽伝習生となった。これが、日本における洋楽軍楽隊の第一期生である。

翌年、横浜の妙光寺に移り、ジョン・ウィリアム・フェントン（駐日イギリス公使館付歩兵第十番大隊隊長）を講師に迎え、本格的な楽隊の訓練に入ったわけだが、以後この軍楽隊こそが、日本における最新の洋楽媒体となるのである。

欧化政策の下、軍楽隊はジョルジ・ダクロン（仏）、フランツ・エケット（独）、シャルル・ルルー（仏）と常に国外の軍楽隊指導経験者を講師に迎え、明治一三（一八八〇）年には工藤貞次、古矢弘政らを、パリのコンセル・ヴァトワールに留学させるなどし、その実力を上げていった。

軍楽隊と民衆を最初に結びつけたのは、日清・日露戦争の間にあった軍歌ブームであった。戦況を描写するニュース性と英雄叙情詩的な表現が時流にのり、さらに、文部省の軍歌奨励政策などもあり、「抜刀隊」「行軍」「水兵」「日本男児」など様々な軍歌が、軍楽隊の演奏によって流布していったのである。

その後、軍歌の流行は下火になっていったが、一方で軍楽隊は、新たな役割を得ることになる。それは、時の東京市長・尾崎行雄による日比谷音楽堂の設立にみられるような、陸海軍軍楽隊の吹奏楽を公開し、市民に洋楽の趣味を知らしめようというある種の文化的啓蒙政策である。このころになると、ようやく軍楽隊の洋式の演奏そのものが、市民の興味と関心を呼び、また戦争のあとの殺伐な雰囲気を情操面で緩和するために大きな役割を果たした。

日露戦争直後の硝煙未だ止まぬころであったにもかかわらず、明治三八（一九〇五）年一二月三一日『朝日新聞』紙上では、

斯《か》くして新緑梢の装いて薫風肌に入ると比しく、夏の音楽会は漸く世俗に普及し来りぬ。東京市が日比谷

公園に楽堂を設け、海陸軍々楽隊の吹奏楽を公開して、市民に欧洲楽の趣味を知らしめんとせしは、そも此季期に於る一新音也。市中音楽隊の如き非音楽的のものを耳にし、純真の欧洲楽に接せざる市民が、クラリネツト、オーボー、フリュートの微妙を知り、コルネツト、トランペツト、ホルン、サキソホーン、コントラバスの雄麗に接したるは此時也。歌劇として有名なるタンホイゼル及びフオーストを耳にせるも此時也。ここに至つて、欧洲楽は世俗の注目を深からしめたり。

と、当時の軍楽隊による洋楽の普及ぶりを伝えている。

大正期になり、世界情勢がワシントン体制の国際平和を背景とした軍縮志向に移行するにつれ、当然軍楽隊も解散、縮小の憂き目をみたが、

「軍楽隊殆んど全滅か」其れ等の他に内外貴顕の後来朝に際し、メロデイツクな柔らかい音楽で、どれ程無形の功をたてたかは考へられぬ程ある。この軍楽隊にも終りが来たのだ。之等軍楽隊一隊を解散させて、節約される金額は一年たつた三十四万円と云う少額である。それにつき、某音楽通は語る「歩兵や何かなら、亦すぐ製造することも出来ようが、全然技術本位の楽士をやたらに放棄してしまつたら、今度はどうして作り出すことが出来るか。」折角一般文化生活が始まつた際の一大驚異だ。

『時事新報』大正一一（一九二二）年八月三日

志気を鼓舞するに最も必要なるは勿論、且つ我が楽界に於いて一般音楽普及の上に頗る効果を挙げている軍楽隊の廃止せらるのを遺憾として、音楽連盟は近く委員を陸軍省に訪れしめて、廃止の中止を申請す

るという。

『音楽界』大正一一（一九二二）年八月

と、世論の反応は大きく、既に軍楽が文化的にも民衆の間にも、深く浸透していたことが理解されるであろう。さらに、中也の友人である河上徹太郎『私の詩と真実』や、小林秀雄の妹である高見澤潤子の回想は、こうした当時の「軍楽」に関してある示唆を与えてくれる。

時代は過渡期であり、浅草オペラ以外には、常時聞ける音楽といへば、日比谷の音楽堂で軍楽隊が野外演奏したり、神田のＹＭＣＡで上野の先生がたがリサイタルをするくらゐなことであつた。

中学に入ってからも、文学書はやたらによみあさった。その頃華やかであった軍楽隊の演奏を、毎土曜、日比谷音楽堂に聞きに行ったり、自分でもマンドリンを習ったり……（以下省略）。

『兄　小林秀雄』昭和六〇（一九八五）年三月・新潮社・58頁

これら多くの音楽論を残す評論家達についての回想は、「鄙《ひな》びたる」とは時間的には過去ではなく現在の、空間的には田舎ではなく、むしろそれとは逆の都会的なイメージの語につけられた修飾語であったことを教えてくれる。つまり、まさに日常耳にする雅な「軍楽」が「鄙《ひな》びたる」ことによって、雅さを失い過去のものとなってゆくのである。

最新の洋楽の媒体となっていた「軍楽」とは、昭和初期において最も雅であるもの、現代的で都会的なものであったのだ。逆に言えば、「軍楽」が当時そうした概念であったからこそ、「鄙《ひな》びたる」というコントラストな修飾を与えられたとき詩的意味が生じるのである。同時代読者が連想する「軍楽」とは、決して中也の個人的な過去などではないのだ。

そして、この「たる」は「鄙《ひな》び」という連用形に接続していることも注目しなくてはならない。「鄙ぶ」とは、アスペクト的観点からみれば、動作動詞ではなく変化動詞である。連用形に接続した「たり」は、完了の他に継続の意味を帯び、変化動詞についた継続とは結果の状態の継続である。つまり、「鄙びた」だけでなく「鄙びている」のである。詩人を後の「手にてなす」という能動的行動に駆り立てるのは、このような目の前で「鄙びている」という、現前するイメージなのではないだろうか。

さらに「軍楽」とは、映像と音とが一体となったイメージであることも注目してよいだろう。前述のとおり、この詩には視覚・聴覚・嗅覚のイメージが実に巧みに使用されているが、最初に喚起される「軍楽」というイメージは、聴覚・視覚の両方を内包したイメージであり、さらに同時代的には「鄙び」のイメージとは対極にあるものとして形式論《フォルマリズム》的に捉えることこそ、この詩を詩人の個人的な伝記から解き放ち、さまざまな別のコードへの解放へと導くのである。

「朝の歌」における対他感覚

倦《う》んじてし　人のこころを
諫《いさ》めする　なにものもなし。

「倦《う》ん」ずとは、「倦みす」という動詞が変化した文語的な表現である。その結果「がっかりする・屈託する」

といった古語的ニュアンスがついた。つまり、この造語は、「倦む」という現代語が持っているニュアンスを広げているのである。

　だが、これに続くこの「てし」とは、一体何なのであろうか。「倦んじ」の語尾は、サ変動詞の濁音化と考えるのが妥当だろうから、「倦んじ」とは、連用形である。とすると、あとに続く「てし」が、接続助詞「て」＋サ変動詞「し」では、強意と考えても、不自然ではないか。この部分を文語文法的に厳密に考えるならば、連用形に続く「てし」とは、完了の「つ」＋直接体験過去の「き」と考えるのが妥当だろう。中也の文語は、三好達治のそれのように正確でないことが多いが、過去の「き」「けり」や完了の「つ」「ぬ」の使用に対しては意識的であったことは、例えば「冬の長門峡」の草稿にみられる推敲過程からわかる。（Ｉ解題編・340～342頁）

　では、「てし」が完了＋過去であることに何の意味があるのだろうか。ここには、二つの効果が指摘出来る。一つは「き」という助動詞が使用されていることにより、この詩を書いた詩人の直接体験過去のニュアンスが出るということである。

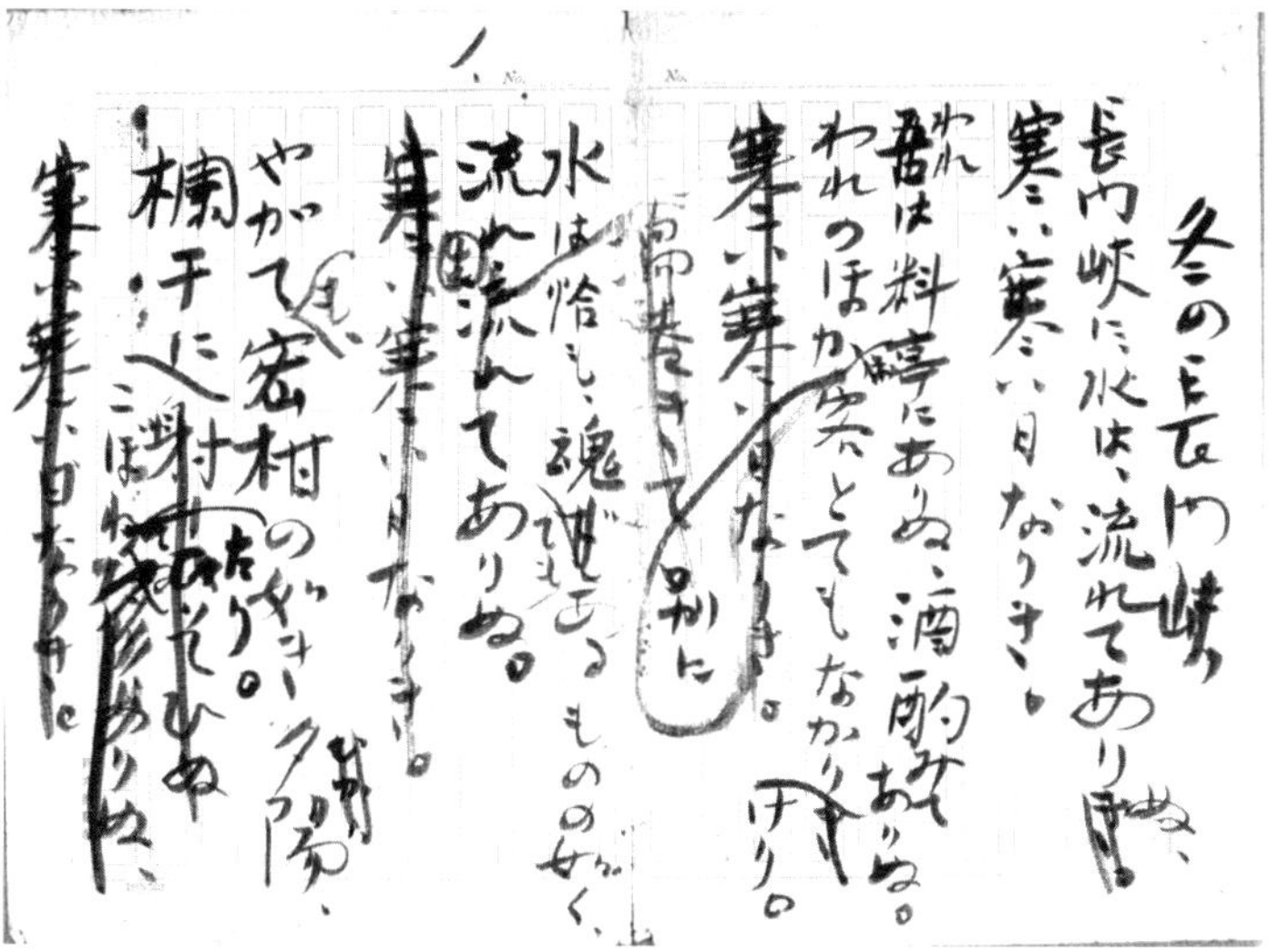
「冬の長門峡」の原稿

「朝の歌」の解釈は非常に多いが、この点に関しての論考はまったくない。にもかかわらず、このことは非常に重要な問題を含んでいる。佐藤泰正の「『朝の歌』をめぐって」（『近代日本文学とキリスト教・試論』昭和三八（一九六三）年二月・創文社）、太田静一の『中原中也　愛憎の告白』（昭和五六（一九八一）年九月・自由現代社・167頁）、北川透などから、「人」の部分は、必ずしも詩人自身を指すのではないという指摘がなされている。特に北川透の『中原中也の世界』（昭和四三（一九六八）年四月・紀伊国屋書店・ただし引用は一九九四年一月の復刻版・75頁）の

> 倦怠は自分にあるよりも、《人の心》にあるものとしてうたわれ、自分はその《倦んじてし　人のこころ》を諌めする何ももっていないのだ。それほどの喪失観のうちにある点を見ることが大切である。

といった主張には、吉田凞生なども一応の同意を示している。「一応」というのは、「評釈中原詩」（『文法』昭和四五（一九七〇）年三月）において、この説を「肯われるべきであろう」としながらも、『鑑賞日本現代文学　中原中也』（昭和五六（一九八二）年四月・角川書店・61頁）では、「他に対する自己主張というよりは、自己の現存の確認である」という見解を示しているからである。しかし、従来の説に反対する程の意見は持ち得てはいなかったようである。

　しかし、それ程に当時の中也が、他者の心を「倦《う》んじ」ていると思ったのであろうか。前章の詩論の分析で確認して来たように、中也の一般人（生活人）と詩人（芸術家）の二元論という構図は、終始一貫したものであった。そうした感覚の詩人の目からみて、一般の感覚から乖離した「朝」のイメージを共感し得るものが、それほどいたとも思えないのである。むろん私がここで拘泥しているのは、中也の対他意識（＝倫理観）とい

う作家論的手続きによって解釈を限定するためではない。むしろ、作家論的手続きにより、従来とは対峙する解釈の可能性を補完したいのである。

　この部分は、こうした「朝」に「倦《う》んじ」ている「人」に対して何も出来ないという解釈以上に、やはり詩人自身が「倦《う》んじ」ていなくてはならないのである。つまり、自分を含めた、こうした「朝」に「倦《う》んじ」てしまう「人」に対しては、「諫《いさ》めする」ものは、何も（誰も）存在しないのである。

　さらに形式論《フォルマリズム》的な側面からもこの読みは補完されるだろう。ここは、先程の「手にてなす」という能動的行動対象の否定に続いて、「諫《いさ》め」てくれるものという受動的行動を否定することによって、三・四行目と七・八行目は見事に呼応するのである。呼応の問題だけで考えるならば、「こと」に対しての「もの」とは人間のみを考えてもよいが、ここはそうした詩的呼応を越えていると考えた方が、詩の可能性を広げる読みであろう。つまり、「諫《いさ》め」てくれる「人」も「もの」もないのである。

樹脂《じゆし》の香に　朝は悩まし
　うしなひし　さまざまのゆめ、

流れてきた嗅覚による「樹脂《じゆし》の香」という外的刺激は、詩人にとって「悩まし」いものであった。その「悩まし」さは「うしな」った「さまざまの夢」を喚起させたのである。これは、一聯で、「朱《あか》きいろ」という外的刺激によって「軍楽の憶ひ」が「鄙《ひな》び」てゆくのが喚起されたのと形式論《フォルマリズム》的に呼応している。そして、「軍楽」は、より普遍化された概念として、つまり〈過去にうしなった様々な夢〉として、再び喚起されたのである。

　ここで、「うしなふ」＋「き」であるのは、先程の自己の心象での「鄙《ひな》びたる――」「倦《う》んじてし――」に対応している点も見逃してはならない。眼前での「軍楽」の「鄙びたる」状態に、どんな「手にてなす」能動的行動も意味はなく、それは次の聯では「倦《う》んじてし」という、過去と現在の未分化な状態を経て、三聯で再び喚起されたイメージは、「うしなひし」と、自己の経験のうちにはっきりと過去のものと認識されるに至るのである。逆に言えば、消え去ったあるイメージを再び喚起させるには、「樹脂《じゅし》の香」のような身体的な刺激が、必要だったのである。

我々は、思う程正確には現在を把握出来ない。時間は忘却を伴うが、曖昧な現状認識には、過去のものとなるにつれて、それが何であったのか、徐々にはっきりと自覚される側面もある。いやむしろ、我々の認識は過去の痕跡としてしかつかみ得ないのだ。

この詩において、知覚の刺激によって次々に喚起されるイメージは、「軍楽」「人のこころ」「夢」というその変化につれて、「たる」「てし」「し」と完了継続から直接体験の過去として認識されることとなる。

「朝の歌」は、〈眠〉から〈覚醒〉の狭間に、知覚的刺激により喚起された漠然としたイメージが、過去に失われた夢として客体的に認識される過程を見事に詩に定着させている。文語に加え七五調という定型を使う、昭和初期の詩壇において批判の的となった二重のアナクロニズムは、この捉えがたいイメージを詩に封じ込めることを、逆説的に保証しているのだ。

中也詩の〈述志〉の構造

直覚と、行為とが世界を新しくする。そしてそれは、希望と嘆息の間を上下する魂の或る能力、その能力にのみに関つてゐる。

「生と歌」（Ⅳ12頁）

ここまで来て我々は、同じ思考形態を辿ってきた二人が、一人は詩人であり、一人が哲学者であったことを思い出す。哲学者は、認識を生成する根源（＝妥当性）を求め、いっさいの概念を判断停止《エポケー》し「知覚直感」・「本質直感」へと遡及してゆく。一方詩人は、「直覚」が認識として了解される過程を捉えようとしてゆく。

認識以前に書かれた詩——

沙漠のたゞ中で
私は土人に訊《たず》ねました
「クリストの降誕した前日までに
カラカネの
歌を歌つて旅人が
何人こゝを通りましたか」
土人は何にも答へないで
遠い沙丘の上の
足跡をみてゐました

「古代土器の印象」（Ⅱ32頁）

初期の中也の詩には、こうした認識の根源を追求するようなテーマを持った詩篇がある。また一方では、

これから春の日の夕暮は
無言ながら　前進します

自《み》らの　静脈管の中へです

「春の日の夕暮」（Ⅰ7頁）

——竟《つい》に私は耕やさうとは思はない！
ぢいつと茫然《ぼんやり》黄昏《たそがれ》の中に立つて、
なんだか父親の映像が気になりだすと一歩二歩歩みだすばかりです

「黄昏」（Ⅰ25頁）

陽気で、坦々として、而《しか》も己を売らないことをと、
わが魂の願ふことであつた！

「寒い夜の自我像」（Ⅰ68頁）

と、自己の現状をみつめ、最後に自己の信条を語るこうした〈述志〉の系譜の詩群がある。前者のような認識の発露に関連したテーマは、今まで論じた中也の方法からみても、ごく自然な帰結であり、「朝の歌」こそは、それら初期作品中、最も秀逸なものであることはいうまでもない。

しかし、その後の中也の詩業の中心として残ってゆくテーマは、「朝の歌」のそれではなかった。「朝の歌」のような認識の発露をめぐるテーマ性は、中也の詩篇の中枢を確立し得なかった。中也の詩篇を生涯貫いたテーマは、決して対象にたどり着くことの出来ない孤独な自己をみつめ、その孤独に耐える自己を描くこと。つまり、〈述志〉の詩群であったのだ。

私はその日人生に、
椅子を失くした。

「港市の秋」（Ⅰ44頁）

　　私は下界で見てゐたが、
知らないあひだに退散した。

「秋の夜空」（Ⅰ50頁）

私は希望を唇に嚙みつぶして
私はギロギロする目で諦めてゐた……
噫《ああ》、生きてゐた、私は生きてゐた！

「少年時」（Ⅰ55頁）

私は残る、亡骸《なきがら》として――
血を吐くやうなせつなさかなしさ。

「夏」（Ⅰ74頁）

あゝ！　過ぎし日の　仄燃《ほの》えあざやぐをりをりは
わが心　なにゆゑに　なにゆゑにかくは羞ぢらふ……

「含羞《はじらひ》」（Ⅰ145頁）

このように、多くの中也の詩には、「朝の歌」にはないある詩癖がある。詩篇の最後に、語る詩人の認識が突然表出するのだ。その表出は、突然であるが故に我々を驚かせ、その不合理性が故に「ダダの爪痕」などといった形而上学的な論じ方に陥ってしまいがちであるが、それらは印象批評以外の何ものでもない。かといって、詩人の伝記的な事項との照合といった手段のみでは、語りと告白との間の溝は永久に解決されないままであろう。

語りの対象が、突然最後になって語り手自身の認識になるという構造は、語られた情報が断片的であるため、読者がそのイメージを創り上げてゆかねばならない詩という文芸においては、逆にそのイメージが自分自身のものであったことに気づかせ、我々読者を驚かせる。詩において語りの与える断片的・抽象的情報は、読み手自身が再生産して己のイメージへと変換している。こうした読者が創り出したイメージは、その読者だけのものである。だから、いかに最後に突然、語り手である詩人が表出しようとも、いままで読者が創り上げたイメージは、もはや語り手のイメージではなく、読者自身のものとして引き受けざるを得ないのである。

最後に突然自己を表出するというこうした中也の〈述志〉の詩癖は、ある孤独な一詩人の独白にすぎなかったものを、今日まで我々の心を捉えて止まない絶唱へと昇華させた。我々は、自己の作り出すイメージを引き受けることにより、この詩人の独白に共感させられているのである。もちろん、こうした詩法までが中也の意識的所産であったというつもりはない。しかし偶然にせよ、その〈述志〉を生み出したのは、確固たる中也の世界観であったことは間違いない。

小林秀雄の批評眼

ホラホラ、これが僕の骨――
見てゐるのは僕？　可笑しなことだ。
霊魂はあとに残つて、
また骨の処にやつて来て、
見てゐるのかしら？

ここまで来て我々は、小林の評論に関する最初の疑問の答えにたどり着いた。認識が自己の生を前提にしている以上、生きる自分は決して死んだ自分を認識出来ない。この「骨」（Ⅰ193頁）は、中也のパラドックスな詩想を実に印象的に象徴しているではないか。

毎日のように、中也と激論を繰り返していた小林が、中也の詩想を直感的に理解していたことは、想像に難くない。現代詩における《心理映像の複雑な組み合せや、色の強い形容詞や、個性的な感覚的な言葉の巧な使用や、捕へ難いものに狙ひをつけようとする努力》を《描写とか観察とかいふものゝ感覚的乃至は心理的な変形》と批評する小林の指摘は、見事にこれまでの中也の論理と一致するのである。

中也は詩人である。詩人が己の詩法を理論的に語らなくてはならぬ理由はない。しかし、いかに中也の詩論が理解困難であっても、その理論には通底するものがあり、それは実作とも呼応している。中也の人生が、その詩と同様に魅力的であったのは、中也の詩を世間に知らしめるのには好都合であったかもしれないが、恐らく詩篇自身においては不幸なことだったのではないだろうか……。

第三部

詩人から社会へ——インターテクスチュアリティの可能性をめぐって

第三部は、第一部とは逆に、詩人を、作家論的言説のみならず、詩壇をも超えた領域に接続してゆく試みである。何のために？　新しい研究方法？　新しい作家像？　新しい解釈？　もちろん、そのいずれもが正しい。

だが、こんな動機はあってはならないだろうか……。詩篇「言葉なき歌」とは、なぜ「歌」なのだろうか。「言葉」がない「歌」という「詩」は、どんな事態なのだろうか。本章は、こんな些細な疑問に対する長大な迂路でもある。その過程において多くの他領域の言説と「接続」する。その結果、中也の詩篇が時代の言説に相対化されてしまうのか。その判断は、読者に委ねるしかないだろう。

あれはとほいい処にあるのだけれど
おれは此処《ここ》で待つてゐなくてはならない
此処は空気もかすかで蒼く
葱《ねぎ》の根のやうに仄《ほの》かに淡《あは》い

決して急いではならない
此処で十分待つてゐなければならない
処女《むすめ》の眼《め》のやうに遥かを見遣《みや》つてはならない
たしかに此処で待つてゐればよい

それにしてもあれはとほいい彼方で夕陽にけぶつてゐた

号笛《フイトル》の音《ね》のやうに太くて繊弱だつた
けれどもその方へ駆け出してはならない
たしかに此処で待つてゐなければならない

さうすればそのうち喘《あえ》ぎも平静に復し
たしかにあすこまでゆけるに違ひない
しかしあれは煙突の煙のやうに
とほくとほく　いつまでも　茜《あかね》の空にたなびいてゐた

「言葉なき歌」（Ⅰ256頁）

第七章　「言葉なき歌」との対話のために

現象学的思考の同時代性―西田幾多郎・出隆・ベルグソン―

前章において、中也の詩論における思考には一定の枠組みが存在していることが確認された。だが、いかなる天才であっても、時代と無交渉に超越的な立場から、ものを発想することなど出来ないとする我々の立場からすれば、中也の思考の枠組み自体を同時代の問題として「接続」せねばならない。中也の思考が詩壇から突出したものであったことは、裏を返せば、詩壇の外部の言説へと「接続」せねばならないということである。

「地上組織」で論じられた、神の存在は認めてもそれを表現するのは不可能なので神を感覚の範囲でうたうという理論は、これを宗教論として考えれば、ごくありふれた否定神学として理解可能であることは、既に繰り返し述べてきた。だが、もし言語では表現し得ない何かと「神」の双方が、中也にとって非常に近い位置にあるものだとしたら……。むろん、中也は「神」を表現したかったなどと言っているのではない。中也の表現不可能性は、対象が「神」であるからではなく、むしろ言語に内在する必然性であったからだ。中原の「神」の問題は、詩人にとっての「言語」の問題として考えるべきなのかもしれない。

次の詩論「小詩論」の重要性についても、再三述べて来たが、ここでは論で使用されている用語についてもう少し細かく考えてみたいので、再度引用してみようと思う。（Ⅳ106頁）

> 此処《ここ》に家がある。人が若《も》し此の家を見て何等かの驚きをなしたとして、そこで此の家の出来具合を描写するとなら《ママ》、その描写が如何に微細洩さずに行はれてをれ、それは読む人を退屈させるに違ひない。――人が驚けば、その驚きはひきつゞき何かを想はす筈だが、そして描写の労を採らせるに然るべき動機はそのひきつゞいた想ひであるべきなのだが。

と述べ、続けて「驚き」そのものを記録することは不可能だが、それ故に「驚き」の対象を記録するよりも、むしろ「驚き」の対象が自分にもたらす「想ひ」を重視することを主張している。これが、哲学史において主客一致の問題とされていたことと同質な問題意識であることは前に述べた。

⓪外在物（例えば「家」など）
- ①「驚き」（表象不可能）
- ②「想ひ」→③「描写の労」

ここで、対象がもたらす感情が二段階に分けられている点に注意しておこう。しかし、「驚き」を描写することは不可能であるとしても、なぜ「想ひ」を重視すべきなのかは書かれない。ただ「想ひ」と「驚き」の両者の違いは、表象可能性に関係しているようである。

元来思想なるものは物を見て驚き、その驚きが自然に齎らした想ひの統整されたものである筈なのだが、さうして出来た思想は形而上的な言葉にしかならないので、人間といふ社交動物はその形而上的な言葉の内容が、品性の上に現じた場合の言葉にまで置換へたので、そして社交動物らしいそのことが言葉を個人主義者であらしめなくしたので、世界はアナクロニズムに溢《みなぎ》つたのだ。（Ⅳ107頁）

まったく言葉にならない「驚き」に対して「形而上的な言葉」にしかならない「想ひ」。こうした「想ひ」は、言葉として表現された時点で、もとの個人的な「想ひ」と同一のものではいられなくなる。なぜならば、言葉とは、「個人」的なものを「社交」的なものにするシステムであるからだ。

⓪外在物（例えば「家」など）
　①「驚き」（表象不可能）
　②「想ひ」（個人的＝形而上的な言葉）
　　←断絶←
　③言葉（社交的）

ここから、言葉にたいする根本的な不信感をみるのはたやすい。しかし、問題は①と②の概念の必要性である。現実的な言葉として表出できない点においては、両者は同じものであるはずだ。②から③への変化を重視するならば、①と②を分ける必要はないはずである。

こうした中也における主客一致への素朴な懐疑については、「生と歌」でも確認出来る。

何となれば、「あゝ！」なる叫びと、さう叫ばしめた当の対象とは、直ちに一致してゐると甚だ言ひ難いからである。「見ることを見ること」が不可能な限り、自己の叫びの当の対象を、これと指示することは

出来ない。たゞそれが可能に見えるのは、かの記憶、或は経験によつてゞある。「生と歌」（Ⅳ9頁）

前章でも確認したとおり、こうした主客不一致の問題から議論を始めてゆくのはフッサールの現象学と酷似している。しかし中也の書簡、日記、読書記録等からは直截フッサールを受容した証拠はない。つまり、時代的に考えれば中也がフッサールの思想にふれることは可能であるが、あくまでも可能であるというにすぎないのである。

だが、問題を、現象学的な思考または主客不一致に関する考察として考えれば、ベルグソン、西田幾多郎、出隆《いでたかし》というラインを想定することが可能なのである。

中也は昭和二（一九二七）年の一二月一三日付の小林秀雄宛書簡に「西田幾多郎の新著を買はうと思つてゐる」（Ⅴ363頁）と書いている。この「新著」にあたるものは、恐らく『働くものから見るものへ』であるというのは吉竹博による指摘（「中原中也における直観と論理」―『中原中也研究』平成一二（二〇〇〇）年八月）であるが、我々もその可能性を支持しよう。この前年にはベルグソン『笑いの研究』、三木清『パスカルに於ける人間の研究』を読書記録として残しているから、ある程度京都学派やベルグソンの主客不一致の議論を共有していたと言えよう。

西田と言えば『善の研究』（明治四四（一九一一）年一月・弘道館）が有名である。この名著は大正一〇（一九二一）年三月に岩波書店から再版されているが、むろん時期的に言ってこれが前述の「新著」であるとは考えにくい。だが、昭和三年の時点で西田の「新著」を購入しようとしたならば、西田への関心はそれ以前からあったと仮定しても無理はないだろう。

西田幾多郎

さらに昭和一一（一九三六）年三月一日の日記には出隆の『哲学以前』を「読了」とある。前掲の吉竹が内容上の類似点を指摘し、昭和二（一九二七）年三月の段階からこれを読んでいた可能性を示唆していることは、我々の論考をさらに確実なものにするだろう。この本は、ベルグソンの「直観」理論やフッサールの現象学も紹介しているので、間接的ではあるが、ここに中也とフッサールを接続することも出来るかもしれない。ただし、以下の詩論（未発表の詩論・昭和一一（一九三六）年八月）の一節は、吉竹の指摘のとおり、中也の勘違いであることは重要である。

出　隆

もともと「神が在る」といふことは、私の直観に根ざすのだ。もつと適確に云ふなら、西田幾多郎の「純粋意識」に根ざすのだ。

「我が詩観」（Ⅳ178頁）

西田の用語であるならば「純粋経験」であり、「純粋意識」とはフッサールの使用したエポケー（判断停止）の概念が徹底された状態を出隆らが『哲学以前』（大正一一（一九二二）年一二月・大村書店）などにおいて訳出したものである。

かかる立場を純粋現象学的立場と呼んだ。これはあらゆる立場を除き去った純粋意識（独我）の立場において、その状態を純粋に記述するにある。

しかし、ここで重要視しているのはフッサールと中也をつなぐ可能性ではない。実は『哲学以前』の「以前」とは、従来の哲学が無批判に下敷きにしていた前提を考え直そうという試みであった。そして、その前提とは、やはり主客不一致の問題なのである。

見る我（主観）と見られる我（客観）、感じる者（主）と感じられている景色（客）などの未だ全く区別されない主客未剖の状態である。

と、説明される「純粋経験」は、例えば「共鳴し得る音楽に聴き耽つている場合」などと例示され、それは

色を見、音を聞く刹那、未だこれが外物の作用であるとか、我がこれを感じているとか言ふやうな考えのないのみならず、この色、この音は何であるという判断すら加わらない前をいふのである。

という『善の研究』の、第一編・第一章の「純粋経験」の説明の相似であることがみてとれるだろう。『善の研究』は四編構成になっており、第一編を「純粋経験」の説明に費やしている。続く第二編が「実在」の説明であるが、実は初出において両者の発表の順番は逆であった。「実在に就いて」が『哲学雑誌』に発表されたのは明治四〇（一九〇七）年三月、「純粋経験と思惟、意志、及び知的直観」が明治四一（一九〇八）年八月に同誌に発表されている。

だから、第一編には、第二編で論じられた主客分離を前提にした旧学問の陥穽を受けた上で、「純粋経験」という概念を論じる構成になっている部分があり、やや構造に難があることも否めない。つまり、なぜ「純粋

経験」が重要なのかは、先に説明されないままに「純粋経験」の概念を深めてゆくような構成になっているわけだ。

藤田正勝は『現代思想としての西田幾多郎』（平成一〇（一九九八）年九月・講談社メチエ・32頁）で、この構成について「純粋経験を唯一の実在としてすべてを説明してみたい」とする「序」の言葉から、その根拠を探っているが、注目したいのは、その逆転構造を『哲学以前』も共有していることである。

つまり『善の研究』と『哲学以前』はほぼ同様の概念を扱っており（正確に言えば、出隆は西田の概念を紹介している）、両者のタームが混在する中也の誤用は、両者の思想を異なるものというより、むしろ共通したものとして受容していたことの現れであると言えよう。

西田は『善の研究』と『自覚に於ける直観と反省』の間に『思索と体験』（大正四（一九一五）年三月・千章館）という本を上梓している。この本も七年後の大正一一（一九二二）年一〇月に岩波書店より増訂版になっている。『善の研究』ほど著名ではないため中也がこの『思索と体験』を読んだとは言い切れないが、ここで西田が「ベルグソンの哲学的方法論」「ベルグソンの純粋持続」という二章を割いてベルグソンを論じているのは興味深い。先述したように、出隆もベルグソンの「直観」理論を扱っており、ここでも思想的近縁関係がみられるからである。

西田の思想の過程にマッハが存在していたことは、『善の研究』の序文においても述べられている。よく知られているように、マッハが『感覚の分析』（一八八六年）で論じたのは、世界を構成する究極的な要素として色、味、臭いなどといった「感覚要素《センスデータ》」を措定したことであり、それを物的なものと心的なものの中間項として置くことによって主客二元論を克服しようとするものであった。

だが、現象学的立場をとる論者は、こうした「感覚要素《センスデータ》」だけの一元論を否定する。例えば、フッサールはを考えた。

「感覚要素《センスデータ》」によく類似した概念として自己の意志ではどうにもならない「意識の彼岸」にある「原的知覚」

つまりは、対象を「原的に」その「生身のありありとした」自己性において把握する意識へと、当の対象をもたらすものである。これと全く同様に、本質直観もまた、或るものについての意識であり、つまり或る「対象」についての意識であり、言い換えれば、自分の眼差しがそれへと向かいかつまた自分の直観のうちで「それ自身として与えられて」くるような何らかの或るものについての意識である。

『イデーン』（渡辺二郎訳・昭和五四（一九七九）年三月・みすず書房・三章）

人間の主観には、「知覚」「想起」「記憶」「想像」などがある。以前に論じたように、これらをどんなに、独我論的に考えても、「知覚」の存在だけは、意識の自由にならない。（でなければ、己の自由にならない外部世界などあるわけがない。）このことから現象学では、知覚を与えるものではなく、「知覚」が自己の意志に関係なく存在することへの不可疑性を重視するのである。

しかし、「原的知覚」では「感覚要素《センスデータ》」と同様に、知覚の受動的な側面しか説明出来ない。どうしてもそれらの「原的知覚」をある方向にまとめ上げようとする能動的な能力が必要になる。フッサールの場合ならこれを「本質直観」などと呼び、竹田青嗣なら「言語の力」などとしてこれを説明するだろう。

西田の場合はどうだろうか。たとえば、『善の研究』においては、以下のように述べられる。

知覚的活動の背後にも、やはり或無意識的統一力が働いて居なければならぬ。注意は之に由りて導かれる

> のである。又之に反し、表象的経験はいかに統一せられてあつても、必ず主観的所作に属し、純粋の経験とはいはれぬやうにも見える。併し表象的経験であつても、其統一が必然で自ら結合する時には我々は之を純粋の経験と見なければならぬ。

つまり、西田も「純粋経験」の中に様々に混在する「知覚」を「統一」する能動的な力を措定しているのである。ただし、西田の場合、その「力」に個人を越えたものとして、「宇宙」全体を統一しようとする力を想定している点に、『善の研究』を中心とする前期思想に対する批判が集中しているのは、よく指摘される点である。

ここで中也の思想に戻ると、先ほど図解したの疑問が氷解する。

⓪外在物（例えば「家」など）
- ①「驚き」（表象不可能）
- ②「想ひ」（個人的＝形而上的な言葉）
- ←断絶←
- ③言葉（社交的）

中也の現象学的思考においても、主客の中間地点において、受動性と能動性の両者が措定されていたのである。①「驚き」という受動的な概念に対して、②「想ひ」を「統制」しようとする力は明らかに能動的なものであるからだ。

先ほど、西田と出隆を結ぶラインにベルグソンの存在を指摘しておいた。前述の『思索と体験』の序文においても、新カント派のリッケルトと、ベルグソンの「純粋持続」に大きな影響を受けたことが述べられている。ただし、新カント派には「反省」を得て、ベルグソンには「同感」を得たというのだから両者の差は明らかである。

西田のベルグソン理解は、前掲の「ベルグソンの哲学的方法論」に詳しい。西田によると、ベルグソンが否定する方法は「物を外から見る」方法、即ち「分析の方法」である。

分析といふことは物を他物に由つて言ひ表すことで、此方の見方はすべて翻訳である。符号 symbol に依つて言ひ現すのである。もう一つの見方は物を内から見るのである、着眼点などといふものは少しもない、物自身になつて見るのである、即ち直観である、従つてこれを言い表す符号などというものはない。いはゆる言説の境である。

ベルグソン自体の議論に沿えば、「分析」が不可能である理由は、連続的変化をそのまま扱おうとするからだ。『時間と自由』の中で「純粋持続」を「純粋な持続とは、互いに溶けあひ、侵入しあひ、明確な輪郭もなく、互いに他を外在化するいかなる傾向もなく、数とはいかなる類縁関係もない、質的変化の契機」と定義することからもわかるように、そうした「持続」を止めてしまえば、決して「純粋」な「持続」を把握することは出来ない。音楽の音がその連続状態にある時にしか意味をなさないことと似ているといえばよいだろうか。

しかし西田の場合、「符号」という言葉の使用でわかるように、「純粋持続」を「分析」することが不可能なのは、「分析」が「符号」によってなされるものだからだ。ソシュールに負うまでもなく、言葉のもつ「符号」と「意味」の関係は明らかに恣意的であり、両者に必然性はない。ここに目を瞑《つむ》らなければ言葉の使用は成り立たない。この点において、西田の批評は根源的である。

この状態（純粋持続—論者註）は、常に我々の経験であるが、外から分析によって千万語を費やしてもこれを述べ尽くすことは出来ぬ。ただ内からこれを経験しうるだけである。

西田は「哲学概論」の講義ノート（岩波版全集十五巻・185頁）においても、同様に「純粋持続」の言語による表象不可能性を強調しているが、ここで前掲した『善の研究』の第一編・第一章の「純粋経験」の説明に戻ってみる。

色を見、音を聞く刹那、未だこれが外物の作用であるとか、我がこれを感じているとかいふ様な考えのないのみならず、この色、この音は何であるという判断すら加はらない前をいふのである。

西田における「判断」とは、「この色、この音は何である」という通常命題の形式（A＝B）をとっていることがわかる。「純粋経験に関する断章」（岩波版全集十六巻・238頁）でも《真の直覚とは未だ判断のない以前である。風がざわざわいえばざわざわが直覚の事実である。風がということもない。事実には主語も客語もない》と、やはり言語による命題化以前を重視している。

ここで、中也の最も有名な詩論「芸術論覚え書」（Ⅳ144頁）を考えてみる。

芸術といふのは名辞以前の世界の作業で、生活とは諸名辞間の交渉である。

確かに、芸術の世界が「名辞以前の世界」の追究であると捉えられた時、他の芸術形態ならともかく、詩論としては、根本的矛盾に突き当たったような印象を受ける。しかし、ベルグソン、西田、出隆を経由した我々には、この論が実は同時代の現象学的思考と一致したものであったことがわかるはずである。

> 名辞以前、つまりこれから名辞を造り出さねばならぬことは、既に在る名辞によつて生きることよりは、少くも二倍の苦しみを要するのである。（Ⅳ152頁）

名辞の世界に生きることとは、厳密に言えば嘘の記号の世界で生きることと同義であろう。「生と歌」（Ⅳ9頁）では《たゞそれが可能に見えるのは、かの記憶、或は経験によつてゞある》と中也は述べる。前掲した藤田正勝も言語と人間の理解の過程と経験の関係を以下のように述べる。

> われわれはまず〈原体験〉と呼ぶべきものを手にして、そのあと〈ことば〉による文節を行うのではなく、むしろ最初から花を花として見ている。（中略）いま巨大な音響がしたとすると、われわれはそれを例えば爆発音のようなものとして聞く。それからこれまでの経験と引き比べながら、何として見なしたらよいかを検討する。（傍点原文のママ）
>
> 藤田前掲書（98頁）

西田を理解する藤田、そして中也の詩論には、同じ思考回路が通底していると考えて間違いない。さらに、『哲学以前』において出隆は、哲学上の概念の会得について、以下のように述べる。

> 例えばわれわれが「山」という概念をつくる場合に、あの山この山と色々の山を経験して漸次に「山とは

こんなものだ」と合点するがごとく、「判断」という概念についても「表象」のそれについてもその他いかなる概念についてもできるだけ直観的に、すなわち合点したという風の行き方で、知つてもらひたい。

この出隆の言説を、中也の「芸術論覚え書」の一節（Ⅳ144頁）と比較してほしい。

> 謂はば芸術とは「樵夫山を見ず」のその樵夫にして、而も山のことを語れば何かと面白く語れることにて、「あれが『山（名辞）』であの山はこの山よりどうだ」なぞといふことが謂はば生活である。（傍点原文のママ）

「山」という比喩の事例のみならず、対象を内部から理解しようとする態度はまさに前述したベルグソンの方法でもある。ここまで来れば、中也が終始否定した、自己を対象から切り離した分析・追究の態度も、その理由となる言語への不信も、そして対象が自己にもたらした「想ひ」を対象の裡で追究することの重視も、同時代の現象学的パラダイムの中の思考であることが理解されよう。

日本近代詩史と〈音楽性〉

現象学的思考が詩の内容への影響であるとするならば、その内容にいかなる形を与えて、詩として結実させるのか。つまり思考を盛り込む枠組みをどのように形成するのかという問題が残る。

この問題を考えるにあたり、一見迂路のようであるが、詩の〈音楽性〉というものについて考えてみたい。

詩を散文から分ける指標に〈音楽性〉が取り上げられることが多く、かつ中也の詩の特徴として、しばしば、その〈音楽性〉が挙げられるからだ。この議論は中村稔の「音楽性について—中原中也の場合—」(『言葉なき歌』昭和四八(一九七三)年一月・角川書店)を嚆矢として再三にわたり論じられてきた。

『新体詩抄』以来、新しい時代の日本詩歌に適った形式を模索してきた新体詩も島崎藤村の『若菜集』の登場に至っていよいよ詩想の充実が見られ、七五調の安定した詩形式を備えた文語定型詩として確立した。しかし、藤村の詩業は、いわば従来から和歌や歌謡で用いられていた七五調、五七調を詩に転用し、新しい情感を盛り込むことでそれらを復活させたものと考えられ、詩歌のリズムという見地からすればあまりに常套的な手法だったため、後に続いた詩人たちは依然として新たな定型を模索することになる。

御木白日「日本近代詩のリズム」(『日本近代詩のリズム』昭和六〇(一九八五)年一月・芸術生活社)

確かに、『若菜集』以降の詩史においても、乗り越えるべき課題の中心に常に七五調・五七調の問題が意識されていた。例えば、薄田泣菫は、五七七、七五七という音数律の交錯を巧みに使用し、蒲原有明は、一行を主として四音七音六音という音数律に組み替えてみたり、ソネット形式を導入したりしながら、新しい定型を模索した。つまり、詩史における様々な試みは、この七五調・五七調という伝統的な音数律の定型に対してどういった立場をとるかという観点からみることが出来るのだ。逆に言えば、どんな新たな音数律の試みも、七五・五七調に抗《あらが》いつつも、それを完全には乗り越えることができなかったともいえる。

新たに模索された定型は、次の世代の定型に乗り越えられるのではない。どの定型も常に、同じ伝統に対峙している。この繰り返される歴史に対して、根本的な変革を為したのは、口語自由詩の成立に尽力した、朔太郎ら大正期の詩人達だったという見方もあろう。しかし、加藤周一がはやくから以下のように指摘している。

彼らの新体詩の単体さは、破られなければならない必要が生じた。泣菫は、定型詩の枠の中で、蒲原は一行の中での音綴の数と区切の位置とを複雑化することによつて、朔太郎は、定型詩の枠を破り各行の音数の数を自由に変えることによって、その目的に応じたといふことが出来る。

「現代詩　用語とリズムの問題」(『國文學　解釈と鑑賞』昭和二五(一九五〇)年一月)

こう考えれば、彼らの偉業もまた、伝統的な音数律定型へのアンチテーゼであるという点においては、泣菫らの文学運動と同列に捉えることも可能である。朔太郎が意識していた「自由」には、文語の使用のみならず、伝統的音数律からの「自由」が含まれていたことを考えれば、それは、当然の帰結であろう。

詩の〈音楽性〉を考えたとき、我々は、それが活字の印刷という形態をなしているという事実を避けて通れない。そこで読者に伝達出来る情報とは、音の種類と空白・改行の位置、そして音の数が主たるものである。つまり詩の音楽性と言えば、問題は音数によるリズム、および韻の問題に絞られることになる。

事実、詩の音楽性に関しての議論は、同音反復の指摘、音韻の指摘、現代詩においては、それらに加えて七五・五七調に代わる新しい音数律の指摘などがあるのみである。

こうした日本語詩における定型の事情を、日本語という言語の性質からみたものに川本皓嗣の論考がある。川本によれば、世界的にみて詩の韻律は、各詩行の音数律を規則的に揃える方法に加えて、もう一つ別の方法を併用するのが基本であるという。

その第二のやり方とは詩行ごとの総音節数を数えるのではなく、その詩行内部のリズムをさらにこまかく切り分けるために、何かその言語でとくに目立つ音声上の特徴を目印として利用するというものです。

（中略）

日本語の韻律は、ただ音数律だけで型を決め、それ以外には何も計算に入れないという点で、きわめて珍しいものと考えられてきました。韻律学者のジョン・ロックによれば、そうした純然たる「音数律」に支えられているのは、世界でも日本語と韓国語の詩、それにハンガリーの民族詩だけということです。

「七五調のリズム論」（『文学の方法』平成八（一九九六）年六月・東京大学出版会）

この音楽的効果を音数律にのみ依存する傾向は、日本語の構造に関係している。例えば英語・独語・オランダ語などの場合は単語が持つアクセントの対立が、ローマ・ギリシャ語などの場合は単語が持つ音節の長短の対立が、中国語の場合は平仄《ひょうそく》の差異が、音節数に併用されて詩のリズムを成立させている。各言語で、併用されるものこそ違うが、活字でも伝達可能なそれぞれの言語の特徴を、音数律に加えて使用しているのである。

日本語の性質上、詩の読者に伝達出来る〈音楽性〉が、音節数・音節種だけであるならば、長い伝統に支えられてきた七五調や、五七調を否定することは、詩における〈音楽性〉のかなりの部分を捨て去ることになる。もし、詩を詩たらしめている条件にその〈音楽性〉を考えるならば、現代詩は、そうした伝統とは訣別しているのである。

今日私たちが現代詩とよんでいるものは『若菜集』のようにはうたわない。むしろ、うたわないことを特徴としている。うたう詩から考える詩になったとふつう定義づけられている。そして一方、現代詩は『若菜集』がもっていた夥しい読者を失った。現代詩は多くの場合、詩人の孤独なつぶやき、焦りであり、あるときは自瀆である。

「音楽性について—中原中也の場合—」（中村稔前掲書・234頁）

戦後の現代詩による〈音楽性〉の否定は、むろん、単なる韻の問題にとどまらなかった。例えば、那珂《なか》太郎は、ジャンルにまで至る詩壇の混迷ぶりを語っている。

今日の日本の現状では詩観もまたはなはだ個別的多元的に分立しめいめいの詩作者もしくは読者の自由にまかされており、そこに統一的観念をもとめることはほとんど不可能にさへ見える。詩の韻律論を無効とする視点も、詩観に応じてあり得よう。小説と詩とのジャンル分けさへすでに無効とする意見もある。

「韻律」（『國文學　解釈と鑑賞』昭和四四（一九六九）年八月）

同誌において神保光太郎も、同様の見解を示している。

詩をふくめて文芸芸術の運命もまたこの混沌の現実の海原の中を、ただひとつ不滅の美の島を求めて彷徨しているといえよう。文語定型詩の伝統はここに、再び、否定され、破壊されつつある。しかも、新しき伝統樹立の道は未だ見出せない。これが今日の現状ではなかろうか。

「伝統の回帰—日本近代詩の流れを追って」

詩の〈音楽性〉について―現象学的リズム論を中心に―

日本の詩の〈音楽性〉について考える時、まず我々が頭に浮かべるのは、七五調・五七調に代表される音数律であろう。しかし、前述したように、現代詩は、その成立の背景に伝統的な音数律を中心とする文語定型詩を否定しようとする意図を持っているのである。にもかかわらず、詩としての〈音楽性〉に執着するのであれば、そこにどのような可能性があろうか。

しばしば〈音楽性〉に関する議論は、日本の近現代詩の場合、リズム・音韻の問題に集約されてしまう由をのべたが、そもそもリズム・韻律とは何なのであろうか。リズムが単なる周期的な現象を指すのであれば、自然の物理現象のうちにも多く見出すことが可能であろう。しかし、それが客観的な現象なのか、人間の意識的な把握であるのかを考えれば、ルードヴィヒ・クラーゲスの現象学的な「拍子」と「リズム」の区別や、スザンヌ・ランガーの「生きた形式」、さらには中村雄二郎の生命の根元に関する議論にまで至る。この問題は、現象学や生命哲学的な考察につながるものなのである。

それゆえ生きた形式は、第一にダイナミックな形式であり、その不変性がそのまま変化の形式であるという、そういったダイナミックな形式である。第二に、それは有機的に構成されている。その諸要素は、独立した部分ではなく、たがいに関連しあい依存しあう活動の中心、すなわち、器官なのである。第三に、組織全体は、リズム的作用で結合されている。

S・K・ランガー『芸術とは何か』（昭和四二（一九六七）年五月・岩波書店）

確かに、ランガーの指摘する、白熱したテニスの試合におけるラリーのリズム感などは、単純な周期性で捉えられるものではなく、それは同時に様々な要素が影響し合う「有機的なリズム」であると考えられる。あらゆる有機的運動の中のどこかに、ある規則性を感じる点を見出そうというのならば、それは、複雑系理論やファジー理論等を援用すべき科学的な問題となろう。

しかし、こうした科学的、哲学的な考察は、我々の当面の問題の解決にはならない。ここで、我々が必要としているのは、言語芸術を考える際のリズム（＝韻律）の明確な定義だからである。「リズム」とは一般にはどのように定義されているのだろうか。

（完全な規則的系列に続く──論者註）二番目に単純な形態は強音と弱音あるいは揚音と抑音、あるいは長音と短音の持続的交替であり、その形態の最も明瞭な表現形式は、偏差に気づかないまでに高められた、たがいに対応しあう音強、音高。音間の一致である。

ルードウィッヒ・クラーゲス『リズムの本質』（昭和四六（一九七一）年四月・みすず書房）

音の動きが形づくる時間的な秩序のこと、いいかえれば音楽的時間の形成または把握の仕方である。ふつう律動と訳しているが、日本音楽でつかう間という言葉は単純であるがより一層リズムの本質をいい表している。すなわちリズムは音と音との時間的関係によって作られている。

「リズム」（『岩波小事典　音楽』昭和四〇（一九六五）年二月・岩波書店）

時間的形態をまとめる心理作用の一つ。律動と訳される。たとえば時計のセカンドを切り刻む音のように等しい音間隔で継起反復するのを聞いてみると、その音の幾つかが単位となり、グループにまとめられ、そしてその単位が反復回復するようにきこえる。しかもその単位を構成する音が強弱とか高低あるいは長短の差があるようにきこえてくる。このように音の系列が単位をつくって反復連続するようにまとめられる特有の体験がリズムである。

相良守次「リズム」（『世界大百科事典』昭和四七（一九七二）年二月・平凡社）

むろんこれらは、言語芸術上のみならず、いわゆるリズム全般に対する定義である。しかし、問題をアポリアに陥らせない為には、こうした形式からの着眼点からはじめなくてはならない。リズムの客観的定義を試みようとしたこれらの言説において共通しているのは、やはりある種の反復（＝繰り返し）をリズムの特徴としていることである。

たしかに、我々はある「繰り返し」に対してリズムを感じることが出来る。これは音楽の世界では当たり前のことであるが、我々の言語芸術の世界では理解されにくい。フランス語のアレクサンドランの十二音節の繰り返し、英語の強弱五歩格の十音節の繰り返しなど、海外の古典詩においては繰り返しを感じることが可能だが、我々の言語芸術では、七音と五音は規則的に繰り返すわけではないからだ。そこで、我々の言語芸術において、この「繰り返し」を考える時、それは同音の反復、同フレーズの反復ということになってしまうのだ。

しかし、我々が日常感じる繰り返しは、聴覚的なものとは限らないのではないか。例えば、踏み切りの信号の点灯をみつめるとき、左右に繰り返す点滅に、ある種の周期性を感じることが出来るだろう。壁時計の振り子や、電車の車窓に現れては消えてゆく等間隔の送電線の電柱を見続けていれば、そこにもある種の周期性を感じるだろう。こうした周期性は、当然聴覚的な問題ではない。我々は、視覚的な周期性にもリズムを感じることが出来るのである。
先に引用した加藤の論では、現代詩における〈音楽性〉への取り組みの一例として中野重治の「雨の降る品川駅」をあげている。

シグナルは色をかへる
君らは乗りこむ
君らは出発する
君らは去る

さやうなら　辛
さやうなら　金
さやうなら　李
さやうなら　女の李

行つてあのかたい　厚い　なめらかな氷をたゝきわれ
ながく堰かれてゐた水をしてほとばしらしめよ

加藤によれば、行が減じてゆくのは「一息に事が進行」し、行が増してゆくのは「感動の強まり、昂まりと呼応している」のだという。しかし、各行の音数は順に減り続けたり、ある一行を境にして、逆に増え続けるような変化をしているわけではないので、この例を〈音楽性〉＝聴覚的な問題として考えれば、加藤の説には矛盾点がある。しかし、加藤の「行の長さ」という着眼点は、詩におけるリズムの研究にまつわる「音」という先入観を払拭する観点を、我々に示唆してくれていることは確かである。

詩の〈音楽性〉を現象学的なリズムの問題とし、それを周期性をめぐる問題と考えたことで、「音」という観点から離れたリズム論が構築出来そうである。

論を中也に戻そう。中也の詩集は、『山羊の歌』と『在りし日の歌』の二つがあるが、そのうち後者は中也の死後の発表なので、詩の頁の配分等に関しては中也の意図は働いていない。しかし、前者の『山羊の歌』は、全ての詩にわたって、詩が章以外の部分でつまり行や聯の途中で区切れないように割り振られている。中也は全ての詩が、なるべく見開き一頁の割り振

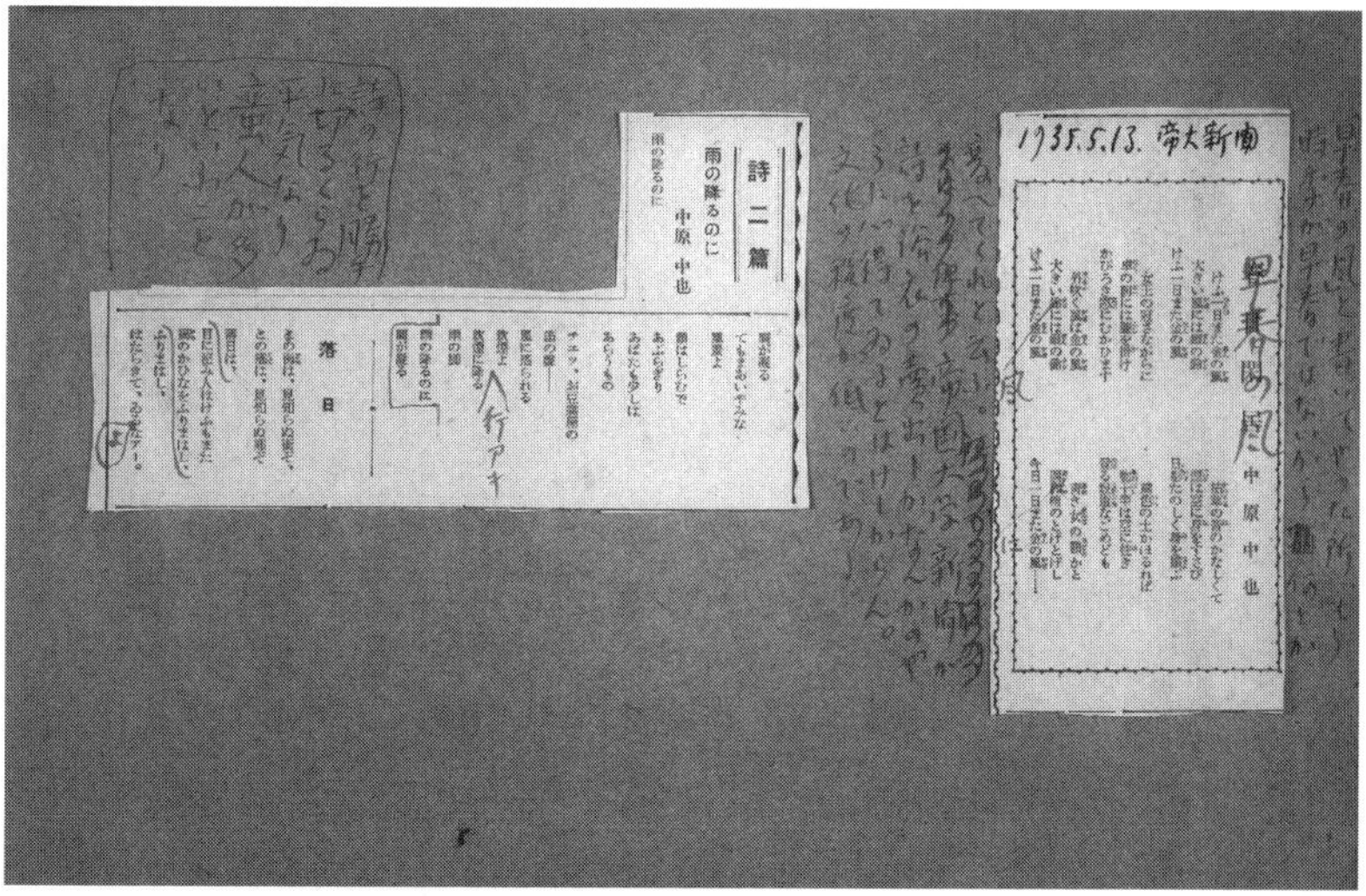

詩篇「雨の降るのに」の初出スクラップ　詩を勝手に改行してしまう「早稲田大学新聞」の組版を「蛮人」の愚行としている

りで収まるように配慮したのだ。そうした配慮が、視覚的な配慮であったことは明らかである。

柱も庭も乾いてゐる
今日は好い天気だ
　椽《えん》の下では蜘蛛の巣が
　　心細さうに揺れてゐる

山では枯木も息を吐《(つ)》く
あゝ今日は好い天気だ
　路傍《(みち)ばた》の草影が
　あどけない愁《(かなし)》みをする

これが私の故里《ふるさと》だ
さやかに風も吹いてゐる
　心置なく泣かれよと
　　年増婦《としま》の低い声もする

あゝ　おまへはなにをして来たのだと……
吹き来る風が私に云ふ

「帰郷」（Ⅰ31頁）

この詩も当然見開き一頁に収められている。ここで、四文字分下に落とされている行は、「椽《えん》の下」「路傍《みちばた》」と、その視線は、下の方に向けられている。第三聯も、他の二聯と一致させて後半二行を落としているが、それとても位置の対応のみならず、「低い声」という詩語の意味内容と呼応している。

さらに、上段の故郷のおだやかな描写に対して「心細さう」「愁み《かなし》」「泣かれよ」と、下段は全てマイナス的な心情描写になっている。詩人の「帰郷」に対しての喜びと、歓迎されない「帰郷」者としての疎外感とが錯綜しているようだ。この二つの錯綜する感情は、最終聯において、今まで詩人に好意的であった故郷の自然にまで「おまへはなにをして来たのだ」といわれることにより、詩人の自責の念に集約される。

こうした視点や詩句の位置、さらには詩句から生じるイメージの生み出す心情の振幅も、繰り返されるという点において、ひとつの「リズム」を形作っているとは言えないだろうか。これらは聴覚的なものでも対象に客観的に存在するものでもない。読者が詩との対話の中で現象学的に造り上げる映像やイメージの「リ

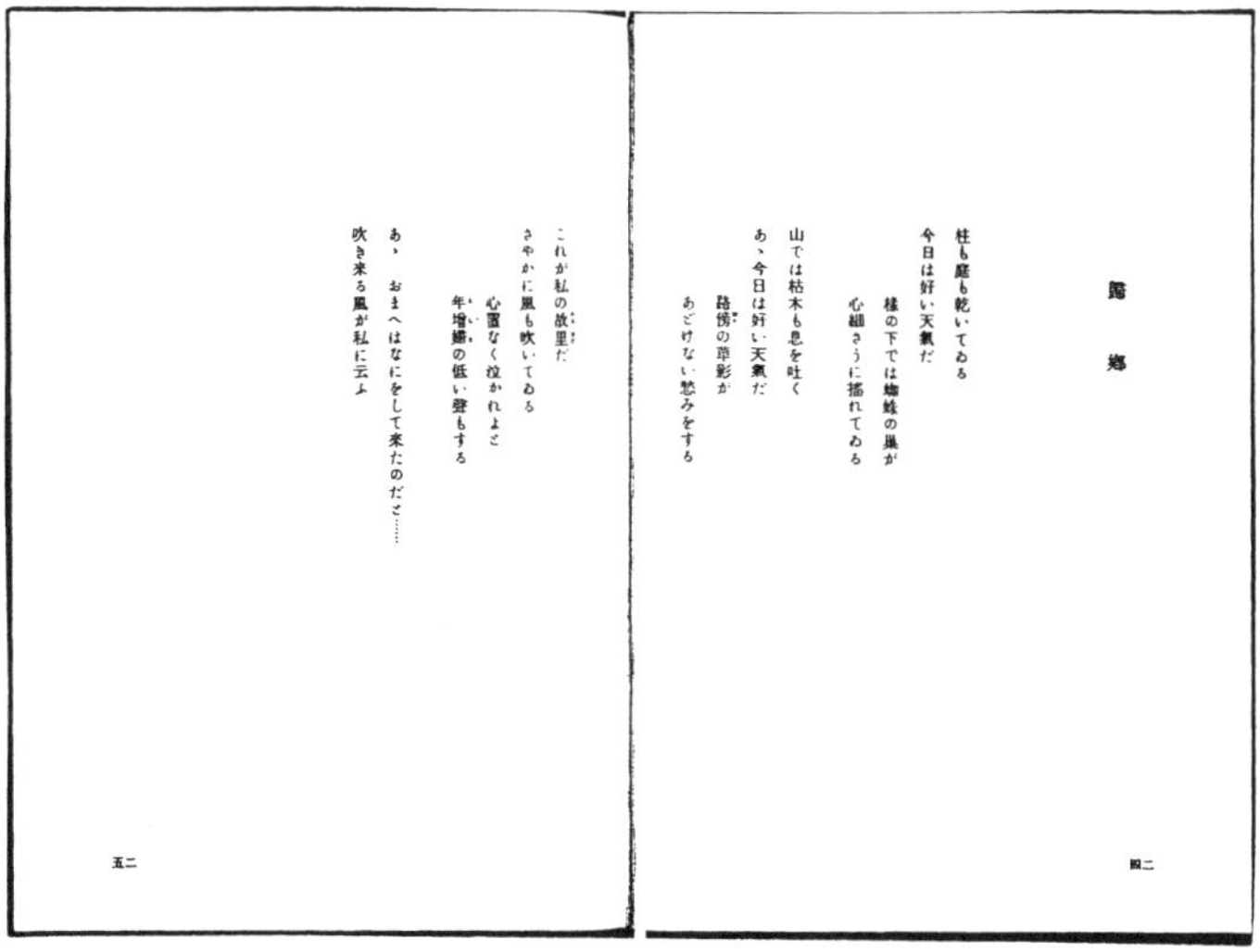

歸郷

柱も庭も乾いてゐる
今日は好い天氣だ
　　椽の下では蜘蛛の巣が
　　心細さうに揺れてゐる

山では枯木も息を吐く
あゝ今日は好い天氣だ
　　路傍の草影が
　　あどけない愁みをする

これが私の故里だ
さやかに風も吹いてゐる
　　心置なく泣かれよと
　　年増婦の低い聲もする

あゝ　おまへはなにをして來たのだと……
吹き來る風が私に云ふ

『山羊の歌』所収の詩篇「帰郷」　見開きで全体像が見わたせるように配慮されている。

ズム」なのである。

これはまあ、おにぎはしい、
みんなてんでなことをいふ
それでもつれぬみやびさよ
いづれ揃つて夫人たち。
　　下界は秋の夜といふに
上天界のにぎはしさ。

（中略）
小さな頭、長い裳裾《すそ》、
椅子は一つもないのです。
　　下界は秋の夜といふに
上天界のあかるさよ。

（中略）
しづかなしづかな賑はしさ
上天界の夜《よる》の宴。
　　私は下界で見てゐたが、

知らないあひだに退散した。

「秋の夜空」（Ⅰ49頁）

この詩も視覚的な上下に対応して、視線の起点となる「下界」での様子と、見上げている「上天界」の様子を繰り返していることがわかるだろう。こうした対立は、「知らないあひだ」という主語が「上天界」の「夫人たち」なのか、それとも「私」なのかがどちらでもとれる両義的なフレーズにより解消される構造になっている。

野原に突出た山ノ端の松が、私を看守《みまも》つてゐるだらう。
それはあつさりしてても笑はない、叔父さんのやうであるだらう。
神様が気層の底の、魚《さかな》を捕つてゐるやうだ。

空が曇つたら、蝗螽《いなご》の瞳が、砂土の中に覗くだらう。
遠くに町が、石灰みたいだ。
ピョートル大帝の目玉が、雲の中で光つてゐる。

「ためいき」（Ⅰ46頁）

「だらう」という脚韻の多用に眼が奪われがちな「ためいき」であるが、この詩には、様々な視線の交錯が現れている。二聯までみつめていた「私」は、引用部の三聯ではみつめられることとなり、そして最後に「遠く」をみつめる視線を挟んで、地中からは「蝗螽《いなご》の瞳」が、空からは「ピョートル大帝の目玉」の視線が現れるのである。

こうした視点移動の振幅は、詩篇「含羞《はぢらひ》」（Ⅰ144頁）における「椎の枯葉の落窪」から「死児等の亡霊にみち」た「空」に移り、そして「落窪」に戻るという構造や、詩篇「夜空と酒場」（Ⅱ223頁）における「夜空」と「酒場」の関係、詩篇「（月の光は音もなし）」（Ⅱ273頁）における「月」と「蟲《(むし)》」の関係など、中也の詩にしばしば現れる特徴の一つである。

リズムという聴覚的な問題を、詩句の配置とそれらが喚起するイメージといった視覚的な問題に変換することで、我々は詩の〈音楽性〉について新たな着眼点を得ることが出来た。このイメージという着眼点をさらに広げて考えてみる。

河瀬の音が山に来る、
春の光は、石のやうだ。
筧《かけひ》の水は、物語る
白髪の媼《おうな》にさも肖《(に)》てる。

雲母の口して歌つたよ、
背《うし》ろに倒れ、歌つたよ、
心は涸《(か)》れて皺枯《(しわが)》れて、
巌《いはほ》の上の、綱渡り。

知れざる炎、空にゆき！

響の雨は、濡れ冠る！

…………………

われかにかくに手を拍く……

「悲しき朝」（Ⅰ37頁）

この詩については、吉田凞生の詳細な分析（「悲しき朝」『鑑賞日本現代文学20　中原中也』昭和五六（一九八一）年三月・角川書店）がある。吉田は詩篇中の運動のイメージに注目している。確かに、「悲しき朝」には上昇、下降に加え、水平運動のイメージが内包されている。水平運動のイメージは、ちょうど詩の中心に位置しており、残った聯では、やはり上下運動の繰り返しが指摘されているのである。

天は地を蓋《おお》ひ、
そして、地には偶《たま》々《たま》池がある。
その池で今夜一と夜さ蛙は鳴く……
——あれは、何を鳴いてるのであらう？

その声は、空より来り、
空へと去るのであらう？
天は地を蓋ひ、
そして蛙声《あせい》は水面に走る。

よし此の地方《くに》が湿潤に過ぎるとしても、
疲れたる我等が心のためには、
柱は猶、余りに乾いたものと感《おも》はれ、

頭は重く、肩は凝るのだ。
さて、それなのに夜が来れば蛙は鳴き、
その声は水面に走つて暗雲に迫る。

「蛙声」（I285頁）

この詩は、そうした運動のイメージの律動を最も特徴的に示している。「地」を「蓋《(おお)》」う「天」、「地」の「池」で鳴く「蛙」という対立から始まり、「地を蓋ひ」「空より来り」、「頭」に「重く」のしかかる「湿潤」な気候という下降イメージに対して、「水面に走る」という水平運動のイメージを挟み、「空へと去る」「暗雲に迫る」という上昇イメージの運動が交差している。「天」から「地」への運動は、最終聯には「水面」から「暗雲」への運動に終わることで、ある循環のイメージをも生み出している。

またひとしきり　午前の雨が
菖蒲《(しょうぶ)》のいろの　みどりいろ
眼《まなこ》うるめる　面長き女《ひと》
たちあらはれて　消えてゆく

たちあらはれて　消えゆけば
うれひに沈み　しとしとと
畠《はたけ》の上に　落ちてゐる
はてしもしれず　落ちてゐる

お太鼓叩いて　笛吹いて
あどけない子が　日曜日
畳の上で　遊びます

お太鼓叩いて　笛吹いて
遊んでゐれば　雨が降る
櫺子《れんじ》の外に　雨が降る

「六月の雨」（Ⅰ160頁）

従来七五調を中心とする歌謡調と評されるのみであったこの詩は、最初と最後が同じフレーズで挟まれた構造をなしてはいない。しかし、この最初の「また」は、詩中に繰り返し現れる雨のイメージを結びつけている。「また」という表現は、それ以前にも同様に雨が降っていたことを喚起させるからだ。それによって室外・室内という構造が循環することを暗示している。中也は後に挙げる詩論「詩と其の伝統」（Ⅳ46頁）で「事実上」「旋回」するかどうかに関係なく「旋回の可能性」を持っていることを詩の特質として述べている。リフレインやサンドイッチ形式を多用する中也の詩が、そうした「旋回」の形式を持っていることは容易に納得されるが、前述した「蛙声《あせい》」の構造や、この詩における「また」などいう語句も、そうした「可能性」を示唆しているのである。

さらに、この詩は雨が降るイメージの間に女・子供のイメージが浮かび上がってくるように配置している。逆に言えば、それらの間に雨のイメージが何度も繰り返し喚起されているわけだ。中也の繰り返しには、読者が意味として構築する表象イメージの回帰・「旋回」もみられるのである。

中也の形式観を支えるもの

詩の〈音楽性〉という問題が、中也詩においてしばしば問題とされるのは、中也の詩法が、非常に特殊であったためであろうか。さらに、この詩法は中也の意識的な所産であったのだろうか。

昭和九(一九三四)年七月の『文学界』に掲載された「詩と其の伝統」(Ⅳ40頁)という詩論は、この問題を考える我々にある示唆を与えてくれる。論は、ある山村でのたとえ話から始まる。その村の小学校で地図作製のコンクールが始まった。そこでの優勝作品は、年を追うごとに立派になっていったが、ある年を過ぎた途端、毎年同じレベルに留まってしまうようになる。それは、その村が格別に発展するまで変わらないのだという。

その原因は《すべて技《わざ》の進歩といふものは、見やう見真似で覚えることから発する》からである。中也には、日本の近代詩には、まだ十分な伝統がなく、俳句や短歌に比べ、その「型がない」ことが非常に深刻な問題だと思えた。その事情を中也は、以下のように比喩する。(Ⅳ44頁)

詩といふものが、恰度帽子と云へば中折も鳥打もあるのに、帽子と聞くが早いか「ああいふもの」とハツキリ分るやうに分らない限り、詩は世間に喜ばれるも、喜ばれないも不振も隆盛もないものである。扨《さて》私は、明治以来詩人がゐなかつたといふのでは断じてない。まだ詩といふものが、大衆の通念の中に位置する程にはなつてゐないと云ふのである。

よって詩人は、海外の作品を学ぶことによって、「型」を会得するように努力すべきであるという結論になる。この「型」というのが、むろん単なる詩の定型を指すのではないことは中也も指摘している。そして次に短歌や俳句に対して、詩の定義をなそうと試みている。（Ⅳ45〜46頁）

詩とは、何等かの形式のリズムによる、詩心（或ひは歌心と云つてもよい）の容器である。では、短歌、俳句とはどう違ふかと云ふに、その最も大事だと思はれる点は、短歌・俳句よりも、度合《どあひ》的にではあるが、繰返し、あの折句だの畳句だのと呼ばれるものの容れられる余地が、殆んど質的と云つても好い程に詩の方には存してゐる。繰返し、旋回、謂はば回帰的傾向を、詩はもともと大いに要求してゐる。平たく云へば、短歌・俳句よりも、詩はその過程がゆたりゆたりしてゐる。短歌・俳句は、一詩心の一度の指示、或ひは一度の暗示に終始するが、詩では（根本的にはやはり一篇に就き一度のものだらうとも）それの旋回の可能性を、其処で、事実上旋回すると否とに拘らず用意してゐるものである。

それを中也は、以後「ゆたりゆたり」と名付けるのだが、この擬態語には繰り返されるイメージが内包されている。これが、中也の考える詩の「型」である。この定義は前述したように、サンドイッチ形式や、リフレインの多用、さらには今までみてきたさまざまなパターンの繰り返しといった中也の詩の特徴をつかんでいる。そして確かに中也のいうとおり、こうした詩のアイデンティティは『新体詩』以降の日本の伝統には確立されていなかった。それどころか、最も重要な問題として、朔太郎をはじめとして、様々な詩人たちを常に悩まし続けていたのである。

この詩論のタイトルである「伝統」という点で考えれば、ダダイズムなどは、中也が活躍した日本詩壇にとっては確かに十年にも満たない伝統である。前述したように、ダダイズムの誕生は大正三（一九一四）年、日本への受容はその六年後である。中也詩においてよく問題とされる詩の〈音楽性〉は、詩が喚起する象徴的イメージが生み出すリズムの問題として考えるべきなのだとすれば、それは当然フランス象徴詩の受容の問題と不可分である。そして中也たちにとってそのフランス象徴詩の理解も、実は大正二（一九一三）年あたりを起点とした伝統のないもののうちにあった。やはり我々は、その同時代性をここに召喚しなければならないだろう。

泡鳴から中也へ――『表象派の文学運動』の同時代性――

前述した中也の詩法が昭和二（一九二七）年の詩論や詩篇から現れていることを考えると、影響を受けた詩人の数は少ない。中也の伝記的事項にそって考えれば、京都時代から上京時までのことを想定すればよい。つまり、ダダイズムの揺籃時を経て、富永太郎を通じてフランス象徴詩に出会い、そして小林秀雄との親交を得るため上京し、河上徹太郎や大岡昇平らと出会うまでの時期である。

そこでは当然高橋新吉との出会いが重要になるが、それは既に詳しく論じたので、ここではふれない。注目したいのは小林、富永、大岡、河上、そして中也を結びつけることになったフランス象徴詩人たち、そして彼らを紹介したシモンズ、さらにその翻訳者（＝紹介者）であった岩野泡鳴というラインである。従来この書物の影響の大きさは示唆されつつも、受容の実態については、未詳な部分も多い。

夭折した富永はともかく、小林は生涯一度も泡鳴＝シモンズに関して評論することはなかった。一方で、河上や大岡は、後述する翻訳、批評というような形で泡鳴＝シモンズを乗り越えていったと言える。しかし中也は、

> 即ち、彼は刹那が個人精神中で考へ得らることであつて、生活といふ対人圏に流用されるすべてのものは、必竟「規約」以外の何物でもないことを誤認しはしなかつたか？　否寧ろ、棄てて省みなかつたではないか？
>
> 蓋し、個人——即ち夢みる動物中の理論なり想像なり幻想なり其他何でもが、他の個人にまで如何に影響するかの其処《そこ》に生の全ての意味があるのを、その影響以前に於てだけ刹那を考へてゐた泡鳴は、悲劇、即ち生死合一境——言換れば慈愛の境地を見ることがなかつた。（傍点は原文のママ）
>
> 「詩に関する話」（Ⅳ28頁）

と、泡鳴の「刹那」が他人に影響しない個人的なものであることを批判している。しかし一方で《吃度《きつと》将来何人かに見出だされるべき詩人》（昭和二（一九二七）年八月二八日の日記・Ⅴ76頁）と言い、《後期印象派の要求が要望される限り、明治以来今日に到るまで、辛うじて三富朽葉と、岩野泡鳴を

岩野泡鳴

数へることしか出来ない》（無題の未発表評論・昭和九（一九三四）年九月一九日・Ⅳ137頁）という中也の泡鳴評価はアンビバレントである。泡鳴の業績を評価し、後述するような形式面において明確な影響を受けながらも、その思想は決して評価しないという中也の泡鳴に対する距離感。この点を見失うと単なる個人的な私淑の指摘に終わってしまうことに注意せねばなるまい。

岩野泡鳴の『表象派の文学運動』（新潮社）の翻訳は、大正二（一九一三）年一〇月のことである。「訳者の序」として泡鳴は、《表象主義は、もう、詩界ばかりの問題ではなくな》り、今や《新劇界》《小説界》にもその影響は広がりつつあり、《わが文学全般の問題になる時も、もはや遠くないのであらう》と述べる。そして日本における表象主義の受容史を述べた上で、詩壇においては、その長所も欠点も議論つくされたという先見性を主張する。

『表象派の文学運動』初出。大きな影響をもった本だが、表紙などはわりとそっけない。

では、なぜこの書を訳したのかといえば、それは《今後必ず青年作家から》興るムーブメントに対し、《お手本を読み違へたり、見違へたりすることのないやうに注意する》ためである（最後に《金が欲しかったから》とも書いているが）。そして泡鳴は、その先見性を証明するかのように《宗教》《霊魂》《敏感》《音楽》《生と死》という表象主義の欠点を論じ、それに対し《わが国神代の神々のそれを近代化してゐること》《人の生命なる発想》が《暗示にあること》、《事物の表面と外形をぶち毀わし、直接に内容に突進》出来ることなどを象徴主義の長所として挙げている。

詩壇に「小説界」に対する一日の長を認め、そのムーブメントの興隆を文学青年に予言する泡鳴の「訳者の序」は、詩に関心を示す当時の若者達の自負をさぞかし刺激したことであろう。

訳の方針については、「緩慢な意訳」も「昔の変な直訳」も避け、「原文をあたまから棒訳」するという正確な直訳主義を採用してゆくと述べている。そして本文中の人名と語句に泡鳴自身が註を付け、巻末にその註に対応した索引を付けている。

「訳者の序」が二六頁（七％）まで、以降「本文」二七頁〜二八三頁、「解題と註」二八四頁〜三一七頁（十一％）、に最後に「表象詩」の例として泡鳴の選訳三一八頁〜三四一頁（七％）までという構成は、全体の実に二五％が泡鳴の著作なのである。

But there are certain natures (great or small, Shakespeare or Rimbaud, it makes no difference) to whom the work is nothing, the act of working, everything.　（シモンズ原文）

或有性者があつて、（大か小か、シエキスピアかランボか、そんなことは無関係だが）、そのもの等には作物は何でもない、作物をする行為が万事だ。（泡鳴訳）

そして泡鳴は「訳者の序」において「清新な思想には清新な語法が必要だ」と主張する。he にわざわざ「渠」という字をあてるのは他の泡鳴の言説にもみられることであるが、work を「作物」と訳し、「そうした気質の人々」である natures を「有性者」、「偉大か否か」great or small を「大か小」かと訳すなど、泡鳴独特の

「清新な語法」の影響は、その「本文」全体にまで染みわたっている。

樋口覚の「泡鳴訳『象徴主義の文学運動』」(『富永太郎』昭和六一(一九八六)年十二月・砂子屋書房)をはじめとしてこれらを誤訳と指摘する論者は多い。さらに誤ったのは訳だけではない。大岡昇平は以下のように指摘(『富永太郎』昭和四九(一九七四)年九月・中央公論社・159頁)する。

最近の比較研究によると、そのフランス象徴詩理解はまったくの誤解であったという。従つて日本の象徴主義はその誤解のまた誤解であったということになり、比較的笑い話にすぎなくなってしまうが、無論重大なのは、誤解であったということではなく、どう誤解したか、誤解がどのように誤解した側に作用したかということである。

確かに、問題のひとつは、このほとんど全般を泡鳴に侵蝕された訳書の、「青年作家」たちに与えた影響の大きさである。

岩野泡鳴が訳したアーサー・シモンズの『象徴主義の文芸』といふ本がある。今手許にないから題名も正確に覚えてゐない位であるが、いづれ明治末期の出版であらう。然し私にとつては忘れられぬ本である。神田あたりの古本屋で定価の倍以上の値段で買つてきて、大切な言葉は殆ど皆暗記する位耽読したものだ。

(中略)

当時私の交友は、只小林秀雄、中原中也の二人に限られてゐた。三人は専らこの書の語彙を以て会話をした。思へば、ドストエフスキーでいへば「地下室の時代」にも当たる、暗澹たる、然し幻影に恵まれた時代であつた。

河上徹太郎「岩野泡鳴」（『文芸』昭和九（一九三四）年五月）

この河上徹太郎の言説を単なる懐旧の念ととってはならない。河上はこの文章の二年後、自らシモンズの『フランス近代詩』を翻訳することになる。そこでは綺語と奇語の間で揺れる泡鳴の影響は既に払拭されている。

しかし富永は、その書簡（大正一三（一九二四）年六月三〇日付・正岡富三郎宛書簡）で泡鳴の『象徴派の文学運動』や『半獣主義』に私淑し、「立派な詩人ではないか！」と語り、泡鳴の訳語である「衰弱の一形式」を自らの詩篇「断片」に使っていることは樋口覚が前掲書で指摘するとおりである。もし大岡が指摘するように富永が泡鳴の文章から「放浪を抽出」したのだとすると、富永の命を縮めたのは、はたしてシモンズであろうか、泡鳴であろうか……。

小林がランボー論、そして志賀直哉論において使った「実行家」という言葉は、『表象派の文学運動』における泡鳴の訳語であり、同書におけるランボー論のキータームである。そして江藤淳は、『小林秀雄』（昭和三六（一九六一）年一一月・講談社・105頁）の中で、

小林は《ママ》中原中也の初期の屈折した散文の、わざとわかり難く書いている様な文体には、日本語を英語のなかに強引に押しこんで語法の革新をはかろうとした泡鳴の訳文の痕跡が見受けられる。

と、指摘している。同書において江藤は、小林の「発想と語彙は明らかに泡鳴訳のシモンズの換骨奪胎であ」り「対照はほとんど全篇について可能である」とも語っている。確かにシモンズの創作的な評伝や、それが詩

の解釈と直結してゆく批評スタイルが、小林に与えた影響は大きいものと考えられる。

シモンズが、当時の伝記的考証研究をほとんどを無視し、ネルヴァルを「狂気と魔術の詩人」と描き、ランボーを「実行家」と評し、メーテルリンクを「神秘主義の詩人」と断じたその背景には、社会の産業化・工業化を背景に勃興するデカダンスをまったく異質な象徴主義と何とか融合させ、世紀末ロマン派と対峙したいという戦略もあった。この試みを成功させるのは、論理を超越した魅力的かつ断定的な語りしかあり得なかっただろう。だが、歴史と創作の境界自体が問題となる今日、まさに魅力的な創作＝翻訳が実際の歴史を生み出してゆくことの証左として、シモンズ＝泡鳴の言説は、再評価されてよいはずである。

この江藤の言説で注目したいのは、中也の散文の文体への影響も指摘されていることである。再三指摘されてきたように、中也の散文は読みにくい。その読みにくさを故意なものと考え、そこに泡鳴の影響をみた江藤は実に慧眼である。しかし、であるならば私は、読みにくい文体以上に、どんな詩人を語る時でも、その人物や人生を、象徴的用語で断定的に語る中也の詩論の特徴を思い起こさずにはいられないのである。

彼の生涯は、素描にしか過ぎなかつたし、彼は喜んで素描の外観を作品に賦与してゐる。尤も此の外観は真の詩からなつてをり、彼はそれを、全ての本物の芸術家の如く、天才の一撃で以てその暗い色と蒼白い色とを強調することに依つて獲得してゐる。そしてその暗い色と蒼白い色との衝突が、彼の詩の魅力と異様性とをなす所のものである。

「トリスタン・コルビエールを紹介す」（Ⅳ126頁）

こんなやさしい無辜《むこ》な心はまたとないのだ。

それに同情のアクチイビテイが沢山ある。これは日本人には珍らしい事だ。

この人は細心だが、然し意識的な人ではない。意識的な人はかうも論理を愛する傾向を持つてゐるものではない。高橋新吉は私によれば良心による形而上学者だ。彼の意識は常に前方をみてゐるを本然とする。普通の人の意識は、何時も近い過去をみてゐるものなのだ。――

「高橋新吉論」（Ⅳ113頁）

彼は幸福に書き付けました、とにかく印象の生滅するまゝに自分の命が経験したことのその何の部分をだつてこぼしてはならないとばかり。それには概念を出来るだけ遠ざけて、なるべく生の印象、新鮮な現識を、それが頭に浮ぶまゝを、――つまり書いてゐる時その時の命の流れをも、むげに退けてはならないのでした。

「宮沢賢治の詩」（Ⅳ64頁）

詩そのものにほとんどふれることなく、詩人の人生を直観的、抽象的かつ断定的に語るスタイル。こうした方法は、小林がランボーやデカルトを語る時、そしてまた、シモンズがフランス象徴派の詩人を語る語り口と同様である。むろん、シモンズの場合、その語りの魅力を決定付けたのは、泡鳴の「清新な語法」であったことはいうまでもない。

従来、泡鳴と中也と言えば、「曇天」（Ⅰ240頁）等における、

ある朝　僕は　空の　中に、
黒い　旗が　はためくを　見た。
はたはた　それは　はためいて　ゐたが、
音は　きこえぬ　高きが　ゆゑに。

などの新律格の影響を指摘するのみであった。だが、こうした形式面の影響は、晩年の詩風に現れるものであり、それが五つの選訳全てを新律格で訳している『表象派の文学運動』からの直接的影響であるとは考えにくい（もし、そうであるならば、もっと早くからみられるはずである）。『表象派の文学運動』に関して言えば、むしろ、中也の詩人観や詩論の形成への影響の方が重視されるべきなのであろう。

大岡は、前掲書（『富永太郎』159頁）において、日本の象徴派理解の「誤解」の中で重視すべきものとして「暗示」を重視する傾向を述べている。

『海潮音』外観

> 誤解の第一歩は上田敏、蒲原有明、厨川白村の系統の美的暗示主義である。敏訳のヴェルハレン「鷺の歌」が引かれるのが常である。この象徴的な白鷺はわれわれに芭蕉の「鴨の声ほのかに白し」の例があったので理解し易く、若山牧水の「白鳥は悲しからずや」まで尾を引いていると思われる。

明治三八（一九〇五）年、上田敏によって訳詩集『海潮音』が出版された。この詩集は日本に「象徴詩」の概念をはじめて明確にした意味で重要な意味を持つ（正確には前年の『明星』一月号に上田敏がヴェルハレンの「鷺の歌」を「象徴詩」として紹介したことに端を発する）。「象徴詩」とは元来、言語に「意味」を介さずに読者が直接感性と結びつけることを可能にする詩の傾向であったが、大岡は、そこに感情などの暗示を読み込もうとする曲解があったことを指摘しているのである。

ほのぐらき黄金隠沼《こがねこもりぬ》、
骨蓬《かうほね》の白《しろ》くさけるに、
静《しづ》かなる鷺《さぎ》の羽風《はかぜ》は
徐《おもむろ》に影《かげ》を落《おと》しぬ。

水《みづ》の面《おも》に影《かげ》は漂《たゝよ》ひ、
広《ひろ》ごりて、ころもに似《に》たり。
天《あめ》なるや、鳥の通路《かよひぢ》、
羽《は》ばたきの音《おと》もたえだえ。

漁子《すなどり》のいと賢《さか》しらに
清《きよ》らなる網《あみ》をうてども、
空翔《そらか》ける奇《く》しき翼《つばさ》の
おとなひをゆめだにしらず。

また知《し》らず日《ひ》に夜《よ》をつぎて
溝《みぞ》のうち花瓶《はながめ》の底《そこ》
鬱憂《うついふ》の網《あみ》に待《ま》つもの
久方《ひさかた》の光《ひかり》に飛《と》ぶを。

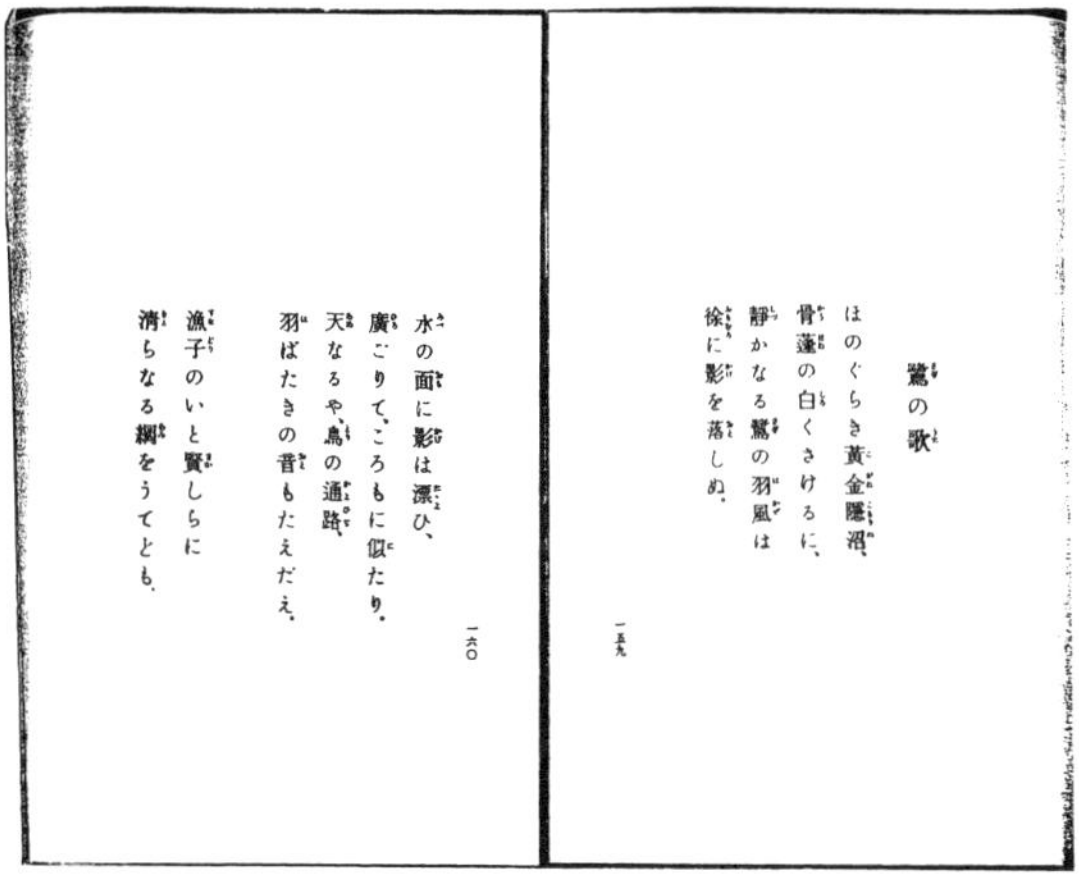
鷺の歌

ほのぐらき黄金隱沼、
骨蓬の白くさけるに、
靜かなる鷺の羽風は
徐に影を落しぬ。

一五九

一六〇

水の面に影は漂ひ、
廣ごりて、ころもに似たり。
天なるや、鳥の通路、
羽ばたきの音もたえだえ。

漁子のいと賢しらに
淸らなる網をうてども、

『海潮音』所収の「鷺の歌」

例えば、上田敏は『海潮音』（『海潮音』の引用は名著複刻全集近代文学館・日本近代文学館編（昭和四三（一九六八）年九月）による）の序文において、

象徴の用は、之が助を藉りて詩人の観想に類似したる一の心状を読者に与ふるに在りて、必らずしも同一の概念を伝へむと勉むるにあらず。されば静に象徴詩を味ふ者は、自己の感興に応じて、詩人も未だ説き及ぼさゞる言語道断の妙趣を翫賞し得可し。故に一篇の詩に対する解釈は人各或は見を異にすべく、要は只類似の心状を喚起するに在りとす。例へば本書一五九頁「鷺の歌」を誦するに当て読者は種々の解釈を試むべき自由を有す。

と述べておきながら、上田を含め後続した象徴派の紹介者達は、象徴詩に明確な感情や状態の暗示をみる解釈を定着させたのである。例えば、泡鳴は「仏蘭西の表象詩派」（『新小説』明治四〇年七月〜一〇月）においてネルヴァル、ランボー、ヴェルレーヌ、マラルメなどを論じている。ネルヴァルを「全世界を失つて、おのれの霊魂を得た者」と称したりするその批評の背後には既にシモンズを通した泡鳴の象徴詩の理解があった。

ここで紹介される具体的詩篇としてはランボーの「母音」やヴェルレーヌの「われらの欲望するところは影なり」「秋の歌」「独吟小曲」マラルメの「泡」「鵠」などである。そのなかで詩の一部の引用である「母音」や「われらの欲望するところは影なり」をのぞき、「秋の歌」「独吟小曲」「泡」「鵠」は、各詩行の単語を細かく分けた新律格で翻訳されて原詩とともに掲載されている。

秋 の ヸオロン
　長く 呻《うめ》き、
寂《さび》し疲労 は
　胸 を 痛む。
　(Les sanglots longs
　Des violons
　　De l' automne
　Blessent mon coeur
　D' une langueur
　　Monotone.)

このヴェルレーヌ「秋の歌」の原詩は、二行と一行の組み合わせで三行ごとに四文字分、右にずらされている。泡鳴の訳における行ごとの一字下げは、その原詩の雰囲気を真似たものであろう。しかし、この詩では、それは形式上の対応にすぎない。だが、以下に挙げる「独吟小曲」の場合はどうだろう。

広野 の 上を
　倦《う》んじ ぞ 果しなく、
消《け》やすき 雪 は
　砂 とも 照らす なり。

(Dans l' interminable
Ennui de la plaine,
La neige incertaine
Luit comme du sable.)

赤がね　の　空《そら》
つゆしも　光なし。
思へば、月　の
生き死ぬ　ながめ　かや。
(Le ciel est de cuivre,
Sans lueur aucune.
On croirait voir vivre
Et mourir la lune.)

前掲詩との共通点として、泡鳴訳の特徴である新律格による語句の細かい分割と、もともと原詩にあったものではない行の開始位置の上下へのずらしが挙げられる。しかし、それだけでなく、泡鳴はこの詩に以下のような評釈を加える。

苦悶苦悩を以つて広野の雪に向ふと、雪は光があつても、無限にくずれて自分の心の平らかならぬことを現はし、後者は之と相応じて、寒さうに悲しい曇天を『キヴル』（銅）に譬へ、そのおもてに見える月に、人生は生死以上の悲痛が感じられることを現はして居るのだ。

この泡鳴の評釈が、先の大岡が指摘する「美的暗示主義」の系譜に位置付けられることは明らかである。ここで泡鳴は、明らかに特定の解釈を詩に与えてしまっている。しかし、それ以上にここで注目すべきなのは、「上」「雪」「空」「月」というイメージが上に配置され、そこから生じるマイナスイメージを下に配置するという感覚である。象徴詩を一行一行、何かの暗示として解釈し、それを縦書きの日本語で詩にする場合、そのイメージが字句の位置に影響したことの証左であろう。

逆に考えれば、解釈を限定された「美的暗示主義」の影響下で、象徴詩を縦書きの日本語の詩で実現しようとした中也が、その詩的イメージを「上下」という位置関係に対応させようとしたことは、泡鳴の翻訳時の意識の延長であったともいえるだろう。本場の象徴詩が、横書きである以上、左右の位置関係においては、そういった意味論的な作用は期待出来ないからである。

この後「仏蘭西の表象詩派」は、『新自然主義』（明治四一（一九〇八）年一〇月・日高有倫堂）に収録され、「秋の歌」「独吟小曲」「泡」「鵠」の翻訳は、数年後に『表象派の文学運動』巻末の泡鳴の選訳として再録され、中也たちと出逢うこととなったのである。

再び「言葉なき歌」へ

「声なき叫び」という言葉がある。「叫び」とは、本来その悲痛さを誰かに伝達すべき声であり、それ故に尋常ではない響きを有している。にもかかわらずそれが、「声なき」と呼び得る「叫び」ならば、レトリックとして受け取る範疇においては、その悲壮さを逆説的によく伝えている。あくまでも「レトリック」として「受け取れる」ならばだが……。

現実的には真に悲壮な叫びが声にならないこともある。だが、本当に叫びが声にならなかったら、その悲しみは伝達される術もなく、永遠に主体にとどまり続けることになるだろう。だから、たとえ声にならない叫びであったとしても、それが「叫び」と認識された時、既にそこに何かしらの対話が成立している。つまり「声なき叫び」とは、実はある種のコミュニケーションの成立を前提としているのである。

あれはとほいい処にあるのだけれど
おれは此処《ここ》で待つてゐなくてはならない
此処は空気もかすかで蒼く
葱《ねぎ》の根のやうに仄《ほの》かに淡《あは》い

決して急いではならない
此処で十分待つてゐなければならない
処女《むすめ》の眼《め》のやうに遥かを見遣《みや》つてはならない
たしかに此処で待つてゐればよい

それにしてもあれはとほいい彼方で夕陽にけぶつてゐた

号笛《フイトル》の音《ね》のやうに太くて繊弱だつた

けれどもその方へ駆け出してはならない

たしかに此処で待つてゐなければならない

さうすればそのうち喘《あえ》ぎも平静に復し
たしかにあすこまでゆけるに違ひない
しかしあれは煙突の煙のやうに
とほくとほく　いつまでも茜《あかね》の空にたなびいてゐた

「言葉なき歌」（Ⅰ256頁）

前掲した論文「音楽性について」で中村稔が引用した詩である。中村はこの詩から感じる音楽性の要因を「ならない」などの脚韻や五音や七音という音数律で構成されるその聴覚的な性質に求めた。しかし、いままでの考察から、その詩に働いている律動は、我々がこの詩を読んだときに創り出すイメージにも存在していることがわかるはずだ。

視点は常に、「あれ」「あすこ」に向かっている。しかし、詩人は「此処《ここ》」にいるように自己に言い聞かせる。遠くをみつめる視点と、自己の現状の確認は常に繰り返されているのだ。

だがこの詩の場合、その「あれ」は「号笛《フイトル》の音《ね》のやう」「煙突の煙のやう」と、あるイメージを喚起させようとしている。それに対応するように、「此処」も「空気もかすかで蒼く」「葱《ねぎ》の根のやう」というように、あるイメージを喚起させようとしている。つまり、この詩の場合は、「あれ」「此処《ここ》」に伴う距離感と同時にそれぞれに対するイメージの喚起をも繰り返しているのである。むろん、こうした詩人の不動な位置を支えているのは、第二部で確認した中也の言語観であることは、いうまでもない。

中也の詩業のなかで晩年に位置するこの詩篇を、中也の到達点の一つと数える論者は多い。しかし、中也の思考を同時代的な外部に開いて来た我々は、既にそうした作家論的陥穽《ビルドゥングストーリー》からは解放された。シモンズ、泡鳴を経由した意味論的リズムこそが、この詩篇の「歌」すなわち《音楽性》を支えている。

言葉に出来ないものを直接にうたうことは出来ない。だからこそ、その何かを待ち続ける姿をうたにする。フッサール、ベルグソン、西田、出隆を経由した言語への不信感こそが、この詩篇の「言葉なき」何かを待ち続ける姿を支えている。

文学テクストとしての「言葉なき歌」とは、当然読者の存在を前提としたコミュニケーションが想定されなくてはならない。だが「言葉なき歌」という事態を我々は、単なる苦悩する詩人の姿として理解すべきではない。「言葉なき歌」とは、ドイツ、フランスから日本へとつながる哲学や詩論からなる多様なテクストの結節点なのである。本書で試みたのは、こうした一見凡庸にみえながらも顧みられることがなかった様々な「接続」の可能性である。

第八章　作家論的磁場を越えて

本書は、中原中也というテクストの外部への「接続」にこだわりつつ、「解釈」の問題にも拘泥し続けた軌跡である。中也が生涯にわたって言葉に対する絶対的な不信感を抱えたまま詩人でありつづけたことと、それはどこか似ている。そんなダブルバインドの本書を笑う声もあるだろう。だが、批評性という観点から、「文学」と呼ばれる言説が他の言説に拮抗しうるならば、それは様々な「解釈」を呼び込むことしかない。そして、その「解釈」の批評性＝社会性を問うならば、様々な諸テクストに「接続」させてゆくしかない。そういった意味で、「文学」学とは積極的な「解釈」を伴った文学批評とともにあると言ってよいだろう。ここに新たな「鑑賞」の復権の路が見出されるのかもしれない。むろん、これは「隘路」なのかもしれないが……。

そこで、本章では中也の最も「私的」な詩と言われる一篇を「解釈」し、そして「鑑賞」することにより、「読むこと」と詩人＝作家イメージにおける古くかつ新しい問題を論の俎上に乗せてみたいと思う。

未刊詩篇を論じること

『文學界』の中也追悼特集は、初めて遺稿（＝未刊詩篇）が公にされた場でもある。未刊詩篇は、詩人が死んで初めて未刊になるわけだから、このことはさして不思議なことではないと思われるかもしれないが、『在りし日の歌』の刊行が昭和一三（一九三八）年だから、中也の場合、最後の詩集より先に未刊詩篇の方が先に世に出ているわけである。こうした事情について小林秀雄は同誌の最後に以下のような小文を載せている。

『文學界』1935年１月

> さういふわけで、彼が自分で撰んだ「在りし日の歌」以外の詩稿は、恐らく彼が発表するに及ばずと認めたものばかりなのである。「文学界」の中原中也追悼号に詩の遺稿を載せるに当つて、遺された詩稿の堆積をかき廻し僕はとんと気がのらなかつた。彼の病気がもう少し後に起つたなら、彼はこれらを皆んな焼いて行つたかもしれぬと思ふのである。
>
> 「中原の遺稿」（『文學界』昭和一二（一九三七）年一二月）

そして、掲載した四篇の詩について《詩の出来不出来など考へてゐる暇もなかつたが、詩の出来不出来など元来この詩人には大した意味はない》と語る。なぜならば、詩は中也の《生身の様なもの》であったからだという。『文學界』における小林の中也観は、『山羊の歌』を評した時の《彼はそのまゝのめり込んで歌ひ出す》とか《逃げられなく生れついた苦しみがそのまゝ歌になつてゐる》（「中原中也の『山羊の歌』」『文學界』昭和一〇（一九三五）年一月」）といった中也理解とまったく変わっていない。

この追悼号に掲載された遺稿は、「桑名の駅」（Ⅱ502頁）、「少女と雨」（Ⅱ560頁）、「僕が知る」（Ⅱ475頁）、「無題」（Ⅰ403頁）である。ただし、「無題」は小林の勘違いで、既に『詩報』（昭和一二（一九三七）年九月一五日）という詩誌に「夏」という題で掲載されているので、正確には未発表ではない。

中也の未刊詩篇の価値については、「未刊詩篇を含めて全集で読むべき詩人である」という大岡昇平の発言（「座談会　恩寵の詩人・中原中也」―『ユリイカ』昭和四五（一九七〇）年九月）や、《未刊詩篇をも含めた全体として、もう一度見直される必要がある》といった吉田凞生の言説（前掲の『鑑賞日本現代文学20　中原中也』）など、中也を語るに欠かせないという立場をとる論者は多い。だが、我々の立場は、あくまでも刊行された中也の詩集を中心に考えて来たので、本書では未刊詩篇について、初期のダダ詩以外には、あまりふれてはいない。

しかし、中也の未刊詩篇が、多くの場合伝記的研究とともに論じられることが多いことは、やはり注目しておいてよい。一般的に言って、未刊詩篇まで深く読み込もうとする読者は、やはりただのファンではないのだろう。より深く中也のことが知りたいという心情。いわば、中也マニアとでもいおうか。

では、未刊詩篇を論じるとは、どういうことなのだろう。もはや古い対立図式となりつつあるが、それでも依然として文学研究には、作家論か作品論か（作家論かテクスト論か）という議論がある。未刊なのだから、詩人からすれば詩集に入れなかった詩であるともいえる。そうしたいわば外された詩から、既存の詩集に込められた編集意図を考える。未刊の詩から詩人の作風の変遷を考証する。未刊の詩から従来指摘されなかった詩人の特質を読み込む。いずれにせよ、未刊詩篇研究とは、作品論から作家論に通じる道であるとひとまずはいえるだろう。

マニアであってもファンであっても作品を通じ、その作者に対する興味が尽きぬものであるのは当然だ。特に中也の場合、その魅力的な伝記（と呼ばれることに中也本人がどう思うかは別としても…）が、逆に詩の

魅力を引き立てている側面が否定出来ない。そこでテレビ・漫画を含め様々な中也伝説が二次創作的に氾濫し、人々のなかにあるそれぞれの詩解釈とリフレクションをおこしている。それが今日の中也ブームを支えてきた訳だから、それについてとやかくいうつもりはない。

だが、研究となれば話は別である。文学は学の権威を持った制度である。安易な作家称揚であっても、それが学の場で生み出されれば、その作家神話の形成をより強固なものとすることもある。自分自身の本当の気持ちですら分析し切れないのに、詩人の詩に対する「本当の意図」を捏造し、詩の解釈にとって権威ある否定神学を構築してしまうかもしれない。

我々はむろん実証的研究の成果を全面的に否定するものではない。しかし、安易に詩人の伝記に頼らずに詩と向かいあってみること、そして従来の実証的作家研究の成果とテクスト論的解釈行為を排他的関係とみなさないこと、その可能性こそが、本論で試みたことであった。

そんな問題を考える際に、最後に我々が召喚したいのは「夏の夜の博覧会はかなしからずや」（Ⅱ538頁）である。この詩を一切の先行知識なしに論じた論を私は寡聞《かぶん》にして知らない。この詩を記憶し称揚するものは、間違いなく「文也の一生」という日記の一節（Ⅴ221頁）を読んおり、それが中断されたところに〈接続〉され

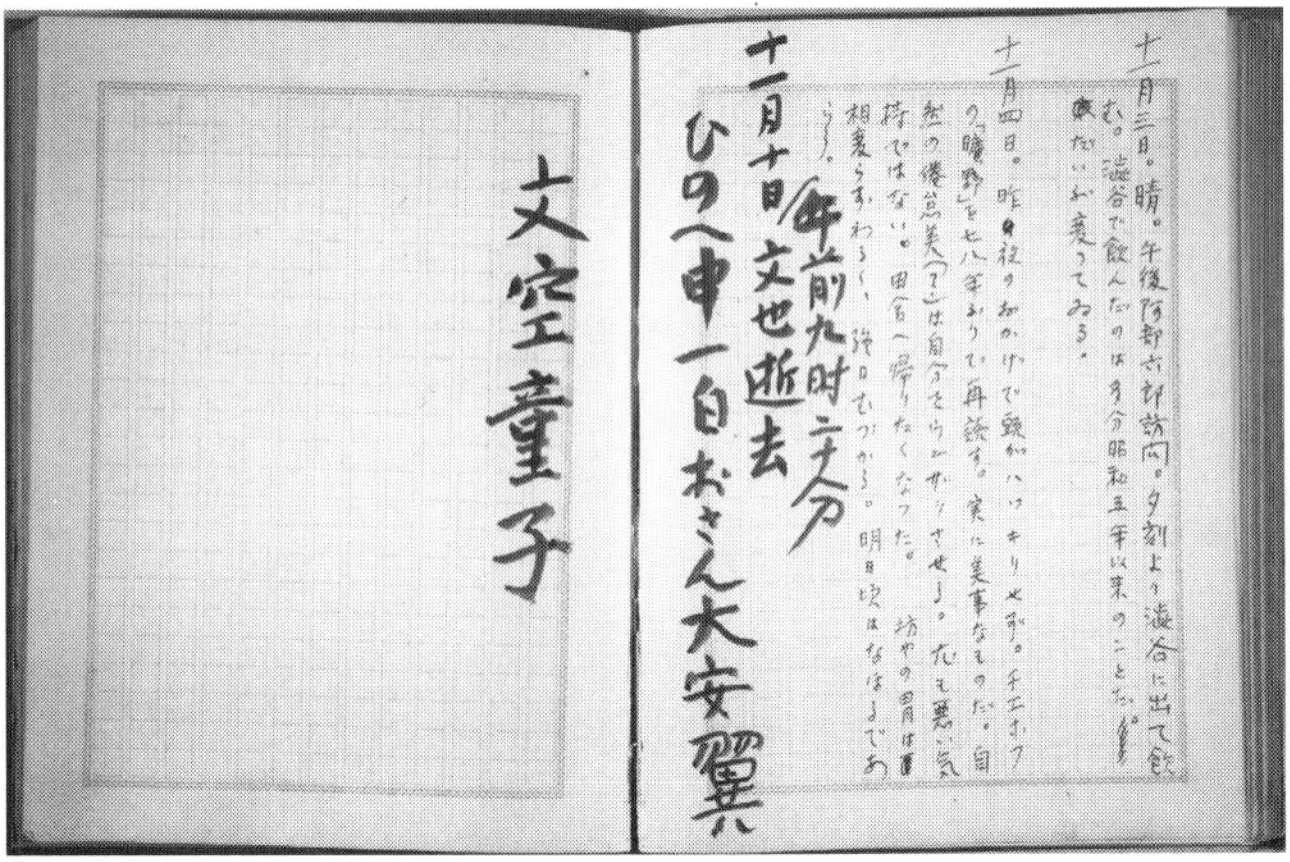

「文也の死を記した日記」戒名があるので1936年11月12日の葬儀後の記述だろうか。

た詩であることを知っていよう。そして全集二巻の解題編に収録されている原稿の写真（写真番号81〜85）の乱れた筆跡をみて、胸を痛めていることであろう。

「文也の一生」は、愛息文也の死後、その思い出を綴ったものであり、昭和一一（一九三六）年七月末に親子三人で上野の国体宣揚大博覧会に行った記事で中断している。それに引き続くこの詩の草稿は、記憶を記録として残そうと努めて冷静さを保とうとした父親の心情が、一気に爆発したかのようである。

全集の推定によるとこの詩が書かれたのは一二月一二日。文也の死のおよそ一月後である。そして同月二四日に推敲が行われ、同日に「冬の長門峡」が書かれた。翌年一月九日には神経衰弱により千葉市の中村古峡療養所に入院した。つまり、作家論的に考えれば、現実の文也の死→「文也の一生」→「夏の夜の博覧会はかなしからずや」→「冬の長門峡」→詩人の入院というラインを想定し、論じてゆくことになる。

だが、私はそうしたラインの経過点としてこの詩を論じることに違和感を持っている。詩人の悲しみの軌跡を追うという読みが間違っているといっているのではない。そうした前提に頼ることが、そうしなければ読み得ない詩としてみなされることにつながり、詩が潜在的に持っている魅力や別の読解の可能性〈外部への〈接続〉の可能性〉を隠蔽してしまうのではないかと思うのである。

夏の夜の、博覧会は、哀しからずや
雨ちよと降りて、やがてもあがりぬ
夏の夜の、博覧会は、哀しからずや

女房買物をなす間、かなしからずや

象の前に余と坊やとはゐ
　ぬ
二人蹲《しやが》んでゐぬ、かな
しからずや、やがて女房
　きぬ　（「1」章前半）

「哀（かな）しからずや」というリフレイン。だが詩全体でみればこれはあまりにも、不規則で、中也が得意とする音楽的効果をほとんどなしていない。二聯三行目に突然挿入されて来るあたりなど、もはや詩全体を食い破るようである。

何よりも不思議なのは、「哀（かな）しからずや」という理由が詩中においてはまったく示されていないことであろう。このリフレインを外すと、雨あがりの博覧会で女房が買い物をする間、子供と象をみて、それから不忍池を眺め、広小路で兎の玩具を買ったという家族の思い出である。そこに「哀（かな）しからずや」とする積極的な事項は見出せない。詩人が、自己の記憶を喚起しながらその記録に「哀（かな）しからずや」という語句を挿入してゆくことにより、読者はこの何でもない家族像に何らかの「哀（かな）しさ」を感じさせ

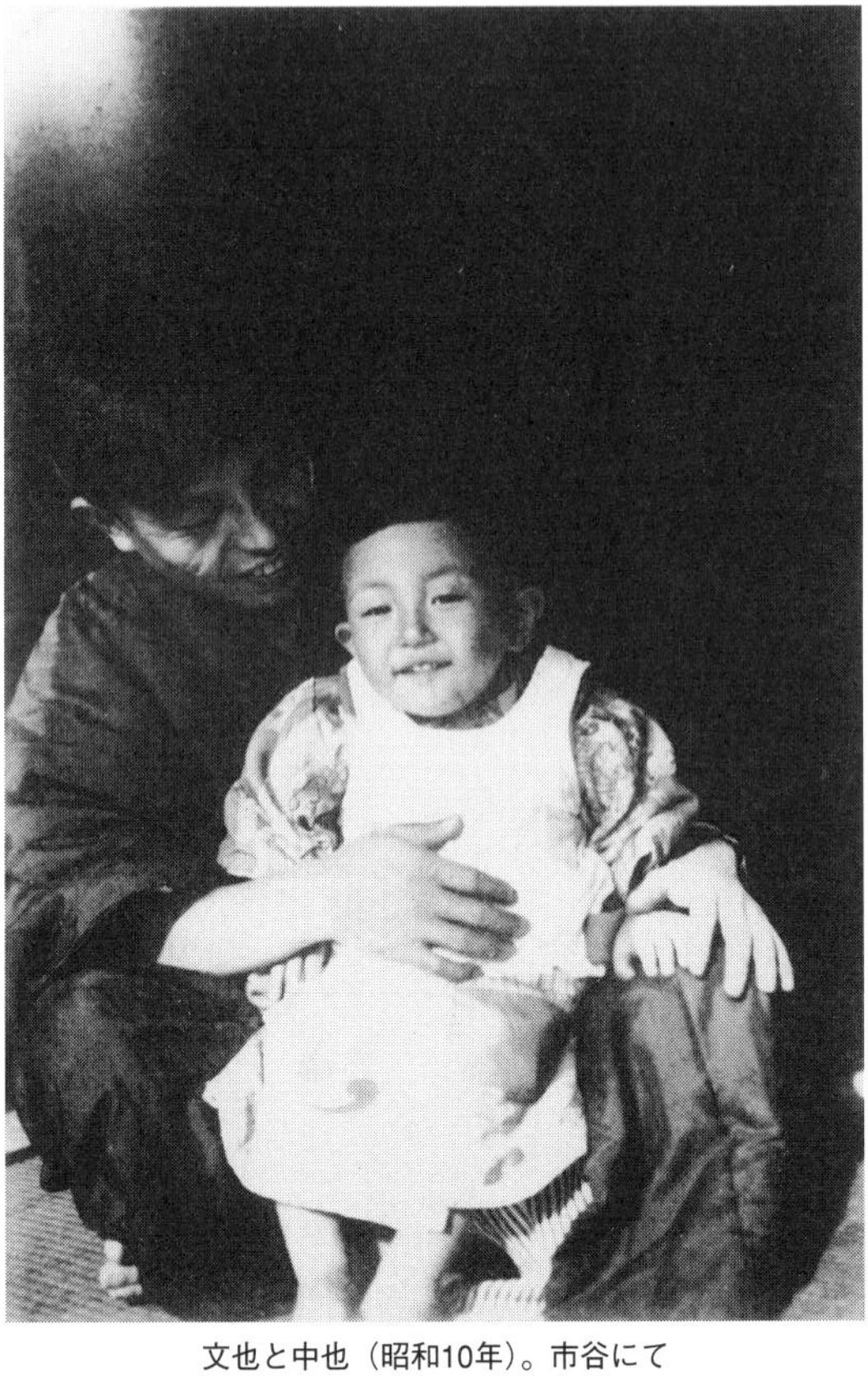
文也と中也（昭和10年）。市谷にて

られるのである。

これは、詩が混乱しているのだろうか。「文也の一生」という散文に侵蝕された心情により、詩が語ることを放棄したのだろうか。だが、考えてみてほしい。取り返しのつかない不幸……。何でもない家族像の記録が哀しい思い出にしかならなくなる時がある。その記録が楽しげであればあるほど、それだけ悲しみとして記憶は喚起されるはずだ。この詩においては、詩人による「哀（かな）しからずや」という不規則なリフレインが、何でもない家族の記録を「哀（かな）し」みの記憶として支配している。

いま私は「支配」といったが、この詩が詩人の個人的な悲しみの感情に流されただけのものとして考えることは恐らく間違っている。もし、そうだとすれば、一体なぜこの詩は文語で書かれているのだろうか。教科書に初めて口語敬体が本格的に導入されたのは、明治二〇（一八八七）年の『尋常小学校読本』であるのは本論で論じたとおりである。以来、小学教科書においては、敬体口語／文語という文体が継承され、明治三八（一九〇五）年の国定教科書の常体口語の大幅導入に先だって十八年間、敬体口語→文語という教育がなされていった。この国定教科書において初めて大幅に導入された常体口語は、以来少しずつ文語を凌駕してゆくこととなるだろう。中也は明治四二（一九〇九）年の国定教科書第二世代にあたる。つまり、意識的にしか文語を使えない世代である。「文也の一生」は荘厳さを思ってか、文語で書こうとした痕跡がみられるものの、かなり口語体に侵蝕されている。

もし中也が哀しみに支配されていたならば、「文也の一生」も、そしてこの詩も、他の中也の散文と同様に口語文で書かれていっただろう。詩人は、わざ

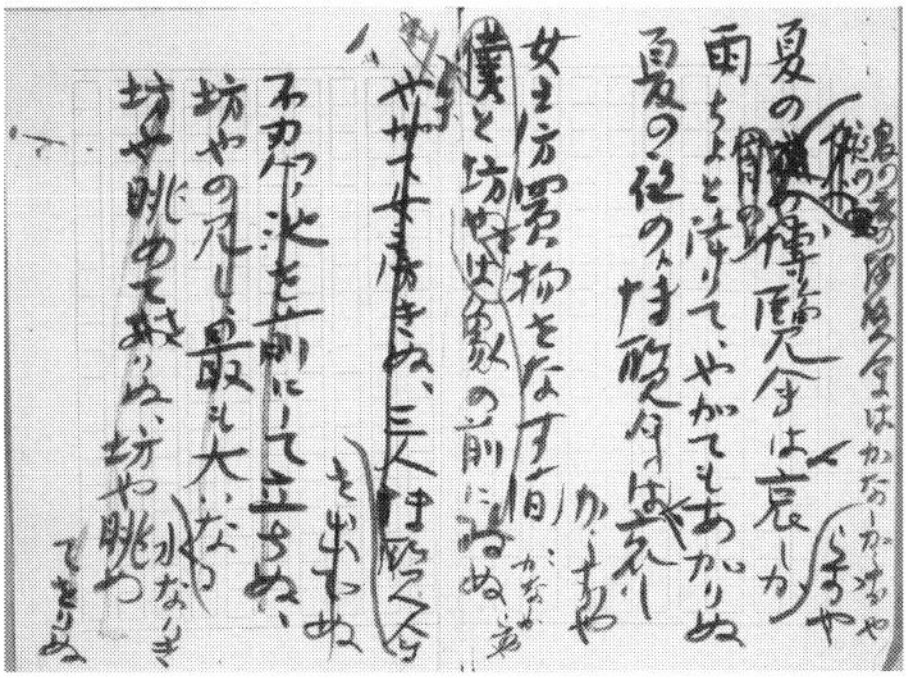

わざ文語を使用することにより明らかに意識的に「哀しみ」を詩に閉じこめようとしている、つまり詩人は「哀し」みを支配しようとしているのではないか。

その日博覧会に入りしばかりの刻《とき》は
なほ明るく、昼の明《あかり》ありぬ、

われら三人《みたり》飛行機にのりぬ
例の廻旋する飛行機にのりぬ

「2」章になると「博覧会」での思い出になる。時間の順番からすると「2」は「1」よりも前の出来事である。タイトルに「夏」の「博覧会」とあるわりには、「1」では「博覧会」での様子はほとんど述べられることはないのである。「博覧会」での内実が「2」章に描かれるという錯時的構成は、タイトルと併せて鑑みれば、この詩が全体として詩人の強い構成意識に貫かれていることを示している。

「2」章では「哀（かな）しからずや」という語はいっさい現れない。思い出が「博覧会」の内実に及んだ途端にである。そして「廻旋する飛行機」からの映像で詩は終わる。

飛行機の夕空にめぐれば、
四囲の燈光また夕空にめぐりぬ

事実としてみれば、「廻旋」はいつか終わり家族は博覧会の会場を後にするだろう。だが、詩としてみれば明らかに「廻旋」したままの時にその世界は閉じられている。

　夕空は、紺青《こんじょう》の色なりき
　燈光は、貝釦《かいボタン》の色なりき

そして「坊や」も雨あがりの夕刻に、「紺青《こんじょう》の色」と「貝釦《かいボタン》の色」の「廻旋」する世界に永遠に閉じこめられ続けるだろう。しかし我々はその映像を、もはや「美しい」ものとは捕らえられない。その世界は、「哀（かな）しからずや」とリフレインされる詩人の記憶の世界であることを知らされているからである。

再び「夕」のイメージをめぐって

　ここで詩の中にある、ともすれば見失われがちな語、すなわち「例の」という語に注目することは、我々の立場に重要な示唆を与えてくれる。この「博覧会」が「国体宣揚大博覧会」であったことは、今の我々には知り得ない。しかし、「夏」「不忍《しのばず》ノ池」という詩語を、同時代の読者が「博覧会」に結び付けることは容易なことだった。

　上野の不忍池周辺とは、明治一〇（一八七七）年に開かれた政府主催の第一回内国勧業博覧会以来、数多くの博覧会の会場となった場所であり、いわば日本の本格的博覧会のメッカである。政府主催の内国勧業博覧会は全五回で終了したが、その後明治四〇（一九〇七）年、東京府主催による東京勧業博覧会が上野公園で開かれた。不忍池にまで用地を拡大し、池面に映る花火やイルミネーションは「まるで龍宮のやうだ」と漱石に描かしめた。さらにウォーターシュートや観覧車までが設置され、初期の殖産技術中心の博覧会に比べると、大正期以降の博覧会にはエンターテイメント性がいっそう付加されてゆくことになった。

ここで「例の」という語を鑑みれば、「例の廻旋する飛行機」という語は、明らかに詩人の読者意識の表出とみて間違いない。ここで重要なのは「例の」という表現が、どの程度の当時の読者に理解されたかということではない。この詩が詩人の個人的な哀しみの表出や、「文也の一生」における《飛行機にのる。坊や喜びぬ。帰途不忍池を貫く路を通る》などという記述の延長上としてしか理解出来ないという伝記情報至上主義が問題なのである。全集という書の使命として、作家の伝記的考証を追求してゆくことは当然としても、新全集にある同時代考証は同時代読者という新たな道へ接続する可能性を含んでいることを我々はあらためて確認してもよいだろう。

「読者」という概念は常識となりつつあり、作家を離れた解釈が許容されつつある今日、何を今更という声もあるだろう。であるならば、様々なテクスト同士の関係性も、そろそろ作家的時間軸の呪縛から解き放たれるべきなのではないだろうか。例えば、高橋新吉の研究などは、従来中也などへの影響という側面からの研究であったものだが、逆にそうした言説群からあらためて高橋新吉の詩を考え直す時期に来ているのではないか。つまり「中原中也から高橋新吉への影響」という可能性もあるわけである。

いわゆるインターテクスチュアリティであるが、あらゆる批評概念の常であるように、単なる「影響関係」という語の翻訳として使用されるケースも多い。しかし、「読者」という概念は、諸テクストの結節点であり、諸テクストの時間的関係を転倒させる場所でもある。つまり我々には、中也の他の詩篇から「冬の長門峡」を見直し、そこから再び「夏の夜の博覧会はかなしからずや」の意味を問い直すというような可能性が開けているのではないだろうか。そこで最後に注目しておきたいのは、この詩における「夕方」の空の意味である。

やがても蜜柑《みかん》の如き夕陽、
欄干にこぼれたり。

あゝ！　——そのやうな時もありき、
寒い寒い　日なりき。

「冬の長門峡」（Ⅰ272頁）

季節を異にしながらも、同じ文語の詩世界において、詩人の過去の記憶が呼び起こされている。伝記的事項からアプローチすれば、愛息の死、そして「文也の一生」などから中也の傷心や憔悴を読み込むことになるのだろう。

この詩は内容だけで考えれば、「冬の長門峡」で孤独に「酒」を飲んでいる最中にみた「蜜柑《みかん》の如き夕陽」の記憶、ただそれだけである。河上徹太郎はこの詩について以下のように評している。

これは東京からの友人を郷里へ迎えて近傍の名勝長門峡に遊んだ時のもので、死の一年足らず前の作品だが、何か冷たく、侘びしいものがある。なまじつか何もお膳立てをしないで、水と夕日と自分だけ出しているので、水が彼の心をつつ抜けに洗つているやうで、やがて水の代わりに「時間」が果てなく流れだすのである。

『日本のアウトサイダー』（昭和三四（一九五九）年九月・中央公論社）

この見解に対し、篠田一士は激しく反駁する。

ここにえがかれた河上氏の印象はぼくのもつ印象と決定的にちがう。この長門峡には水は流れてはいない。ここにはなにかが凝りついているだけで、一種のかなしい妄想めいたものが横たわつているのである。二行詩の文語体を連ねた詩形式も不自然なユガミを感じさせ、とても、「果てなく流れ出す時間」の水音など聞けるはずもない。この作品は決してすぐれた作品ではない。なにか極めて個人的なものに蝕まれたおそろしく不健全な詩作品である。「傍役の詩人中原中也」(『文學界』昭和三四(一九五九)年四月)

さらに篠田の言説に大岡昇平が翌月の同誌で激しく反論する。

(篠田氏の論は──論者註)えんえんたる同語反復の同心円に、閉じ籠められているわけである。われわれは篠田氏から批評を聞くことは諦める。

われわれは最早、篠田氏が、中也がなぜ偉大でないのか例証としてあげている「長門峡」について、自分の「印象」しか書くことが出来ないのを見ても、あんまり驚かない。

「篠田一士氏に抗議する」(『文學界』昭和三四(一九五九)年五月)

篠田への大岡の反論は、自著(『朝の歌』)の書評に対しての再反論という側面もあり、かなり徹底的であり、両者の論を比べてみると、どうも篠田の分が悪いことは否めない。

だがそれ以上に興味深いのは、河上と篠田の見解の違いについてである。河上が「冬の長門峡」における伝記的背景を紹介しつつも、詩を印象批評的に独立した世界として読解しようとしているのに対し、篠田は印象批評的な批判でありながら、「極めて個人的なものに蝕まれた」とはからずも伝記的背景を意識した読解をしていることである。篠田は、「個人的なものに蝕まれた」根拠を何も提示してはいない。にもかかわらず、この詩の背景に「個人的なもの」を読み込むのならば、その根拠は「文也の一生」等の外部テクストや、伝記的情報以外にあり得ない。

　しかし、篠田が実際には伝記的背景を知りつつ、この詩を断罪していようがいまいが、「水」と「時間」をめぐる問題については、どちらも印象批評的な根拠しかなく、この両者の争いには論理的な決着がつくことは永久にないだろう。

　結局、最後の「夕陽」をいかに捉えるかで、この詩の解釈は大きく異なってくる。自閉的な印象批評から、開かれた「接続」を背景とした「解釈」へと進みたい我々は、それを伝記的情報以外の観点から根拠づ

長門峡（絵葉書より）

けなくてはならない。

詩集『山羊の歌』は「夕暮」の「前進します」（Ⅰ6頁）という出発の〈述志〉に始まり、「ゆふがた、空の下で、身一点に感じられれば、万事に於て文句はないのだ。」（Ⅰ139頁）という己の究極の理想を述べた〈述志〉で終わっている。

この最後のフレーズが、たった一行で独立して一章を作っていることは、詩集の締めくくりとして、当然重要であるだろうし、こう考えれば『山羊の歌』において、「春の日の夕暮」が唯一のダダ時代の作品として、それも冒頭に収録されていることも、留意すべきことである。そして中也のいわゆる〈述志〉の系譜を重要視すれば、この両詩の間のどこかに、無理に断絶を考慮する必要はない。そして、こうした「夕陽」への共感は、中也の全詩業において何度も繰り返されているイメージである。

むろん「夕陽」に共感を覚える「詩人」も、厳密に言えば、我々が作り出した虚像であり、それは実際の詩人の意図とは関係ない。しかし、もし読者が、こうした中也の諸テクストの結節点であるのだとすれば、「冬の長門峡」における「夕陽」も恐らくこうした詩人の共感するものとして読まれることが許されるだろう。詩人の伝記的「事実」は時とともに風化してゆくだろうが、中也のテクストは、我々の前に現前し続けているのだから。

その時よ、坊や見てありぬ
その時よ、めぐる釦を
その時よ、坊やみてありぬ
その時よ、紺青の空！

そう考えれば、右の「夏の夜の博覧会はかなしからずや」というテクスト後半部における「紺青の色」をした「夕空」の「廻旋」に閉じこめられた「坊や」も、詩人に共感された美しきイメージとして詩に結実されたことがより一層理解されるだろう。その美しさが、前半部の「哀（かな）しからずや」というリフレインとコントラストを形成することにより、この家族像は平凡であればあるほど、楽しげであればあるほど、逆説的に深い哀しみを漂わせるのである。

詩と社会を結ぶ隘路《あいろ》——終章にかえて——

最後は少し原理的な問題から始めたい。社会・人文科学の中で、文学の学問領域《ディシプリン》を考えてみる。経済学、法学、社会学、文学……。こうした学問の呼称から「学」を抜いてみたとき、「経済」「法」「社会」などは、その学の対象と一致するとひとまずは言える。しかし、文学が対象とするものは、「文」であるといった時、それは必ずしも嘘ではないかもしれないが、疑問の残る答えであろう。

むろん、社会学だって社会全般を扱うわけではない。「社会」全てを扱うことが原理的に不可能である以上、ある特殊な社会が分析対象となるのは必然である。よって、その「特殊な社会」は、細分化され、実に多種多様なものとなる。しかし、その個々の「社会」の総体こそが、社会学の対象であるという理論はあり得べきものと思われる。

しかし、同じ事を文学で考えてみる。「文学」から「学」を取り除けば、「文」が残る。だから我々の研究対象は「文」である……。すぐさま言語学における研究対象との差異という疑問が浮かぶ。そこで「文」は「文」でも特殊な「文」である。それも、選ばれた「文」であり、それこそが「文学」であると。こう考えると、文学の対象領域は、「文学」ということになる。むろん、その統合が「文」であるという理論は成り立たない。

もちろん、ここで言葉遊びを繰り広げているつもりはない。文学という場が、作者・読者・出版・批評、そして研究をも含んだ形で成立しているものであることは、百も承知である。しかし、それでは研究という場は、決して文学という場の制度の外に出ることはない。

戦後の印象批評の時代から「学」としての「近代文学」の確立期において、三好行雄の多大な貢献は当然、軽視されるべきではない。その業績の象徴とされるキータームが「作品論」であることも言を俟《ま》たないだろう。


作品論は作品以前のあらゆる事実を、作品のあくまでも内面的な分析からみちびかれる文学性の可能なファクターとして採用すべきであり、作家論はそのような作品論と伝記内容を統合しながら、ひとりの作家の「文学的人間像」を明らかにすべきである。

「作家論　自然主義文学以後」(『文学・語学』三五(一九六〇)年六月)

よく誤解されるように「作家論」とは「作品論」を提唱する際の単なるアンチテーゼ、あるいは二律背反な概念として使用されるべき語ではない。つまり「作品」への注目は「作家」への強い意識に裏付けられているのである。さらに、最終的な目的に文学史を措定することで、両者は相互補完的な構造をとる。作家を中心にした文学史であろうと作品を中心にした文学史であろうと、文学史を目的にする以上、両者は比重の違いにすぎないだろう。ことに詩研究においては、後述するようなテクスト論を経由した現在においても、「作品論」「作家論」「文学史」という磁場は強烈に作用している。

ならば「学」としての近代文学研究は、必然的に歴史学の一部である文化史のさらに一部にすぎないことも認めざる得ないはずである。にもかかわらず、文学研究の独自性、自立性を主張するのであれば、それは論理矛盾ではないのか。文学研究を自ら「出口のない部屋」と評した三好自身は、むろんそうした矛盾にも気がついていた。

文学研究は、そういう現実を動かすということに対しては、現実にかかわる直接の有効性において徹底的に無力なんだという認識、つまり自己限定の意識を昭和三〇年以後の数年間にもったわけですね。現実にはほとんど何一つ、直接に還元するところのない学問、いわば虚学の存在を許すところに、文化というものの優雅さがあるのではないか、といまでは思っています。

「われわれの学問」（『文学』昭和四四（一九六九）年八月）

だが、人文諸学の再編が盛んな今日、もはや文学に対して「虚学」であると開き直れる時代ではない。ここで、某知事の一方的な通知により有無を言わさぬ解体を強いられることになった大学の学生たちによる、学部再編反対を訴えるホームページの匿名掲示板に、「虚学の存在を認めることが文化の余裕である」という主張が多く書き込まれたことを思い出してもよい。

もちろん、文学史の構築がまったく無意味だとは思わない。しかし、文学が、それを唯一の目的とする「虚学」であるならば、何故に我々は、この営みを「学」として、社会的に保護する必要があるのだろうか。文学史を唯一の目標とする学……。考えられるべき点は、ここである。しかしまだ結論を急ぐのはやめよう。

ロシアのフォルマリズム、ドイツの受容理論、フランスの構造分析などから多分の影響を受けた日本のテクスト論は、他のあらゆる思考形態がそうであるように、日本独自の様相を呈した。このテクスト論の状況について考える際、以下の前田愛の言説は重要である。

「作品論」が、作品から作家の意図へとさかのぼるタテ糸だけで構成されているとすれば、テクストの理論は、同時代の文化テクストをも組み入れたヨコ糸とタテ糸の織物を再構成しようとする。

（中略）

作品論か作家論か、という二者択一は、じつは同じ穴のムジナにすぎないわけで、ほんとうの対立は、〈作品〉と〈テクスト〉の間にある。あるいは、よくいわれる作品論か実証論か、という議論の立て方も不毛であるとしか思われない。

「新しい視点をどう取り込むか」
（『別冊国文学No20　レポート論文必携』昭和五八（一九八三）年一〇月）

「作品論」「作家論」という二項対立自体が無効であるという視点は、三好の文脈を知る我々にとって目新しいものではない。その意味で前田は三好の文脈を正確につかんでいる。では、「作品論」＝「作家論」＝「実証研究」に対峙するものとしてのテクスト論とは何であるのか。前田の意識するテクスト概念が、バルトのそれを意識していることは論を俟たない。前田の理論における「作品論」「作家論」は、バルトの「作品」「作者」に相当するものである。

あるテクストにある「作者」をあてがうことは、そのテクストに歯止めをかけることであり、ある記号内容を与えることであり、エクリチュールを閉ざすことである。このような考え方は、批評にとって実に好都合である。そこで、批評は、作品の背後に「作者」（またはそれと三位一体のもの、つまり社会、歴史、心理、自由）を発見することを重要な任務としたがる。「作者」が見出されれば、〈テクスト〉は説明され、批評家は勝ったことになるのだ。

「作者の死」（『物語の構造分析』昭和五四（一九七九）年・みすず書房）

三好が己の「作品論」の業績を「批評」と称していたことがあることを考えると象徴的である。さらに昭和五〇年代とは「テクスト」の概念をめぐって多種多様な翻訳がなされ始めた時期でもある。

そうした翻訳により、テクストという概念は二つの側面を促進した。ひとつは、唯一解としての作者への還元を否定すること。もうひとつは、特権的な解釈を認めず、様々な解釈を認めること。さらに、そこに海外の多様な方法論が導入されたことが、両者の動きに拍車をかけた。テクスト論の先駆的役割を負った一人と目される前田は、前掲の論文の別の箇所で「作品論」に「なぜその作品をとりあげなければならないのかという最も素朴な問い」が欠如していると指摘していた。しかし、海外の理論を根拠としながらも、仮想敵とする日本の「作品論」「作家論」の内実を考えずに、己の読みのユニークさのみを追求したテクスト論は、読みのアナーキー状態を現出させ、作品をとりあげる必然性どころか、その方法で分析する必然性すら反古にした議論を乱立させる結果となった。

こうした事情について以下の田中実の指摘は示唆に富んでいる。

ああも読める、こうも読める、そのなかで自分はこう読みたいからこう読むと宣言して、その一つを選ぶ、というやり方は結局当人の希望（恣意）で決められているのであって、これは多義性のアポリア（エセ読みのアナーキーの問題）を手放しにして論を後退させ、表面の華麗さで自足していると言わざるを得ない。

『小説の力』（平成八（一九九六）年二月・大修館書店）

田中はこうした日本的磁場にあるテクスト論を「和風てくすと論」と揶揄する。実際、単に作家を否定したり、己の読みの固有性に執着するだけでは、何もならないだろう。少なくとも恣意的な外在理論の応用や読みの「おもしろさ」の競争では、私が拘泥せざるを得ない、「学」としての「文学」という問題からさらに遠い位置に流れてゆく気がしてならない。研究が「おもしろさ」の競争であるならば、それが対象とする文芸作品と同様、強烈な経済競争原理にさらされてしかるべきであり、それを社会が今ほどに「学」として保護する必然性はないからである。

さらに前述したように、詩研究の場合、そうした「和風てくすと論」が切断したはずであった詩人像の追及でさえ、まだその研究潮流の主流にあると言ってよい。その意味では、詩研究とは文学研究の中では最も保守的なジャンルであると言ってもよいのかもしれない。

「学」が社会的に保護される必然性は、それが社会にとって有用であるからである。むろん、この「有用」の内実自体も議論の対象になり得るが、現在においても、人文・社会科学全体が無用であるという議論は、極論の誹《そし》りを免れない。ならば、現在でも有用とされる人文・社会科学の領域が持つ、社会還元性（＝社会批評性）をみつめ直し、そこから我々の「虚学」の壁を打ち破る可能性を構築せねばなるまい。

ここで再び、先の「文学」学という問題に戻ってみよう。もし本当に「文」学であることを標榜するのだとしたら、従来の「文学」はどうなるのだろうか。原理的に考えれば、「文学」は、他の「文」と等価に扱われることとなり、特に「文学」を中心化することもないだろう。最もラディカルな手段によれば、終始一貫して「文学」を分析対象から外すということになる。だが、それでは従来の「文学」という領域を補完することと同義なのではないか。「文学」を語る体裁を取りながらも、それは語れないから語らないというのは、「文学」に対する否定神学的態度に他ならない。

そこで本書では、「文学」学の対象としてあえて中原中也という「詩人」と「詩」を論の中心に据えてみた。「文学」の中で最も保守的なジャンルであるが故に、それを「詩人」や「詩壇」を越えて、外部の「文」と「接続」してみたいのである。むろん、中也のテクストを作家論的言説から「切断」し、新たな言説に「接続」し、中原中也という「文学」を相対化するためである。だが、テクスト解釈をめぐる最も文学的な問題（本書で言えば、中原中也的諸問題とでも言おうか）の幾つかを正面から論じることを、確信犯的に避けることはしなかった。多くの人々にとって実感として文学の「おもしろさ」とは恐らくそこにあるとしか思えないし、また、その「おもしろさ」から出発しなければ多くの人々との対話すべき「場」を失うと考えたからだ。

中也に限らず、カノンの相対化とは、論者のＰＣ（政治的正当性《ポリティカルコレクト》）にその根拠を置く。そして聖典《カノン》を支える人々のある種の「無自覚性」を糾弾してゆく。私を含め、ある特定の作家に多くの言説を残す研究者たちは、その声を無視してはならない。しかし同時に、多くの人々を魅了して来た「おもしろさ」を軽視した議論は、カノンを支える多くの人々の耳には届かないことも忘れてはならない。作家論の魅力に対峙したことのないような、痛みのないカノン崩しを私は信用しない。

むろん、それは中也やその詩篇を特権化することと紙一重であるのだが、詩の読解を同時代の外部言説と接続することは、少なくとも詩を単純な詩人論や詩史への還元へ収斂させてしまうこととは一線を画すはずである。さらに、直接には「文学」を分析対象とはしていない「文」を詩の解釈という「文学」学の内部に接続することにより、「文」学と「文学」学の境界線を内破する可能性をもさぐってみたいと思ったのである。

しかし、にもかかわらず、中原中也のテクストを特権化した本書が、この詩人のカノン化に与することは避けられないだろう。今まで述べてきた本書の目論見は、一〇年に至る我が中也研究の現在における帰結点であり、同じ目的であるならば、中也以外の詩人を対象に選んでも可能であると思われるからだ。

だが、他の言説空間に開かれてもなお中也の詩が、我々を魅了し、かつ相対化され得ない強度を持つのだと感じるのならば……。常に流動してやまないこの世界において、常に外部に開かれながらも決して包摂されることもなく、新たな解釈を許容し続けてゆくテクスト。ここにしか「文学」と「文学」学が持つ他言説への批評性はない。

詩人の追求が単なる作家の称揚で終わってしまうならば、それは結局、単なる文学史の補強に他ならない。数多い文学者の中でも最も魅力的な伝記を有する中也を研究することは、常にその危険性と背中合わせである。詩を論じるために、哲学や社会を論じる言説を召喚する必要がはたしてあったのか。それは、読者の判断に委ねるしかない。確かに、「文学」の領域から「切断」され他の領域に「接続」されることによって、相対化され死んでしまう「文学」も沢山あるだろう。だが、テクストの強度とは、様々な解釈行為を通じてその魅力を再確認しつつ、徹底的に他言説に向かって相対化してゆくことによってしか、確認し得ないものに違いない。それは、とてつもない隘路なのかもしれない。しかし、たとえ隘路であっても、三好のいう「出口」に通じる道ではあるはずだ。

後記―少しだけ私の『在りし日』と重ねて―

まず、ここに本書の初出を記す。

序章　詩と社会を結ぶ隘路（書き下ろし）

第一章　言文一致の忘れ物　―敬体の言文一致文体をめぐって―（同タイトル）『日本近代文学』平成一四（二〇〇二）年五月

第二章　中也詩における語り手とは　―「春日狂想」を視座にして―（中原の「です・ます」体）『中原中也研究』6号　平成一三（二〇〇一）年七月

第三章　高橋と中也のモダニズム―文体意識をめぐって―（二者択一の言語観の中で）『立教大学日本文学』86号　平成一三（二〇〇一）年七月

第四章　再考、中也の詩的出発点論争　―「詩的履歴書」をめぐって―（再考、中原中也の詩的出発論争）『国語科通信』99号　平成九（一九九七）年九月

第五章　中也詩の「述志」の系譜　―「春の日の夕暮」から『山羊の歌』へ―（「述志」の詩集『山羊の歌』）『立教大学日本文学』79号　平成一〇（一九九八）年一月

第六章　失われた可能性　―「朝の歌」をめぐって―（同タイトル）『立教大学日本文学』83号　平成一二（二

〇〇〇）年一月

第七章　「言葉なき歌」との対話　あるいは　開かれゆく詩人　現象学的思考の同時代性―西田・出隆・ベルグソン―（「言葉なき歌」との対話　あるいは　開かれゆく詩人　―中原中也における詩想の同時代性をめぐって―）『立教大学日本文学』93号　平成一六（二〇〇四）年一二月

終章　作家論的磁場を越えて（未刊詩篇を読むということ―インターテクスチュアリティの可能性をめぐって―）『国文学解釈と鑑賞』平成一五（二〇〇三）年一一月

＊　＊　＊

茲《ここ》に収めたのは、大学院入学以後に発表したものの過半数である。書いたのは、最も古いのでは平成八（一九九六）年のもの、最も新しいものでは平成一六（二〇〇四）年のものがある。序でだから云ふが、文中の中也の言説は、角川書店『新編　中原中也全集』（平成一二（二〇〇〇）年三月～平成一六（二〇〇四）年一一月）を使用し、適宜引用巻数をローマ数字で、頁数を算用数字で示した。中也の言説中の（ルビ）は全集編集者によるもの、通常のルビは中也自身によるものである。

中也を読みさへすればそれで中原研究と言ふことが出来れば、私の中也研究も既に二十年を経た。もし中也を以て文学の研究対象とする覚悟をした日からを研究者生活と称すべきなら、十年間の研究生活である。

長いといへば長い、短いといへば短いその年月の間に、私の感じたこと考へたことは尠《すくな》くない。今その概略を述べてみようかと、一寸思つてみるだけでもゾツとする程だ……。

＊　＊　＊

これは、御存知の通り、『在りし日の歌』「後記」の出来の悪いパロディである。同文で、中也はその《個性が詩に最も適することを、確実に確めた日から詩を本職とした》と述べているが、私の「個性」は、中也にそして詩研究に適していたか……もちろん知る由もない。むしろ、それが知りたくて研究を続けているような気さえする。その意味では、中也と私は、正反対のベクトルを有している。

にもかかわらず、私は右記の拙文のように、己の愚行を中也に重ねてしまうことが度々ある。それは、「他者」との「了解」の可能性に賭けた人生だ。中也は、どこまでも他者を希求した詩人であった。さらに中也は、言葉への不信を生涯持ち続けたまま詩人であり続けた。「絶対的他者の了解」「言葉を信じない詩人」という語義矛盾そのものの人生を生きた。

詩を諸テクストの関係性の網目の中で相対化しようとする試みは、学の再編成という現状の中で、詩研究が単なる好事家の趣味に陥らない為にも、必要な試みであることは間違いない。だが、多くの人々を文学研究という道に最初に導くのは、作家の言説・作品の解釈・読者の批評が三位一体となったトポスの彼岸にあるような幻想の絶対性ではないだろうか。私には、両者は単なる「出口」「入口」という相反する関係だとは思えない。相対化すべきという倫理的要請。抗い得豊饒性に対する解釈の欲望。私にとっては、この両者の間に留まり続けることこそ、唯一の「対話」の道なのだと思う。それは、二律背反する人生を生きた中也とどこか似ているのではないか……。

*　　*　　*

といふことだけを、ともかくも云つておきたい。

私は今、恩師石崎等・関谷一郎両先生をはじめとする多くの先生・先輩・友人等の長年の御教授に感謝の意を示しつつ、此の拙論の原稿を纏め、御世話になつた書肆笠間書院の橋本氏に托し、十年の研究生活に区切りをつけて、読者諸氏の判断を仰ぎたいのである。別に新しい計画があるのでもないが、いよいよ研究生活に沈潜しようと思つてゐる。

扨《さて》、此の後どうなることか……それを思へば茫洋とする。

さらば池袋！　おゝわが青春！

平成一九（二〇〇七）年一月末日

疋田雅昭

著者紹介

疋田雅昭（ひきた・まさあき）

昭和四五（一九七〇）年兵庫県生まれ。平成一六（二〇〇四）年立教大学にて学位取得。博士（文学）。現在、立教大学日本学研究所特別研究員。明星大学、立教大学、大東文化大学、芝浦工業大学、芝学園非常勤講師。昭和期を中心に、近現代詩、アヴァンギャルド、モダニズム文学などを対象に、それらを他領域との関連において考察している。

主論文　「他者の言葉で詩うこと―昭和初期における山之口貘の文体戦略をめぐって―」（『日本近代文学』第七〇集・二〇〇四年五月）、「スポーツ、政治、そして詩人たち―村野四郎「近代修身」を視座に―」（『昭和文学研究』第三九集・二〇〇四年三月）など。

要語索引

凡例
一、重要な語句、人名をおもに配列する。事項索引としても役立つようにしてある。
一、「」は詩篇、『』は雑誌・書籍名を示す。中原の詩論は特に、詩論「」と示してある。

［A］

アーネスト・サトウ　35
A・シモンズ　203, 205, 206, 207, 208, 209, 212, 218
A・ランボー(ランボオ)　78, 80, 140, 152, 207, 208, 209, 212

［B］

B・アンダーソン　33

［C］

C・ロンブローゾ　114

［E］

E・サピア＝ウォーフ　147
E・フッサール　143, 145, 147, 150, 151, 173, 174, 175, 176, 177, 218
E・マッハ　176

［F］

F・ソシュール　147, 179

［G］

G・ネルヴァル　208, 212
G・バシュラール　107

［H］

H・ベルグソン　170, 173, 174, 176, 178, 179, 181, 182, 218, 243
H・リッケルト　178

［I］

I・カント　125, 142, 178, 179

［L］

ルードヴィヒ・クラーゲス　187

［M］

メーテルリンク　208

［P］

PC　4, 5, 240

［R］

R・バルト　237

［S］

S・マラルメ　122, 212
スザンヌ・ランガー　187

［W］

W・C・ブース　16

［あ］

青木輔清　35
『赤い鳥』　25, 51, 76, 77
［秋］(『山羊の歌』の章題)　92
「(秋が来た)」　21
「秋の歌」　212, 213, 215
「秋の夜空」　163, 195
「朝の歌」89, 90, 91, 92, 93, 94, 95, 97, 101, 102, 103, 112, 137, 148, 149, 150, 151, 156, 158, 160, 162, 163, 242
朝日新聞　62, 96, 153
「蛙声」　198, 200
「雨の降る品川駅」　190
『在りし日の歌』　102, 134, 191, 220, 244
『アンチピリンの第一回天上冒険』　58
アナクロ　6, 82, 115, 143, 160, 172

アヴァンギャルド　6, 66, 71, 246

［い］

伊沢修二　37, 38
石川啄木　78, 151
石黒修　56
泉鏡花　52
磯貝英夫　18, 33, 34, 37
一柳喜久子　62
出隆　170, 173, 174, 176, 178, 181, 182, 218, 243
「いのちの声」　134, 135, 136, 147
『以良都女』　37
巌谷小波　27, 41, 42, 43, 45, 46, 47, 50, 51, 52, 53, 75
印象批評　163, 231, 235
イメージ　16, 20, 25, 74, 91, 105, 106, 107, 108, 118, 124, 125, 130, 131, 135, 150, 151, 152, 155, 156, 158, 160, 164, 193, 196, 197, 198, 199, 200, 201, 202, 215, 217, 219, 227, 232, 233
インター・テクスチュアリティ　168, 228, 243

［う］

上田敏　210, 212
『浮雲』　17, 33

［え］

江藤淳　207, 208

［お］

「生ひ立ちの歌」　18
大岡昇平　23, 83, 90, 92, 93, 95, 100, 102, 112, 122, 135, 140, 150, 202, 203, 206, 207, 210, 215, 221, 230
大木喬任　52
太田静一　158
『沖縄対話』　54
尾崎紅葉　17
音楽（性）7, 27, 28, 74, 77, 139, 152, 153, 154, 155, 175, 179, 182, 183, 184, 185, 186, 187, 188, 189, 190, 191, 196, 200, 202, 204, 217, 218, 224

［か］

『回顧七十年』　37
解釈　3, 4, 5, 6, 7, 21, 25, 30, 67, 88, 104, 110, 111, 152, 158, 159, 168, 184, 186, 208, 212, 215, 219, 222, 228, 231, 238, 239, 240, 241, 243, 244
『海潮音』　210, 211, 212
柄谷行人　17, 20, 33, 34, 37, 43
語り　8, 11, 16, 17, 18, 19, 20, 21, 23, 24, 25, 27, 28, 29, 30, 32, 33, 37, 41, 43, 45, 46, 70, 73, 79, 107, 141, 163, 164, 207, 208, 209, 242
加藤邦彦　74, 95
加藤周一　184
加藤典洋　143
「悲しい歌」　19
「悲しき朝」　100, 197
『仮名読新聞』　35
神　13, 19, 20, 21, 24, 28, 34, 37, 38, 61, 63, 72, 73, 81, 99, 107, 113, 114, 121, 122, 124, 125, 126, 131, 134, 140, 142, 148, 152, 155, 170, 174, 186, 195, 203, 204, 206, 208, 222, 223, 239
神谷忠孝　61
河上徹太郎　28, 116, 140, 148, 155, 202, 203, 207, 229, 230
詩論「河上に呈する詩論」　116
川本皓嗣　184

［き］

「帰郷」　108, 110, 192, 193
「聞こえぬ悲鳴」　20
北川透　90, 158
「北の海」　74
北原白秋　18, 28, 76
教育　2, 7, 10, 25, 37, 38, 40, 41, 52, 54, 55, 56, 57, 74, 75, 77, 114, 225
京都学派　173
「郷土望郷詩」　81

［く］

九鬼周造　84
久米依子　49, 50
軍楽　149, 151, 152, 153, 154, 155, 156,

159, 160

［け］

形而上　115, 140, 143, 147, 148, 163, 171, 172, 178, 209
敬体　5, 17, 18, 19, 20, 22, 23, 24, 25, 26, 27, 28, 29, 30, 31, 33, 34, 35, 36, 37, 38, 39, 40, 41, 42, 43, 45, 46, 47, 48, 50, 51, 52, 53, 54, 56, 57, 69, 71, 75, 76, 85, 225, 242
中原謙助（中也の父）　96, 151
「倦怠」（語句としての「倦怠」を含む）　21, 65, 83, 91, 92, 94, 97, 113, 117, 136, 158
詩論「芸術論覚え書」　113, 116, 124, 146, 148, 180, 182
「幻影」　28
言語政策　5, 54
現象学　115, 140, 143, 150, 151, 170, 173, 174, 176, 177, 178, 181, 182, 187, 191, 193, 243
「幻想」　27
原的知覚　150, 177
言文一致　5, 10, 17, 25, 27, 33, 34, 35, 36, 37, 38, 39, 41, 42, 43, 47, 50, 51, 52, 53, 55, 69, 75, 242

［こ］

「恋の後悔」　69
「港市の秋」　107, 162
『口語詩の史的研究』　17
口語自由詩　10, 17, 80, 183
小説「耕二のこと」「蜻蛉」　69
国定（教科書）　25, 40, 41, 53, 55, 56, 74, 75, 76, 114, 225
「湖上」　27, 73, 74
五七（調）　52, 62, 102, 131, 183, 184, 185, 187
「古代土器の印象」　23, 161
「言葉なき歌」　134, 168, 169, 170, 215, 217, 218, 243
『子供の村』　76
小林秀雄　89, 95, 137, 138, 139, 140, 148, 155, 164, 165, 173, 202, 203, 206, 207, 208, 209, 220
誤訳　206

［さ］

西条八十　18, 28
佐々木幹郎　24, 63, 74, 81, 82, 141
作家論　2, 4, 5, 6, 88, 103, 110, 159, 168, 218, 219, 221, 223, 235, 237, 238, 239, 240, 243
佐藤春夫　62, 64
佐藤通雅　74
佐藤泰正　158
「寒い！」　21, 106
「寒い夜の自我像」　19, 91, 93, 99, 100, 101, 102, 103, 120, 133
サンドイッチ（形式）　199, 201
「サーカス」　18, 24, 93, 152

［し］

『思索と体験』　176, 178
詩史　28, 67, 71, 84, 85, 182, 183, 240
詩人　1, 2, 3, 4, 5, 6, 7, 10, 16, 17, 18, 20, 28, 31, 32, 60, 61, 62, 63, 64, 65, 71, 78, 80, 82, 84, 94, 98, 101, 105, 106, 107, 108, 109, 110, 111, 113, 114, 116, 117, 118, 119, 123, 124, 125, 132, 133, 135, 136, 138, 139, 140, 141, 147, 148, 150, 152, 156, 157, 158, 159, 161, 163, 164, 165, 168, 170, 183, 184, 186, 193, 201, 202, 203, 207, 208, 209, 210, 212, 217, 218, 219, 220, 221, 222, 223, 224, 225, 226, 227, 228, 229, 230, 232, 233, 239, 240, 243, 244, 246
詩壇　5, 18, 28, 58, 61, 63, 80, 81, 82, 83, 85, 160, 168, 170, 186, 202, 204, 205, 239
七五（調）　17, 35, 74, 131, 139, 160, 183, 184, 185, 187, 199
詩論「詩的履歴書」　89, 90, 91, 94, 95, 242
『詩と詩論』　80
詩論「詩と其の伝統」　199, 200
詩論「詩に関する話」　203
篠田　230, 231
島一得　35
尺秀三郎　37

主客（一致・不一致） 115, 142, 143, 144, 171, 172, 173, 175, 176, 178
「修羅街輓歌」 120
「春日狂想」 1, 8, 11, 18, 28, 29, 73, 74, 91, 93, 131, 242
小学校令 37, 38, 75
「小公子」 25, 49
「小公女」 25
「小詩論」 113, 114, 116, 124, 142, 170
『少女園』 50
『少女世界』 25, 50
「憔悴」 20, 131, 132, 133, 134, 135, 136
象徴（主義） 8, 66, 69, 77, 78, 108, 118, 139, 165, 202, 203, 205, 206, 207, 208, 209, 210, 212, 215, 235, 237
象徴詩 66, 69, 77, 78, 202, 203, 206, 210, 212, 215
［少年時］（『山羊の歌』の章題） 93, 98
「少年時」 163
『少年世界』 47, 49, 50
［初期詩篇］（『山羊の歌』の章題） 78, 90, 91, 95, 98, 99, 100, 103, 112, 116, 152
「処女詩集序」 21
新律格 210, 212, 214
〈述志〉 21, 91, 92, 93, 97, 98, 99, 100, 101, 102, 103, 112, 113, 117, 118, 119, 122, 126, 128, 131, 134, 135, 136, 141, 148, 160, 162, 164, 232
「十二月の幻想」 29
『尋常小学校読本』 25, 36, 225
純粋意識 174
純粋持続 176, 178, 179, 180
「女給達」 21
神保光太郎 186

［す］

崇敬（体） 41, 75, 76
縣秀実 17, 22, 33, 34, 37, 40
スルヤ 96
『随感録』 37

［せ］

「聖浄白眼」 19
詩論「生と歌」 84, 115, 116, 144, 160, 172, 173, 181
関正昭 56
〈接続〉 1, 2, 4, 5, 6, 7, 8
〈切断〉 1, 2, 5, 6, 7, 8
感覚要素（センス・データ） 176, 177
『善の研究』 173, 175, 176, 177, 178, 180

［そ］

『想像の共同体』 33
「想像力の悲歌」 22, 69
『挿訳英吉利会話篇』 35
ソネット（形式） 90, 183

［た］

「高橋新吉論」 209
高橋新吉 58, 60, 61, 62, 63, 64, 65, 66, 68, 69, 71, 73, 140, 202, 209, 228
高見澤潤子 155
高村光太郎 22, 70, 186
高森文夫 122
竹田青嗣 143, 177
「黄昏」 20, 98, 99, 100, 110, 118, 162
田中実 238
谷川俊太郎 74
「ためいき」 195
『大日本教育会雑誌』 37
『ダダイスト新吉の詩』 61, 62
「断片」 21, 207
談話体 34, 35, 36, 38, 39, 40, 41, 45, 46, 53, 54, 55
ダダ（イズム） 6, 18, 22, 58, 59, 60, 61, 62, 63, 64, 65, 66, 67, 68, 69, 70, 71, 73, 76, 77, 78, 101, 112, 121, 140, 163, 202, 221, 232

［ち］

詩論「地上組織」 113, 114, 125, 142, 170
『中学国語教科書』 25
直観 139, 173, 174, 175, 176, 177, 179, 182, 209

［つ］

「(月の光は音もなし)」 196

［て］

『哲学以前』　174, 175, 176, 181
寺田操　74
『天才論』　114
テクスト　3, 4, 5, 6, 7, 30, 88, 94, 218, 219, 221, 222, 228, 231, 232, 233, 235, 236, 237, 238, 239, 240, 241, 244
テクスト論　4, 5, 221, 222, 235, 236, 237, 238
テマティズム　107
〈です・ます〉　18, 19, 20, 21, 25, 26, 28, 30, 41, 42, 43, 48, 50, 51, 69, 70, 71, 73, 74, 75, 76, 77, 78, 80
伝記　3, 5, 7, 20, 30, 31, 32, 69, 107, 108, 152, 156, 163, 202, 208, 221, 222, 228, 229, 231, 232, 235, 240

［と］

「時こそ今は」　92
富永太郎　77, 140, 148, 202, 203, 206, 207, 210
「トリスタン・コルビエールを紹介す」　208
「道化の臨終」　66
『道程』　22
童謡　18, 28, 74, 76, 77, 83
童話　18, 25, 28, 41, 43, 51, 52, 76, 77
「曇天」　134, 209

［な］

中川小十郎　37
中島栄次郎　82
中島国彦　74
那珂太郎　186
中野重治　190
中原思郎　107, 122
『中原中也研究』　74, 143, 173
中村稔　21, 31, 90, 91, 92, 93, 94, 97, 98, 99, 100, 102, 103, 116, 121, 183, 186, 217, 223
中村雄二郎　187
中山明彦　34, 39, 41, 56
「泣くな心」　21
「夏」　163, 220, 226, 227
「夏の夜の博覧会はかなしからずや」　222, 223, 228, 233

［に］

西潟訥　53
西郁貞　37, 38
西田幾多郎　170, 173, 174, 176, 177, 178, 179, 180, 181, 218, 243
『日本教科書大系』　39
日本語　5, 10, 40, 52, 53, 55, 56, 57, 184, 185, 207, 215
ニュークリティシズム（クリティック）　94

［の］

「ノート1924」　23, 67, 68, 69, 78, 112

［は］

芳賀矢一　36, 54
「塵溜」　17
萩原朔太郎　80, 81, 183, 184, 202
博覧会　222, 223, 224, 226, 227, 228, 233
「含羞」　163, 196
長谷川泰子　68, 70, 140
ハタタコ　75
「初恋」　22
「花嫁御寮」　31, 32
『花嫁人形』　31
『春と修羅』　71
「春の日の夕暮」　18, 23, 67, 100, 101, 102, 103, 104, 107, 109, 111, 112, 117, 135, 136, 162, 232, 242
春山行夫　80, 81
『半仙戯』　112

［ひ］

樋口一葉　52
樋口覚　69, 78, 206, 207
「羊の歌」　18, 24, 25, 79, 92, 122, 123, 132, 134, 135
［羊の歌］（『山羊の歌』の章題）　122, 134
否定神学　19, 134, 142, 170, 222, 239
「一つのメルヘン」　18, 27, 28, 73, 74, 91
人見東明　17

『批評空間』　33
批評　3, 4, 5, 33, 62, 82, 93, 139, 163, 164, 165, 179, 203, 208, 212, 219, 228, 230, 231, 234, 235, 237, 239, 240, 244
評釈　28, 103, 105, 112, 149, 158, 214, 215
『表象派の文学運動』　202, 204, 207, 210, 215
表象　19, 22, 30, 34, 50, 107, 108, 110, 111, 140, 142, 151, 152, 171, 172, 178, 180, 182, 200, 202, 204, 205, 207, 210, 212, 215
標準語　10, 54
『氷島』　80, 81
平井啓之　93
『平仮名絵入新聞』　35

［ふ］

蕗谷虹児　31
フク（中也の母）　96
福田百合子　105
藤一也　122
藤田正勝　176, 181
藤原定　82
「文也の一生」　222, 223, 225, 228, 229, 231
「冬の思ひ」　74
「冬の長門峡」　91, 157, 223, 228, 229, 230, 232
「冬の夜」　27, 29
古田東朔　52
分銅惇作　93
『文学界』　137, 138, 219, 220, 230
文学史　5, 43, 51, 52, 235, 236, 240
『文学論と文体論』　33
文語　18, 20, 23, 24, 25, 38, 39, 40, 41, 43, 46, 47, 50, 51, 53, 69, 75, 77, 78, 79, 80, 81, 82, 83, 84, 85, 90, 130, 131, 156, 157, 160, 183, 184, 186, 187, 225, 226, 229, 230
『文章研究録』　36

［へ］

「別離」　26

［ほ］

泡鳴　202, 203, 204, 205, 206, 207, 208, 209, 212, 213, 214, 215, 218
「骨」　139, 165
本質直観　177

［ま］

前田　54, 236, 237, 238
前田勇　54
正木政吉　37
松村明　52

［み］

御木白日　183
「みちこ」　111
三富朽葉　203
「宮沢賢治の詩」　209
宮沢賢治　28, 71, 209
三好達治　81, 157, 235, 236, 237, 241

［む］

村上護　70, 96

［め］

名辞以前の世界　116, 125, 146, 147, 180
『メディア・表象・イデオロギー』　34, 50

［も］

「盲目の秋」　119, 120
森有礼　37, 38
森軟外　60
諸井三郎　96
モダニズム　71, 140, 242, 246

［や］

『山羊の歌』　19, 20, 69, 78, 80, 81, 90, 93, 95, 98, 100, 101, 102, 103, 111, 112, 117, 122, 134, 135, 136, 150, 191, 220, 232, 242
山崎正和　114
山田美妙　17, 27, 36, 37, 41, 42, 43, 45, 46, 53
山本和夫　94

山本哲也　74
山本正秀　17, 33, 35

［ゆ］

「誘蛾燈詠歌」　26
「夕照」　98, 99, 100, 111, 118, 133
夕（「夕方」、「夕暮」などを含む）　18, 21, 23, 24, 67, 98, 99, 100, 101, 102, 103, 104, 107, 108, 109, 111, 112, 117, 118, 133, 135, 136, 161, 162, 168, 216, 226, 227, 229, 231, 232, 233, 242
『ゆきてかへらぬ』　70
湯本武彦　38

［よ］

「酔いどれ船」　78
羊頭生　58, 60
『幼年雑誌』　43, 45, 46, 47
『幼年世界』　25, 50, 51
吉竹博　173
吉田逐生　93, 105, 124, 125, 128, 130, 131, 152, 158, 197, 221
吉本隆明　105
「夜空と酒場」　196
『読売新聞』　35, 62

［り］

『立命館文学』　37
「臨終」　92, 95
倫理　1, 28, 29, 30, 31, 125, 135, 158, 244
リフレイン（ルフラン）　74, 119, 199, 201, 224, 225, 227, 233

［れ］

「冷酷の歌」　19, 99
『令女界』　31
恋愛　22, 28, 68, 69, 70, 133

［ろ］

「六月の雨」　74, 139, 199

［わ］

若月紫蘭　58
『若菜集』　183, 185, 186
若松賤子　25, 49, 51, 52
「我が祈り」　99
詩論「我が詩観」　66, 89, 148, 174

接続《せつぞく》する中也《ちゅうや》

平成19(2007)年5月25日　初版第1刷発行©

著　者　疋田　雅昭

発行者　池田つや子

発行所　有限会社　笠間書院

〒101-0064　東京都千代田区猿楽町2-2-3

電話03-3295-1331㈹　FAX03-3294-0996

NDC分類：914.6

振替00110-1-56032

ISBN978-4-305-70351-4

印刷／製本：シナノ

落丁・乱丁本はお取りかえいたします。

（本文用紙・中性紙使用）

出版目録は上記住所までご請求下さい。

http://www.kasamashoin.co.jp

朝の歌

天井に朱《あか》きいろいで
戸の隙を漏れいる光、
鄙びたる軍樂の憶ひ
手にてなすなにごともなし。

小鳥らのうたはきこえず
空は今日はなだ色らし、
倦んじてし人のこころを
諫めするなにものもなし。